A ÚLTIMA MISSÃO DE GWENDY

STEPHEN KING E RICHARD CHIZMAR

A ÚLTIMA MISSÃO DE GWENDY

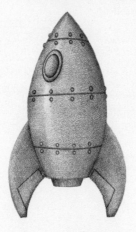

TRADUÇÃO
Regiane Winarski

Copyright © 2023 by Stephen King e Richard Chizmar

*Grafia atualizada segundo o Acordo Ortográfico da Língua Portuguesa de 1990,
que entrou em vigor no Brasil em 2009.*

Título original
Gwendy's Final Task

Capa e projeto gráfico
Desert Isle Design, LLC

Imagem de capa
Ben Baldwin

Ilustrações de miolo
Keith Minnion

Preparação
Fernanda Castro

Revisão
Valquíria Della Pozza
Natália Mori

Dados Internacionais de Catalogação na Publicação (CIP)
(Câmara Brasileira do Livro, SP, Brasil)

King, Stephen
    A última missão de Gwendy / Stephen King, Richard
Chizmar ; tradução Regiane Winarski. — 1ª ed. — Rio de
Janeiro : Suma, 2023.

    Título original : Gwendy's Final Task.
    ISBN 978-85-5651-167-6

    1. Ficção policial e de mistério (Literatura norte-ameri-
cana) I. Chizmar, Richard. II. Título.

22-140076   CDD-813.0872

Índice para catálogo sistemático:
1. Ficção policial e de mistério (Literatura norte-americana)
    813.0872

Eliete Marques da Silva – Bibliotecária – CRB-8/9380

Todos os direitos desta edição reservados à
EDITORA SCHWARCZ S.A.
Praça Floriano, 19, sala 3001 — Cinelândia
20031-050 — Rio de Janeiro — RJ
Telefone: (21) 3993-7510
www.companhiadasletras.com.br
www.blogdacompanhia.com.br
facebook.com/editorasuma
instagram.com/editorasuma
twitter.com/editorasuma

Para Marsha DeFilippo,
amiga de um punhado de escritores.

1

É UM LINDO DIA DE ABRIL em Playalinda, Flórida, não muito longe de Cabo Canaveral. O ano é 2026, e só algumas pessoas na multidão parada no lado leste do riacho Max Hoeck Back estão de máscara. A maioria dessas pessoas é idosa, que pegou o hábito e agora tem dificuldade de parar. O coronavírus ainda está por aí, como um convidado de festa que não vai para casa, e, por enquanto, embora muitos tenham medo de que possa mutar e tornar a vacina inútil, a luta contra ele chegou num empate.

Algumas pessoas na multidão (de novo, especialmente os idosos, cuja vista já não é tão boa quanto antes) usam binóculo, mas a maioria não. A aeronave na plataforma de lançamento de Playalinda é o maior foguete tripulado a decolar da Mãe Terra; com uma massa de carga de dois milhões de quilos, ela tem todo o direito de se chamar Eagle-19 Heavy. Uma neblina de vapor obscurece a parte final de sua altura de cento e vinte metros, mas mesmo quem tem visão mais fraca consegue ler as três letras pintadas na lateral da aeronave:

$$T$$
$$E$$
$$T$$

Os que ainda escutam bem conseguem ouvir os aplausos quando estes começam. Um homem, velho o bastante para se lembrar de ter ouvido a voz falhada de Neil Armstrong dizendo para o mundo que a Águia havia pousado, se vira para a esposa com lágrimas nos olhos e arrepios nos braços bronzeados e magrelos. Esse homem é Douglas "Dusty" Brigham. A esposa dele é Sheila Brigham. Eles se aposentaram e vieram para a cidade de Destin dez anos atrás, mas são originalmente de Castle Rock, Maine. Sheila já foi a atendente do gabinete do xerife.

Na instalação de lançamento da Tet Corporation a dois quilômetros e meio dali, os aplausos continuam. Para Dusty e Sheila, eles soam fracos, mas devem estar bem mais altos do outro lado do riacho, porque as garças alçam voo de seus locais de descanso em uma nuvem branca e rendada.

A ÚLTIMA MISSÃO DE GWENDY

— Estão a caminho — Dusty diz para a esposa, com quem é casado há cinquenta e dois anos.

— Que Deus abençoe nossa garota — responde Sheila, e faz o sinal da cruz. — Que Deus abençoe nossa Gwendy.

2

OITO HOMENS E DUAS MULHERES andam em fila junto ao lado direito do Centro de Controle de Missão da Tet. Estão protegidos por uma parede de acrílico, porque ficaram em quarentena nos últimos doze dias. Os técnicos se levantam por trás dos computadores e aplaudem. Isso é meio que uma tradição, mas hoje eles estão eufóricos. Haverá mais aplausos e gritos dos mil e quinhentos funcionários da Tet lá fora (os emblemas nas camisas, jaquetas e macacões os identificam como Jóqueis de Foguete da Tet). Qualquer missão espacial tripulada é um evento, mas aquela é mais do que especial.

A segunda pessoa a partir do fim da fila é uma mulher de cabelo comprido, agora grisalho, preso em um rabo de cavalo que fica quase todo escondido por baixo da gola alta do traje pressurizado. O rosto dela não tem rugas e ainda é bonito, embora existam linhas finas em volta dos olhos e nos cantos da boca. O nome dela é Gwendy Peterson, ela tem sessenta e quatro anos e, em menos de uma hora, será a primeira senadora americana em exercício a viajar de foguete até a nova estação espacial MF-1. (Há cínicos dentre os colegas políticos de Gwendy que gostam de dizer que MF representa certo ato incestuoso, mas na verdade significa *Many Flags*, "muitas bandeiras".)

A tripulação está carregando os próprios capacetes, e nove deles mantêm uma das mãos livre para acenar na direção dos aplausos. Gwendy, tecnicamente parte da tripulação, não pode acenar, a não ser que queira balançar a maletinha de aço que traz na outra mão. E ela não quer fazer isso.

Em vez de acenar, ela grita:

— Amamos vocês e agradecemos! É mais um passo rumo às estrelas!

Os gritos e aplausos redobram. Alguém berra *"Gwendy pra presidente!"*. Alguns outros repetem o slogan, mas não muitos. Ela é popular, mas não *tão* popular, principalmente na Flórida, que optou pelo vermelho (de novo) na última eleição geral.

A tripulação sai do prédio e sobe no carrinho aberto de três vagões que irá levá-los até a Eagle Heavy. Gwendy

A ÚLTIMA MISSÃO DE GWENDY

precisa erguer a cabeça até a nuca encostar na gola reforçada do traje para conseguir enxergar o topo do foguete. *Eu vou mesmo subir nisso?*, ela se pergunta, e não pela primeira vez.

No assento ao lado, o biólogo alto e de cabelo claro da equipe se inclina para ela. Ele fala num murmúrio:

— Ainda dá tempo de pular fora. Ninguém te julgaria.

Gwendy ri. O som sai nervoso e estridente demais.

— Se você acredita nisso, também deve acreditar no Papai Noel e na Fada do Dente.

— Justo, mas não se importe com o que as pessoas vão pensar. Se você acha, mesmo que só um pouquinho, que vai surtar e começar a gritar *"Espera, para, eu mudei de ideia"* quando ligarem os motores, é melhor desistir agora. Porque, quando ligarem os motores, não tem volta, e ninguém quer uma política em pânico a bordo. Nem um bilionário em pânico. — Ele olha para o assento à frente, onde um homem fala no ouvido da comandante de operações. Usando o traje branco, ele se parece com a mascote publicitária Pillsbury Doughboy.

O carrinho se afasta. Homens e mulheres de macacão os aplaudem pelo caminho. Gwendy põe a maleta de aço no chão e a segura com firmeza entre os pés. Agora, ela pode acenar.

— Vou ficar bem. — Ela não tem certeza absoluta disso, mas diz para si mesma que precisa ficar. *Precisa.* Por causa da maleta. Em letras vermelhas em alto-relevo dos dois lados estão as palavras MATERIAL CONFIDENCIAL. — E você?

O cara da biologia sorri, e Gwendy se dá conta de que não consegue lembrar o nome dele. Ele é parceiro de treino dela há quatro semanas — minutos atrás, eles verificaram os trajes um do outro antes de sair da área de espera, mas ela não consegue lembrar o nome dele. Isso é um MS, como sua falecida mãe teria dito: mau sinal.

— Eu vou ficar bem. É minha terceira viagem. Quando o foguete começa a subir e sinto a força da gravidade empurrando pra baixo… Falo só por mim, mas é o melhor orgasmo que um garoto pode ter.

— Obrigada por compartilhar — diz Gwendy. — Não vou deixar de mencionar isso na minha primeira mensagem pra lá embaixo. — É assim que eles chamam a Terra, "lá embaixo". Ela se lembra disso, mas qual é a porra do nome do biólogo?

No bolso do macacão, Gwendy tem um caderno com todo tipo de informação — isso sem mencionar um marcador especial. O nome de todos os membros da tripulação está escrito ali, mas não tem como ela pegar o caderno agora, e, mesmo que pudesse, talvez, quase que *com certeza*, levantaria suspeitas. Gwendy recorre à

A ÚLTIMA MISSÃO DE GWENDY

técnica que o dr. Ambrose ensinou. Nem sempre funciona, mas, dessa vez, sim. O homem ao lado dela é alto, tem queixo quadrado, olhos azuis e cabelo louro. As mulheres ficam com calor quando olham para ele. O que dá calor? Fogo dá calor. E se você tocar em fogo, vai soltar um... berro.

Bern. Esse é o nome dele. Bern Stapleton. Professor Bern Stapleton, que por acaso também é o major da reserva Bern Stapleton.

— Por favor, não faça isso — diz Bern. Ela tem quase certeza de que ele está falando da metáfora do orgasmo. Não tem nada de errado com a memória recente dela, pelo menos não até ali.

Bom... não *muito*.

— Eu estava brincando — diz Gwendy, batendo de leve na mão enluvada dele. — E pare de se preocupar, Bern. Ficarei bem.

Ela afirma outra vez para si mesma que precisa ficar. Não quer decepcionar as pessoas que representa (que, naquele dia, eram os Estados Unidos inteiros e a maior parte do mundo), mas isso é pequeno em comparação à maleta trancada entre suas botas. Ela não pode decepcionar *aquilo*. Porque há uma caixa dentro da maleta, feita não de aço de alta resistência, mas de mogno. Tem trinta centímetros de largura, um pouco mais do que isso em comprimento e uns dezoito centímetros de profundidade. Tem botões em cima e alavancas tão pequenas que precisam ser acionadas com o dedo mindinho, uma de cada lado.

Existe apenas um passageiro pagante no voo para a MF, e não é Gwendy. Ela tem um trabalho a fazer. Não é muito, é mais para gravar dados no iPad e enviar para o Centro de Controle da Tet, mas não é de todo um disfarce para sua verdadeira missão lá em cima. Ela é monitora de clima, sua designação é "Garota do Tempo", e algumas pessoas na tripulação se referem a ela de brincadeira como Tempest Storm, nome de uma ecdisiasta antiga.

O que é isso?, ela pergunta a si mesma. *Eu deveria saber.*

Como não sabe, recorre novamente à técnica do dr. Ambrose. A palavra que está procurando é peixe, não é? Não, não peixe. Antes de comer o peixe, é preciso *limpar* o peixe. É preciso… estripar.

— Strip — murmura ela.

— O quê? — pergunta Bern. Ele se distraiu com um grupo de homens aplaudindo de pé junto a um dos carros de emergência. Por favor, Deus, que eles não precisem trabalhar neste belo dia de primavera.

— Nada — diz ela, pensando: *Uma ecdisiasta é uma stripper.*

É sempre um alívio quando as palavras desaparecidas voltam. Ela sabe que logo vão parar de voltar. E não gos-

A ÚLTIMA MISSÃO DE GWENDY

ta disso — morre de medo, na verdade, mas é o futuro. No momento, ela só precisa terminar o dia. Quando estiver lá em cima (onde o ar não é simplesmente rarefeito, mas inexistente), não podem mandá-la para casa se descobrirem o que tem de errado com ela, podem? Mas podem estragar sua missão caso descubram. E tem outra coisa, uma coisa que seria ainda pior. Gwendy nem quer pensar nisso, mas não consegue evitar.

E se ela esquecer o real motivo para estar lá em cima? O real motivo é a caixa dentro da maleta. Parece drama, mas Gwendy Peterson sabe que é verdade: o destino do mundo depende do que está dentro daquela maleta.

3

A ESTRUTURA DE SERVIÇO ao lado da Eagle Heavy é um emaranhado de vigas de aço que abriga um enorme elevador aberto. Gwendy e os companheiros de jornada sobem os nove degraus e entram. O elevador tem capacidade para trinta e seis pessoas e conta com bastante espaço para se espalhar, mas Gareth Winston fica bem do lado dela, com a barriga considerável se destacando na frente do traje pressurizado.

Winston é a pessoa de quem ela menos gosta nessa viagem até lá em cima, embora tenha confiança de que ele não sabe disso. Mais de um quarto de século na política ensinou a Gwendy a bela arte de esconder sentimentos e fazer cara de quem acha o outro fascinante. Quando foi eleita para a Câmara, uma veterana política chamada Patricia "Patsy" Follett tomou Gwendy debaixo da asa e deu a ela alguns conselhos valiosos. Naquele dia específico, Patsy falava sobre um velho abutre do Mississippi chamado Milton Jackson (que já foi faz tempo para aquela sala de reuniões no céu), mas Gwendy achou a coisa útil desde então: "*Guarde seus maiores sorrisos para os merdas e sempre olhe direto nos olhos. As mulheres vão pensar que você adorou os brincos delas. Os homens vão pensar que está apaixonada por eles. Ninguém vai saber que você está, na verdade, observando cada movimento que eles fazem*".

— Pronta pra iniciar a maior viagem da sua vida, senadora? — pergunta Winston quando o elevador começa a subida de cento e vinte metros ao lado do foguete.

— Prontinha da silva — diz Gwendy, abrindo o sorriso largo que ela reserva para os merdas. — E você?

— Animadíssimo! — proclama Winston. Ele abre os braços, e Gwendy precisa dar um passo atrás para não levar uma porrada no peito. Gareth Winston tem tendência a fazer gestos expansivos; deve achar que valer cento e poucos bilhões de dólares (não tanto quanto Jeff Bezos, mas quase) dá a ele o direito de ser expansivo. — Muito emocionado, cheio de disposição, completamente *pilhado*!

Nem é preciso dizer que ele é o passageiro pagante, e, no caso de um voo espacial, isso significa pagar os olhos da cara. A passagem de Winston custou 2,2 milhões de

A ÚLTIMA MISSÃO DE GWENDY

dólares, e Gwendy sabe que houve outro preço também. Megabilhões se traduzem em influência política, e, enquanto se prepara para uma missão tripulada em Marte, a TetCorp precisa de todos os aliados políticos que puder ter. Ela só espera que Winston sobreviva à viagem e tenha oportunidade de usar a própria influência. Ele está acima do peso, e sua pressão arterial na última verificação estava no limite. As outras pessoas da tripulação da Eagle podem não saber, mas Gwendy sabe. Ela tem um dossiê sobre ele. *Ele* sabe que ela sabe? Não surpreenderia Gwendy nem um pouco.

— Chamar isso de a viagem de uma vida seria eufemismo — diz ele. Está falando alto o bastante para fazer os outros se virarem e olharem. A comandante de operações Kathy Lundgren dá uma piscadela para Gwendy, com um sorrisinho discreto nos cantos dos lábios. Gwendy não precisa ler mentes para saber o que aquilo significa: *Melhor você do que eu, mana.*

Quando o elevador passa lentamente pelo T inferior de TET, Winston vai direto ao ponto. E não pela primeira vez.

— Você não está aqui só pra enviar notícias aos seus fãs apaixonados nem pra ficar olhando a bola azul e ver como os incêndios na Amazônia afetam as correntes de vento na Ásia. — Ele olha significativamente para baixo, para a caixa de aço com o selo de CONFIDENCIAL.

A ÚLTIMA MISSÃO DE GWENDY

— Não me subestime, Gareth. Estudei meteorologia na faculdade e me preparei à beça no inverno passado — diz Gwendy, ignorando o comentário e a pergunta implícita. Não que aquele homem tenha medo de perguntar abertamente; ele já perguntou várias vezes, tanto durante as quatro semanas de treino pré-voo quanto nos doze dias de quarentena. — Acontece que Bob Dylan estava errado.

Winston franze a testa larga.

— Não sei se entendi, senadora.

— *É preciso* um meteorologista pra saber pra que lado o vento sopra. Os incêndios na Amazônia e na Austrália estão provocando mudanças fundamentais nos padrões climáticos da Terra. Algumas mudanças são ruins, mas algumas podem estar funcionando a favor do meio ambiente, por mais estranho que pareça. Elas podem segurar o aquecimento global.

— Nunca acreditei nessas coisas. São no máximo exageradas, no mínimo inexistentes.

Eles estão passando pelo E agora. *Me levem pra longe desse cara*, pensa Gwendy... e se dá conta de que, se não queria ficar num ambiente apertado com alguém como Gareth Wilson, devia ter evitado aquela viagem.

Só que não podia.

Gwendy olha para ele, sustentando o tipo de sorriso que gosta de considerar um "Sorriso Patsy Follett".

A ÚLTIMA MISSÃO DE GWENDY

— A Antártida está derretendo feito picolé no sol e você acha que o aquecimento global não existe?

Mas Winston não vai se deixar desviar do tema que lhe interessa. Ele pode ser um fanfarrão acima do peso, mas não ganhou aqueles megabilhões todos sendo burro. Nem alguém fácil de distrair.

— Eu daria qualquer coisa pra saber o que tem na sua maletinha de aço, senadora, e tenho muito pra dar, como você deve saber.

— Ah, mas isso aí tem uma cara bem suspeita de suborno.

— De jeito nenhum, é só modo de falar. A propósito, como seremos colegas espaciais em breve, posso te chamar de Gwendy?

Ela sustenta o sorriso brilhante, embora a expressão esteja começando a doer no rosto.

— Claro. Quanto ao conteúdo disto… — Ela ergue a maleta. — Contar o que é botaria nós dois em um problema sério, do tipo que coloca a pessoa em uma instituição federal, e não vale a pena mesmo. Você ficaria decepcionado, e eu odiaria desapontar o quarto homem mais rico do mundo.

— Terceiro mais rico — diz ele, e abre um sorriso equivalente ao de Gwendy em brilho. Ele balança um dedo enluvado para ela. — Não vou desistir, sabe? Consigo ser muito persistente. E ninguém vai me mandar pra prisão, querida. — *Minha nossa*, pensa Gwendy. *Nós progredimos de senadora para Gwendy e depois para querida em um trajeto de elevador. Mesmo sendo um elevador bem lerdo.* — A economia entraria em colapso.

Ela não responde, mas está pensando que, se a caixa dentro da maleta — a caixa de botões — caísse nas mãos erradas, então *tudo* entraria em colapso.

O sol talvez até ganhasse um novo cinturão de asteroides entre Marte e Vênus.

4

No topo da estrutura há uma espaçosa sala branca onde os viajantes espaciais ficam, de braços erguidos e fazendo piruetas lentas, enquanto um spray desinfetante com um cheiro suspeito de água sanitária é borrifado neles. É a última limpeza que vão ter.

Não muito tempo antes, havia outra sala ali, bem pequena, com uma placa na porta que dizia bem-vindo ao último banheiro na terra, mas a Eagle Heavy é uma aeronave de luxo equipada com banheiro próprio. Que, assim como as três cabines, é, na verdade, pouco mais do que uma cápsula. Uma das cabines particulares é de Gareth Winston. Gwendy reconhece que é merecido; ele pagou caro por ela. A segunda é de Gwendy. Em qualquer outra circunstância, ela reclamaria do tratamento especial, sendo senadora americana ou não, mas, considerando seu principal motivo para estar naquela viagem, ela concordou. A diretora de controle terrestre, Eileen Braddock, sugeriu que os seis membros da tripulação sem responsabilidade de voo (a comandante de operação Kathy Lundgren e o segundo comandante Sam Drinkwater) tirassem no palitinho o direito à última cabine, mas a tripulação votou por unanimidade para dá-la a Adesh Patel, o entomologista. Os espécimes vivos dele já haviam sido levados para a aeronave. Adesh vai dormir em um aposento apertado, cercado de insetos e aranhas. Incluindo (*oh, argh*, pensa Gwendy) uma tarântula chamada Olivia e um escorpião chamado Boris.

O lavatório pertence a todos, e ninguém fica mais feliz com isso do que a comandante da missão.

— Chega de fraldas — disse Kathy Lundgren para Gwendy na época da quarentena. — *Isso*, minha querida senadora, é o que chamo de um grande passo para a humanidade. E mais ainda para as mulheres.

— *Entrada* — ressoam os alto-falantes do Controle da Missão. — *Faltam duas horas e quinze minutos. Sinal verde em todo o painel.*

Kathy Lundgren e o segundo comandante Sam Drinkwater viram para os outros membros da tripulação. Kathy, o cabelo castanho-avermelhado cintilando com pequenas pérolas de gotículas de desinfetante, fala com todos os oito, mas Gwendy acha que ela dá atenção especial à senadora e ao bilionário.

— Antes de começarmos nossos preparativos finais, vou resumir a linha do tempo da missão. Vocês todos já conhecem, mas a TetCorp exige que eu faça isso mais uma vez antes da entrada. Nós vamos atingir a órbita da Terra em oito minutos e vinte segundos. Vamos circular a Terra por dois dias e fazer trinta e duas ou trinta e três circum-navegações completas, com as órbitas variando de leve para criar uma forma de laço de Natal. Sam e eu vamos mapear o lixo espacial para ser coletado em uma próxima missão. A senadora Peterson, Gwendy, vai dar início às atividades de monitoramento climático. Adesh vai sem dúvida ficar brincando com seus insetos.

Há risadas nesse momento. David Graves, o estatístico da missão e especialista em TI, diz:

— E se algum deles se soltar, vai sair voando pela escotilha, Adesh. Junto com você.

O comentário provoca mais risadas. Para Gwendy, soam bem relaxadas. Ela espera que a dela também esteja assim.

— No terceiro dia, vamos aportar na Many Flags, que agora está praticamente deserta, exceto por um enclave chinês…

— Sinistro — diz Winston, e faz um som de "*ooo- -OOO*".

A ÚLTIMA MISSÃO DE GWENDY

Kathy olha secamente para o bilionário e continua:

— Os chineses ficam quietos na deles na ala nove. Nós vamos ficar nas alas um, dois e três. As alas quatro a oito não estão ocupadas. Se vocês virem os chineses, vai ser enquanto estiverem se exercitando no anel externo da estação. Eles adoram fazer isso. Vocês vão ter bastante espaço para se espalhar. Nós vamos ficar lá durante dezenove dias, e ter espaço para se espalhar é um luxo incrível. Principalmente depois de quarenta e oito horas na Eagle Heavy.

"Agora vem a parte importante, então ouçam com atenção. Bern Stapleton é veterano de duas outras viagens. Dave Graves fez uma. Sam, meu segundo comandante, fez cinco, e eu fiz sete. O resto de vocês é novato, e vou dizer o que digo pra todos os novatos: esta é a última chance de dar meia-volta. Se vocês tiverem *a menor dúvida* sobre sua capacidade de mover o esqueleto da entrada até o pouso final, precisam dizer agora."

Ninguém fala nada.

Kathy assente.

— Ótimo. Vamos botar o show na estrada.

Um a um, eles atravessam o braço de acesso e são auxiliados a entrar na aeronave por um quarteto de funcionários usando trajes brancos (e desinfetados). Lundgren, Drinkwater e Graves, que vão supervisionar o voo a partir de uma bancada cheia de telas, vão primeiro.

A ÚLTIMA MISSÃO DE GWENDY

Abaixo deles, no segundo andar, o dr. Dale Glen, o físico Reggie Black e o biólogo Bern Stapleton se sentam em uma fileira.

No terceiro andar, o mais amplo, onde em algum momento novos passageiros pagantes vão se sentar (é o que a TetCorp espera), estão Jafari Bankole, o astrônomo que terá pouco a fazer até eles estarem na estação MF, o entomologista Adesh Patel, o passageiro Gareth Winston e, por último, mas não menos importante, a senadora júnior do Maine, Gwendy Peterson.

5

GWENDY SE SENTA ENTRE Bankole e Patel. A cadeira dela parece uma poltrona reclinável meio futurista. Acima de cada um deles estão três telas vazias, e, por um momento de pânico, Gwendy não lembra para que servem. Ela precisa fazer alguma coisa para acendê-las, mas o quê?

Ela olha para a direita a tempo de ver Jafari Bankole plugando um cabo a partir de uma porta na frente do traje, e tudo entra em foco. *Mantenha a calma, Gwendy.*

Ela prende o cabo, e os monitores acima dela primeiro se acendem e logo carregam. Uma das telas mostra uma imagem em vídeo do foguete na plataforma de lançamento. Outra mostra os sinais vitais de Gwendy (pressão arterial um pouco alta, batimentos normais). A terceira mostra uma coluna rolante de informações e números enquanto Becky, o computador da Eagle Heavy, roda uma série de verificações em andamento. Aquilo não significa nada para Gwendy, mas, supostamente, significa para Kathy Lundgren. Também para Sam e Dave Graves, claro, mas é Kathy, junto com Eileen Braddock, a diretora de controle terrestre, que vai ficar de olho nos resultados com mais atenção, porque qualquer uma delas pode abortar a missão caso veja alguma coisa de que não goste. Gwendy sabe que uma decisão assim custaria mais de dezessete milhões de dólares.

No momento, todos os números estão verdes. Acima das colunas há um relógio em contagem regressiva, também verde.

— Escotilha fechada — Becky avisa com aquela voz suave, quase humana. — As condições permanecem normais. Estamos a uma hora, quarenta e oito minutos.

— Verificação inferior — diz Kathy, dois níveis acima de Gwendy.

— As condições climáticas no nível inferior... — Becky começa a falar.

— Interromper, Becky. — Kathy não pode virar muito a cabeça por causa do traje, mas balança um braço. — Vai você, Gwendy.

Por um momento terrível, Gwendy não tem ideia do que fazer nem de como responder. Sua mente está totalmente em branco. Ela vê Adesh Patel apontando para baixo do assento, e tudo se encaixa outra vez. Ela

A ÚLTIMA MISSÃO DE GWENDY

entende que o estresse está piorando sua condição e diz para si mesma, de novo, que precisa se acalmar. *Precisa.* Gwendy tem muito menos pavor de se sentar sobre megatons de combustível de foguete altamente inflamável do que do declínio neurológico implacável acontecendo na massa cinzenta entre suas orelhas.

Ela agarra o iPad no encaixe abaixo do assento, com PETERSON escrito na capa. Libera a tela com a digital e abre o aplicativo de clima. O wi-fi maravilhoso da cabine sobrepõe a tela dela ao monitor de diagnóstico logo acima. O que aparece é um mapa do tempo, parecido com aqueles dos noticiários.

— Está ótimo lá embaixo — ela diz para Kathy. — Pressão alta total, céu limpo, sem vento. — E, ela sabe, seria preciso uma ventania com a força de um furacão para desviar a Eagle Heavy do trajeto quando já estivesse voando. A maior parte das preocupações com o clima tem a ver com a decolagem e a reentrada.

— E lá em cima? — pergunta Sam Drinkwater. Há um sorriso na voz dele.

— Tempestades cento e dez quilômetros acima, com uma pequena chance de chuva de meteoros — responde Gwendy, e todo mundo ri. Ela desliga o tablet, e a tela de diagnóstico reaparece.

— Se você quiser o assento da escotilha, senadora, ainda dá tempo de a gente trocar — diz Jafari Bankole.

A ÚLTIMA MISSÃO DE GWENDY

Há duas escotilhas no terceiro nível, mais uma vez pensando no futuro turismo. Gareth Winston, claro, está com uma delas. Gwendy faz que não.

— Como astrônomo da equipe, acho que você devia ter um posto de observação. E quantas vezes já falei pra você me chamar de Gwendy?

Bankole sorri.

— Várias. Mas é que não acontece naturalmente pra mim.

— Entendo. Aprecio, até. Mas, já que estamos espremidos juntos na lata de sardinha mais cara do mundo, será que você pode tentar?

— Tudo bem. Você é Gwendy, ao menos até atracarmos na estação Many Flags.

Eles aguardam. Os minutos vão se esgotando (*do mesmo jeito que minha mente está se esgotando*, Gwendy não pode deixar de pensar). Faltando quarenta minutos, Becky avisa que a estrutura de serviço está se afastando sobre os trilhos gigantescos. Faltando trinta e cinco, Becky anuncia:

— O carregamento de combustível começou. Todos os sistemas permanecem normais.

Antigamente (na verdade, só dez ou doze anos antes, mas tudo acontece depressa no século XXI), o combustível era depositado antes da carga humana, mas a SpaceX mudou isso, assim como muitas outras coisas.

A ÚLTIMA MISSÃO DE GWENDY

Não há mais controles de voo, apenas touch screens para todo lado, e Becky é quem comanda o show (Gwendy só espera que Beckster não seja uma versão feminina de HAL-9000). Lundgren e Drinkwater estão ali basicamente para o que Kathy chama de "o temido momento do puta merda". Dave Graves é até mais importante; se Becky tiver um colapso nervoso, ele pode consertá-la. Provavelmente. Com sorte.

— Capacetes — anuncia Sam Drinkwater, colocando o dele. — Quero ouvir suas confirmações.

Um a um, eles respondem. Por um momento, Gwendy esquece onde ficam os encaixes, mas acaba lembrando e trava tudo.

— Faltam vinte e sete minutos — informa Becky. — Sistemas normais.

Gwendy olha para Winston e fica cruelmente satisfeita ao ver que uma parte da alegria de homem rico dele evaporou. O bilionário está olhando através da escotilha para o céu azul e para um pedaço do prédio do Controle da Missão. Ele tem uma mancha vermelha na bochecha carnuda que Gwendy consegue ver, mas, fora isso, parece pálido. Talvez esteja pensando que aquilo não foi uma ideia tão boa assim, afinal.

Como se captando o pensamento, ele se vira e faz sinal de positivo. Gwendy retribui o gesto.

A ÚLTIMA MISSÃO DE GWENDY

— Está com sua maleta especial em segurança? — pergunta Winston.

Gwendy está com a caixa embaixo de um joelho, de onde não vai sair voando, a não ser que ela mesma saia. E ela está presa a um cinto de cinco pontas, como o de um piloto de caça.

— Prontinha pra viajar. — E, embora não saiba mais o que aquilo significa, se é que significa alguma coisa, acrescenta: — Tudo redondinho.

Winston grunhe e se vira para a janela.

À esquerda de Gwendy, Adesh fechou os olhos. Os lábios estão se movendo de leve, quase certamente em oração. Ela gostaria de fazer o mesmo, mas já tem um bom tempo que ela não confia em Deus. Mas existe *alguma coisa*. Disso ela tem certeza, porque não consegue acreditar que algum poder na Terra tenha feito o dispositivo estranho que está escondido em um recipiente de aço que só pode ser aberto por um código de sete dígitos. Por que ele foi parar de novo nas mãos dela é uma pergunta para a qual Gwendy acha que sabe a resposta, ou ao menos parte da resposta. Já por que ela carrega esse fardo enquanto sofre os estágios iniciais do Alzheimer precoce é algo menos compreensível. Também é hediondamente injusto, sem mencionar absurdo, mas desde quando perguntas sobre justiça servem para eventos humanos? Quando Jó gritou para Deus,

A ÚLTIMA MISSÃO DE GWENDY

a resposta do Todo-Poderoso foi bem fria: *Você estava lá quando eu fiz o mundo?*

Não importa, pensa Gwendy. *A terceira vez é o pulo do gato, e a última vez compensa todas as outras. Vou fazer o que tenho de fazer e vou me agarrar à minha mente pelo tempo que for necessário para isso. Eu prometi a Farris, e cumpro minhas promessas.*

Pelo menos, sempre havia cumprido.

Se não fossem as pessoas inocentes comigo, ela pensa, *as pessoas em sua maior parte boas, corajosas, dedicadas* (com exceção talvez de Gareth Wilson)*, eu quase desejaria que a gente explodisse na plataforma de lançamento ou a uns oitenta quilômetros do solo. Isso resolveria tud…*

Só que não resolveria; o fato é só mais uma coisa que fugiu de sua mente cada vez menos confiável. De acordo com Richard Farris, autor de toda a sua infelicidade, aquilo seria tão inútil quanto enfiar a maldita caixa de botões num saco cheio de pedras e atirá-la na Fossa das Marianas.

Tinha que ser no espaço. Não só a fronteira final, mas o vazio completo.

Me dê força, reza Gwendy para o Deus de cuja existência ela duvida muito. Como se em resposta, Becky, a deusa da Eagle Heavy, diz que eles estão agora a dez minutos e que todos os sistemas continuam verdes.

A ÚLTIMA MISSÃO DE GWENDY

— Visores para baixo e travados. Quero ouvir a confirmação de vocês — diz Sam Drinkwater.

Eles fecham os visores e respondem. Primeiro, tudo parece escuro aos olhos de Gwendy, depois ela lembra que seu visor polarizante também desceu. Ela o empurra com a base da mão enluvada.

— Iniciem o fluxo de oxigênio, quero ouvir as confirmações.

A válvula fica em algum lugar no capacete, mas ela não lembra onde. Deus, se ela pudesse ao menos pegar o caderno! Ela observa Adesh a tempo de vê-lo girar um botão no lado esquerdo do capacete, logo acima da gola alta do traje pressurizado. Gwendy o imita e ouve o fluxo de ar no capacete.

Lembre-se de desligar quando chegarmos à órbita, ela diz para si mesma. *Tem ar na cabine depois disso.*

Adesh está olhando para ela com uma expressão confusa. Gwendy faz um O desajeitado com o polegar e o indicador. Ele abre um sorriso, mas Gwendy teme que Adesh tenha visto sua hesitação. Novamente, pensa no MS da mãe: mau sinal.

6

O TEMPO NO TREINAMENTO foi lento. O tempo na quarentena foi lento. A caminhada, o trajeto no elevador, a inserção, tudo lento. Mas, quando os últimos minutos na Terra começam, o tempo acelera.

No capacete (alto demais, e Gwendy não lembra como abaixar o volume), ela ouve Eileen Braddock do Controle da Missão dizer:

— Faltam cinco minutos, começando a contagem regressiva final.

— Entendido, Controle da Missão, contagem regressiva final — responde Kathy Lundgren.

Use o iPad, Gwendy pensa. *Ele controla tudo no seu traje.*

Ela toca no ícone do traje, encontra o controle de volume e usa o dedo para diminuir o som. *Viu quanto você lembra? Ele ficaria orgulhoso.*

A ÚLTIMA MISSÃO DE GWENDY

Quem ficaria orgulhoso?

Meu maridão bonitão. Ela precisa se esforçar para lembrar o nome dele, o que é apavorante.

Ryan, claro. Ryan Brown é o maridão bonitão dela.

— Eagle em modo automático. Combustível no máximo — diz Sam Drinkwater.

No iPad e na tela acima, o temporizador que marcava 3:00 passa a mostrar 2:59 e 2:58 e 2:57.

Uma mão enluvada segura a dela, e Gwendy leva um susto. Ela olha em volta e vê Jafari. Ele pergunta se tudo bem ou se a senadora prefere que ele a solte. Ela assente, sorri e aperta a mão dele. Os lábios do colega formam as palavras *"Tudo vai ficar bem"*. Winston está com a escotilha que comprou, mas que não vai servir de nada, ao menos por enquanto. Ele olha para a frente, os lábios tão apertados que quase sumiram, e Gwendy sabe o que ele está pensando: *Por que isso pareceu uma boa ideia? Eu devia estar maluco.*

— Preparar para lançamento? — é a voz de Kathy.

— Afirmativo, tudo preparado. Estamos a onze minutos de ver as estrelas durante o dia, pessoal — responde Sam.

No que aparenta ser apenas poucos segundos depois, Eileen do Controle da Missão pergunta:

— A tripulação está bem? Quero ouvir suas respostas.

Um a um, eles respondem. Gareth Winston é o último, e sua confirmação sai na forma de um grunhido seco.

Kathy Lundgren, a voz tranquila como o lado contrário de um travesseiro:

— Sistema de terminação armado. Menos de um minuto. Estamos prontos para o lançamento?

Sam Drinkwater e Eileen Braddock respondem juntos:

— Prontos para o lançamento.

Com a mão que não está segurando a de Jafari, Gwendy procura a maleta de aço. Está ali, está segura. Só que a caixa dentro dela *não* é segura. A caixa lá dentro é a coisa mais perigosa da face da Terra. E é por isso que ela precisa *sair* da Terra.

— Primeira comandante de operação Lundgren, a ave está nas suas mãos — avisa Eileen Braddock.

— Entendido, a ave está nas minhas mãos.

Na tela acima de Gwendy, os últimos dez segundos começam a se aproximar do zero.

Ela pensa: *Qual é meu nome?*

Gwendy. Meu pai queria Gwendolyn e minha mãe queria Wendy, como em *Peter Pan*. Eles fizeram um acordo. Assim, sou Gwendy Peterson.

Gwendy pensa: *Onde estou?*

Playalinda, Flórida, no complexo de lançamento da Tet Corporation. Pelo menos por mais alguns segundos.

Por que estou aqui?

A ÚLTIMA MISSÃO DE GWENDY

Antes que ela possa responder à pergunta, um rugido alto começa a cento e quarenta metros abaixo de onde ela está, reclinada na cadeira ergonômica. A cabine da Eagle começa a vibrar; gentilmente primeiro, depois com mais força. Gwendy relembra uma memória fragmentada sobre ter cinco ou seis anos e estar em cima da máquina de lavar enquanto esta entrava no ciclo final de centrifugação.

— Estamos no verde — comenta Sam Drinkwater.

Um ou dois segundos depois, Kathy diz:

— Decolar!

O rugido fica mais alto, a vibração, mais intensa. Gwendy se pergunta se é normal ou se algo deu errado. Na tela central acima, ela agora enxerga o Controle da Missão e o resto do complexo em meio a uma explosão vermelho-alaranjada de fogo. Quão alto estão? Quinze metros? Trinta? Um tremor percorre a aeronave. Jafari aperta a mão dela.

Isso não está certo. Não pode estar certo.

Gwendy fecha os olhos e se pergunta mais uma vez por que está ali.

A resposta curta é porque um homem (se ele *for mesmo* um homem) disse que ela tinha de estar. Naquele momento, esperando que sua vida e a de todos os outros acabem em uma explosão enorme de oxigênio líquido criogênico e querosene refinado 1, ela não consegue lembrar o nome do homem. Uma rachadura se abriu no fundo do cérebro dela, e tudo que Gwendy já soube estava começando a escorrer para a escuridão profunda. Ela só consegue lembrar que ele usava um chapéu. Pequeno e redondo.

Preto.

7

É A TERCEIRA VEZ que a caixa de botões vai parar na vida de Gwendy Peterson. Na primeira vez, estava em uma bolsa de lona com cordão em cima. Na segunda, ela a encontrou na gaveta inferior de um arquivo no seu escritório em Washington. Foi durante o primeiro mandato como representante do Segundo Distrito do Maine. A terceira vez foi em 2019, enquanto concorria ao Senado, uma campanha que os integrantes do Comitê Democrático achavam ter tantas chances de sucesso quanto a Carga da Brigada Ligeira. Todas as vezes, ela fora levada por um homem que sempre usava calça jeans, camisa branca, paletó preto e um chapeuzinho redondo. O nome dele era Richard Farris. Na primeira ocasião, a caixa de botões ficou com ela durante a maior parte da adolescência. Na segunda, a permanência foi bem mais curta, mas Gwendy acreditava ter salvado a vida de sua mãe (Alicia Peterson morreu em 2015, anos depois da data em que o câncer deveria tê-la matado).

A terceira vez foi… diferente. *Farris* estava diferente.

Gwendy se aposentou da Câmara dos Representantes em 2012, embora pudesse continuar sendo eleita até os oitenta anos, talvez até os noventa se quisesse.

— Você parece Strom Thurmond — disse uma vez Pete Riley, chefe do Comitê Democrático do Maine. — Poderia continuar sendo reeleita até depois de morta.

— Por favor, não faça comparações com esse cara — dissera Gwendy.

— Tudo bem, que tal John Lewis? Seja lá quem você use pra comparar… ora, Margaret Chase Smith, ali de Skowhegan, passou trinta e cinco anos em Washington, o ponto é o mesmo. Você é a famosa reeleição automática. E nós precisamos de você.

Mas o que Gwendy precisava fazer era escrever livros. Ficção fora seu primeiro amor. Ela só tinha publicado cinco romances, e o tempo estava passando. A aposentadoria do serviço público lhe abriu aquele lado da vida e deixou Gwendy feliz de uma forma que a vida na capital nunca tinha feito. Ela publicou *Rosa espinhenta* em 2013 e, em 2015, um romance de assassino serial chamado *Rua da desolação*. Este último, com um maníaco encantador que guardava os dentes de suas vítimas, se passava em Washington, mas fora baseado em certos eventos da cidade dela.

Ela estava pensando em escrever outro livro, cheio de romance e segredos de família, quando Donald Trump foi eleito presidente. Muitos do Segundo Distrito do Maine comemoraram, achando que o pântano de Washington seria drenado, que o orçamento seria equilibrado e o fluxo de imigrações ilegais da América do Sul seria finalmente interrompido. Para os democratas convictos, o tipo de gente que evitava a Fox News como se a emissora transmitisse raiva, foi o começo de um pesadelo de quatro anos. O pai de Gwendy, talvez o membro mais apolítico do Partido Democrático em todo o estado do Maine, olhou para Gwendy com um olhar sóbrio depois da eleição e disse:

— Isso vai mudar tudo, Gwennie. E provavelmente não de um jeito bom.

Ela estava imersa no livro, ambientado no Maine na época do massacre da Gangue Bradley em Derry, quando Pete Riley veio falar com ela de novo. O pobre homem parecia ter perdido dez quilos entre a noite da eleição em 2016 e aquele dia de início de inverno pouco mais de dois anos depois. Ele foi simples e direto. Queria que Gwendy concorresse contra Paul Magowan para o Senado em 2020, data que ele chamou de "o ano da visão perfeita". Riley dizia que apenas Gwendy tinha chance de vencer o empresário republicano, que por sua vez esperava tornar a própria campanha pouco mais que uma formalidade para uma conclusão óbvia.

— No mínimo, você poderia diminuir a velocidade de progresso dele e dar esperança a todas as pessoas sofrendo de DT.

— O que é isso?

— Depressão pós-Trump. Vamos lá, Gwendy, abra sua mente pra isso. Considere de forma justa.

Considere de forma justa era uma das frases registradas dela, usada pelo menos uma vez a cada reunião oficial durante sua carreira política. Se Pete esperava que aquilo girasse a chave da fechadura mental de Gwendy, acabou decepcionado.

— Você está brincando. Só pode estar. Fora o fato de que estou escrevendo um livro novo...

— Que tenho certeza de que será tão bom ou melhor que os outros — disse Pete, abrindo seu melhor sorriso de Clark Gable.

— Não precisa lamber minhas botas — disse Gwendy (que naquele dia estava de tênis). — Homens melhores do que você já tentaram e falharam. O que eu ia dizer é que, fora o livro novo, onde tem um monte de cena quente que estou adorando escrever, aquele idiota do Magowan venceu por quinze pontos em 2014. E, depois de passar dois anos com os lábios grudados no rabo do Donald Trump, ele tem um índice de aprovação de oitenta por cento.

— Besteira — disse Pete. — Propaganda republicana. Você sabe que é.

— Eu não sei nada, mas vamos dizer que seja. Eu era bem popular durante o meu mandato na Câmara, admito, mas as pessoas têm memória curta. Magowan é o homem do momento, eu sou a mulher de ontem. Há uma maré na política, e agora ela está muito conservadora. Você sabe disso tão bem quanto eu. Eu provavelmente não perderia por quinze pontos, mas perderia.

Pete Riley foi até a janela do escritório de Gwendy e olhou para fora com as mãos enfiadas nos bolsos.

— Tudo bem — disse ele, sem olhar para ela. — Fora um milagre, você perderia. Acho que já deixamos isso claro. Então, perca. Faça um bom discurso de derrota dizendo que os eleitores tomaram uma decisão, mas que a luta continua e blá-blá-blá. Aí você pode voltar a escrever sobre Derry, Maine, nos anos 1930. Mas nós não estamos nos anos 1930, nós estamos em 2018, e quer saber de uma coisa?

Ele se virou para ela como um bom advogado de defesa que se dirige ao júri.

— A maré turva de sangue de Yeats também está em ação. As pessoas estão dando as costas para vacinas, para os direitos das mulheres, para a ciência, para a mera noção de igualdade. Estão dando as costas para a *verdade*.

Fora a política, alguém precisa se manifestar e fazer todo mundo olhar para essas coisas em que é mais fácil e mais confortável não acreditar. Você sempre fez isso, *sempre*. Estou te pedindo pra fazer de novo.

— Ser sua nobre Joana D'Arc e deixar o bom povo do Maine me queimar na fogueira?

— Ninguém vai te queimar viva — disse Pete... sem saber que, oito anos depois, Gwendy estaria em cima de uma tocha ardente chamada Eagle Heavy esperando ser transformada em átomos superaquecidos a qualquer momento. — Você vai perder uma eleição. Mas, enquanto isso, pode fazer aquele cretino do Magowan suar frio. Levar ele para o palco dos debates e fazer com que as pessoas vejam que o sujeito está defendendo ideias que não são só ruins, mas também impossíveis de trabalhar e perigosas. *Aí* você pode voltar a escrever seus livros.

Gwendy estava preparada para ficar zangada com Pete, mas percebeu que o colega estava ao menos parcialmente certo. Estava sendo dramática. O que, Gwendy achava, vinha como resultado de escrever ficção cheia de segredos e cenas de sexo.

— Levar um tiro pela equipe, em outras palavras. Parece mais exato?

Ele abriu o sorriso largo de Clark Gable.

— Na mosca.

— Me deixa pensar — dissera ela.

Provavelmente, um erro.

8

MAS NÃO TÃO GRANDE quanto este, pensa Gwendy quando o rugido dos motores aumenta até ficar ensurdecedor. O aperto de Jafari Bankole está paralisante, mesmo através da espessura das luvas. Ela vai até o menu TRIPULAÇÃO no iPad com a mão livre, seleciona o nome de Jafari com a ponta do indicador sensível da luva (é mais fácil lembrar as coisas quando não se está tentando, ela descobriu) e fala com ele pelo comunicador, para ser particular:

— Pode soltar um pouco, Jaff? Está machucando.

— Desculpa, desculpa — diz ele, e relaxa a mão.

— Isso é... tão distante do Quênia.

— E do oeste do Maine — diz Gwendy.

O sacolejo da cabine começa a diminuir, e a cadeira vira de leve no gimbal. Ou será que não? Talvez o que esteja realmente acontecendo seja que a altitude da cabine está mudando. Inclinando.

Gwendy aperta o Com Op para conseguir ouvir Kathy, Sam e o Controle da Missão.

— Quinhentos e sessenta quilômetros para baixo e a barreira do som é apenas uma lembrança feliz — diz Eileen. Ela parece calma, e por que não estaria? Eileen está segura em solo.

— Entendido — diz Kathy. Ela também parece calma, o que é bom.

— Tudo parece ótimo, Eagle Heavy. Queima normal nos três motores.

— Entendido — Sam Drinkwater responde dessa vez.

A inclinação da cabine está ficando gradualmente mais pronunciada, e a viagem ficou mais tranquila. Ao menos por enquanto.

— Tudo pronto para acelerar, Eagle Heavy.

Kathy e Sam, juntos:

— Entendido.

Gwendy não ouve diferença no barulho dos motores, mas uma mão invisível pousa em seu peito. À frente dela, Dale Glen, o médico da missão, parece fazer anotações no iPad, e que se danasse a ponta sensível para telas; o homem havia removido a luva. *Ele podia estar no consultório em Missoula*, pensa Gwendy.

A ÚLTIMA MISSÃO DE GWENDY

Ela vai até INFORMAÇÕES DE VOO no iPad. Eles estão voando há menos de dois minutos, mas já estão com trinta e cinco quilômetros de altitude e viajando a quatro mil quilômetros por hora. Para uma mulher que considera dirigir a cento e trinta na rodovia estadual do Maine uma forma de viver perigosamente, Gwendy tem dificuldade para compreender o número, mas não há dúvida da pressão crescente em seu corpo. A gravidade não quer soltar.

Ocorre um baque, seguido de um brilho intenso na escotilha à esquerda, e, por um momento, ela pensa que acabou. A mão de Jafari aperta a dela de novo.

— O foguete auxiliar de combustível sólido se separou — diz Sam, e Dave Graves responde:

— Aleluia. Gira os jatos, Florzinha.

— Se você me chamar assim de novo, eu arranco a sua cara — diz Kathy. — Quero ouvir que você entendeu.

— Entendido — diz Dave, sorrindo.

A inclinação da cabine aumenta. Do lado de fora, o céu azul havia escurecido para violeta.

— Os três motores principais estão funcionando lindamente — comenta Kathy, e Gwendy vê Bern Stapleton levantar as mãos com os polegares para cima.

Um momento depois, ele está no capacete dela pelo comunicador particular.

— Está gostando do passeio, senadora?

E, como aquele momento é só dos dois, ela diz:

— O melhor orgasmo que uma garota pode ter.

Ele ri. É alto. Gwendy faz uma careta. Ela precisa abaixar o volume, mas como se faz isso mesmo? Ela sabia um tempinho antes, até tinha abaixado, mas, agora, não consegue lembrar.

É no seu iPad. Tudo é lá.

Antes que ela possa ajustar o volume, Bern desliga e a Comunicação de Operação volta. Lá embaixo e agora bem para trás, Eileen Braddock está dizendo que eles passaram do ponto de retorno.

— Entendido, sem retorno — diz Kathy.

Não dá pra voltar agora, pensa Gwendy, e seu medo é substituído por um sentimento de exultação inimaginável que ela jamais esperaria. *É o espaço ou nada.*

Ela gesticula para Jafari erguer o visor e faz o mesmo. Não é o protocolo, mas são só alguns segundos, e tem uma coisa que ela quer dizer. Precisa dizer.

— Jaff! A gente vai ver as estrelas!

O astrônomo sorri.

— Pela graça de Deus, Gwendy. Pela graça de Deus.

9

DEPOIS DA VISITA DE Pete Riley, Gwendy começou a ler sobre Paul Magowan, o senador republicano júnior do Maine. Quanto mais lia, mais enojada ficava. A Gwendy Peterson mais jovem teria ficado horrorizada, e, mesmo aos cinquenta e oito anos, com várias viagens pelo mundo político no currículo, ela sentiu pelo menos certo horror.

Magowan era um conservador fiscal declarado e dizia que não permitiria que um sistema de impostos progressivos baseado em ganhos e gastos hipotecasse o futuro dos netos de seus eleitores, mas não via problema em desmatar as florestas do Maine e retirar as proibições de pesca comercial em áreas protegidas. A atitude dele parecia indicar que os netos sobre os quais vivia falando podiam muito bem lidar com aquelas coisas quando a hora chegasse. Magowan prometia que, com a ajuda do presidente Trump e de outros "amigos da economia americana", ele também iria botar a indústria têxtil do Maine para funcionar de novo "de Kittery a Fort Kent".

Ele desdenhava de questões como chuva ácida e rios poluídos, que tinham gerado maravilhas como o salmão de duas cabeças no meio do século xx, quando as indústrias ainda estavam a todo o vapor. Se perguntassem como o produto dessa indústria têxtil poderia competir com os importados chineses baratos, Magowan dizia aos eleitores: *"Vamos proibir qualquer importação chinesa, exceto pro porco mu-shu e frango do general Tso"*.

As pessoas riam e aplaudiam esse pateta.

Enquanto assistia àquele vídeo específico no YouTube, Gwendy se viu lembrando o que Pete Riley havia dito em sua viagem exploratória de dezembro de 2018: *As pessoas estão dando as costas para vacinas, para os direitos das mulheres, para a ciência, para a mera noção de igualdade. Estão dando as costas para a verdade. Alguém precisa se manifestar e fazer todo mundo olhar para essas coisas em que é mais fácil e mais confortável não acreditar.*

Ela decidiu que seria esse alguém, mas, quando Pete ligou em março de 2019, disse a ele que ainda não tinha se decidido.

— É melhor você se apressar — disse Pete. — Fica tarde cedo na política, como você bem sabe. E, se você

A ÚLTIMA MISSÃO DE GWENDY

for tentar, quero ser seu gerente de campanha. Se você permitir, claro.

— Com esse seu sorriso, como eu poderia dizer não? — perguntou Gwendy.

— Então preciso começar a te posicionar.

— Me pergunta de novo em abril.

Pete soltou um gemido longo, como se ela tivesse pisado no pé dele.

— Tanto tempo?

— Eu preciso pensar. E conversar com meu marido, claro. — Se bem que ela tinha quase certeza de qual seria a reação de Ryan.

O que ela realmente precisava fazer era terminar seu livro, *Cidade da noite* (um título já usado por John Rechy, mas bom demais para não ser reaproveitado), e se preparar. Aí ela partiria para cima do senador Paul Magowan com tudo que tivesse. Como alguém sem chance alguma de vencer, ela se sentiu bem com isso.

Quando contou para Ryan, ele reagiu como ela esperava.

— Vou sair e comprar uma garrafa de vinho. Dos bons. A gente precisa comemorar. *Senhoras e senhores, Gwendy Peterson está de VOLTA!*

10

Do LADO DE FORA da escotilha mais próxima de Gwendy, o céu está escuro. Mais do que escuro. *"Mais preto que cu de guaxinim"*, Ryan poderia ter dito. A cabine gira ainda mais, sua cadeira compensa, e, de repente, seus três monitores estão bem na frente do rosto em vez de acima da cabeça. O rugido dos motores para, e do nada Gwendy está flutuando, presa pelo cinto de cinco pontos. Lembra um pouco a sensação de quando um carrinho de montanha-russa desce durante a primeira queda, só que a sensação não acaba.

— Tripulação, os capacetes podem ser retirados — diz Sam. — Abram os trajes se quiserem, mas fiquem com eles por enquanto.

Gwendy destrava o capacete, remove o objeto... e o vê flutuar, primeiro na frente dela, depois preguiçosamente para cima. Ela olha em volta e vê três outros capacetes flutuando. Gareth Winston agarra o dele.

— O que eu faço com isso? — Ele parece abalado.

Disso Gwendy se lembra, e Winston deveria lembrar; Deus sabe quanto eles ensaiaram.

— Debaixo do assento. Seu compartimento, lembra? — diz Reggie Black.

— Certo — diz Winston, mas não acrescenta um obrigado; a palavra não parece estar no vocabulário dele.

Gwendy guarda o capacete depois de abrir o trinco na base do tato, esperando até ouvir o clique quando o círculo magnetizado do capacete encontra o círculo correspondente na lateral do depósito pessoal dela, que é surpreendentemente grande. Também haverá espaço para o traje pressurizado quando a hora chegar, mas, por enquanto, a única coisa que ela quer colocar lá dentro é a maleta de aço com a carga perigosa. Ela a tira de debaixo do joelho, deposita no compartimento e descobre que precisa segurá-la para que não flutue de volta como um balão de hélio.

Aço flutua, pensa ela, maravilhada. *Deus do céu, estou em um lugar onde aço flutua.*

— Senadora Peterson — chama Kathy. — Gwendy. Venha aqui em cima. Quero te mostrar uma coisa. Você lembra como se mover por aí?

Ela não lembra. Sumiu. Não deveria, mas sumiu.

A ÚLTIMA MISSÃO DE GWENDY

Reggie Black, o físico da missão, a salva.

— Um ou dois movimentos lentos — diz ele. — Calma, pra você...

Agora, ela lembra.

— Pra eu não bater com a cabeça no botão DESTRUIR. — Uma piada que eles aprenderam durante o treinamento.

— Exato — diz Adesh, sorrindo. — Não vai esbarrar nesse aí, não!

Winston não diz nada. Gwendy vê que ele está irritado por não ter sido convidado para subir primeiro; ele é o passageiro pagante, afinal. O cara pode até valer uma quantia obscena de dinheiro, mas, com o bico que está fazendo, ele só parece uma criança petulante.

Gwendy solta o cinto e ri quando flutua lentamente acima do assento. Ela ergue os joelhos até o peito, como ensinaram no treinamento, e rola devagar para a frente. Estica as pernas. Poderia estar deitada de bruços na cama, só que *não tem* cama. E ela não precisa dar impulso. Jafari segura seu tornozelo e a empurra de leve. Rindo, feliz da vida, a senadora flutua em direção ao topo da cabine (só que agora é a frente da cabine), passando por cima da cabeça de Reggie, Bern e dr. Glen. *É como estar em um sonho*, pensa ela.

Gwendy segura o encosto do assento de David Graves e toma impulso para ficar entre Kathy e o segundo em comando, cujo nome lhe fugiu da mente. É algo relacionado a água, mas ela não lembra o quê.

Não há escotilhas na área de controle, mas existe uma janelinha estreita com um metro e vinte de comprimento e quinze centímetros de largura.

— Dá para ver melhor na sua tela central — Kathy explica baixinho — ou no seu tablet, claro, mas achei que gostaria de dar a primeira olhada desse jeito. Já que você é parte do motivo para essas missões ainda existirem.

Eu tive meu próprio motivo, pensa Gwendy. *A exploração espacial, o avanço de conhecimento humano, claro. Mas agora tem outra coisa.*

Por um momento apavorante, ela não lembra o que é essa outra coisa, apesar de ser a maior coisa de sua vida. Mas a preocupação é afastada da mente devido ao que ela está vendo lá embaixo… e, sim, é definitivamente lá embaixo.

O planeta natal paira no vácuo, azul-esverdeado e usando muitos cachecóis de nuvens brancas. Ela já viu fotos, claro, mas a realidade, a *realidade* em primeira mão, é impressionante. Ali, no nada preto do espaço vazio, existe um mundo lotado de vida improvável, linda e adorável.

— Aquele é o oceano Pacífico — diz baixinho o segundo em comando. Agora que não está tentando, Gwendy se lembra do nome dele: Sam Drinkwater.

— Como os Estados Unidos podem ter ficado pra trás tão rápido, Sam?

— A velocidade faz isso mesmo. O Havaí está passando abaixo de nós. O Japão vem em seguida.

Ela enxerga um redemoinho lá embaixo, branco girando em meio ao azul, e se lembra da monção que viu quando estava verificando o tempo no computador durante o começo da manhã, quando não conseguia mais dormir. Mas aquilo não é tela de computador; é uma visão do olho de Deus.

— Pura beleza, é o que é — Gwendy responde para Sam e começa a chorar. As lágrimas dela sobem e pairam acima, diamantes perfeitos flutuando.

11

CLARO QUE A OPOSIÇÃO estava esperando por ela.

Eles puderam fazer isso porque Gwendy era a única candidata viável para a indicação democrata. Ela anunciou suas intenções em agosto de 2019, com o marido ao lado. Discursou no coreto de Castle Rock, na praça da cidade, onde tinha anunciado a candidatura para a Câmara dos Representantes em cada vez que concorreu. Havia repórteres e equipes de filmagem de todas as estações de televisão do Maine presentes, além de blogueiros e até um cara da televisão nacional, que devia estar na área por acaso: Miguel Almaguer, da NBC News. Houve também uma excelente adesão dos moradores, que comemoraram como loucos. Gwendy até viu uns cartazes feitos em casa. Seu favorito, exibido por sua velha amiga Brigette Desjardin, dizia EI, MAINE! MANDA A GWENDY!

A ÚLTIMA MISSÃO DE GWENDY

A cobertura do discurso foi boa (as estações locais públicas transmitiram os dez minutos inteiros naquela noite). O comentário de Paul Magowan no noticiário mais tarde foi tipicamente condescendente: *"Bem-vinda à corrida, mocinha. Pelo menos você pode voltar para os seus livros quando isso tudo acabar"*.

A campanha de Magowan seguraria a maior parte do marketing durante mais um ano, porque os cidadãos do Maine não se interessam pelas eleições locais até três ou quatro meses antes da data, mas eles fizeram uma salva de abertura no dia 27 de agosto, o dia seguinte ao anúncio de Gwendy. Uma propaganda de jornal de página inteira e sessenta segundos de comerciais de televisão que começavam com a seguinte declaração: *"A escritora favorita do Maine vai concorrer ao Senado dos Estados Unidos!"*.

Abaixo da manchete, nas propagandas do jornal e narrado na televisão para quem não podia ler, havia um trecho de *Rosa espinhenta*, publicado em 2013 pela Viking. Gwendy achou uma graça amarga no tom portentoso do narrador durante a propaganda de televisão.

"Andrew a abraçou por trás, com uma das mãos apoiadas com firmeza em seu abdome. Com a outra, ele acariciou o **biiip** *dela até que a mulher começasse a respirar com dificuldade.*

"— Eu quero que você me **biiip** *agora — disse ela — e só pare quando eu* **biiip**.

A ÚLTIMA MISSÃO DE GWENDY

"Ele a carregou para o quarto e a jogou na cama de dossel. Ofegante, ela se virou de lado e segurou o **biiip** *dele, sussurrando:*

"— Agora, Andy. Não consigo mais esperar."

Depois disso, nas propagandas impressas e acima de uma foto nada lisonjeira de Gwendy nos comerciais de televisão (boca aberta, olhos meio fechados, parecendo ter alguma deficiência intelectual), havia uma pergunta: *JÁ NÃO TEM PORNOGRAFIA SUFICIENTE EM WASHINGTON?*

Gwendy achou graça da obscenidade do ataque. Seu marido discordava.

— Você devia processá-los por difamação! — disse Ryan, atirando enojado o *Current* de Portland no chão.

— Ah, eles adorariam que eu rolasse na lama com eles — disse Gwendy. Ela pegou o jornal e leu o trecho. — Sabe o que isso prova?

— Que Magowan é capaz de se rebaixar a qualquer coisa? — Ryan ainda estava furioso. — Que ele é tão baixo a ponto de botar uma cartola e ainda assim conseguir passar por baixo de uma cascavel?

— Uma ótima imagem, mas não é o que eu estava pensando. Isso prova que contexto é tudo. *Rosa espinhenta* é melhor do que essa propaganda sugere. Talvez não muito, mas é.

A ÚLTIMA MISSÃO DE GWENDY

Quando lhe perguntaram pela suposta pornografia nas semanas seguintes, Gwendy respondeu com um sorriso:

— Com base no registro de votos do senador Magowan, não estou certa de que ele saiba explicar a diferença entre pornografia e política. E, já que estamos falando de pornografia, talvez vocês queiram perguntar a ele sobre o romance de seu amigo Donald Trump com Stormy Daniels. Pra ver o que ele tem a dizer sobre isso.

O que Magowan teve a dizer sobre Stormy Daniels, no fim das contas, não foi muito, e o assunto todo acabou passando, como acontece com tempestades em copo d'água. As duas campanhas cochilaram quando o outono de 2019 teve um veranico e trouxe a primeira frente fria. Magowan talvez retornasse à passagem cuidadosamente selecionada do livro dela quando a eleição começasse de verdade, mas, com base na resposta de palavras afiadas que ela oferecera, talvez não.

Gwendy e Ryan ajudaram a servir o jantar de Ação de Graças daquele ano para cem pessoas em situação de rua no abrigo da rua Oxford de Portland. Voltaram tarde para Castle Rock, e Ryan foi direto para a cama. Gwendy vestiu o pijama e quase se deitou ao lado do marido, mas se deu conta de que estava pilhada demais para dormir. Decidiu descer a escada e tomar um copinho de vinho, só dois ou três goles para acalmar o

A ÚLTIMA MISSÃO DE GWENDY

nervosismo pós-evento que ainda estava sentindo, apesar dos anos de vida pública.

Richard Farris estava sentado na cozinha, esperando por ela.

As mesmas roupas, o mesmo chapeuzinho preto; mas, fora isso, como ele tinha mudado... Estava velho.

E *doente*.

12

QUANDO GWENDY SE VIRA para voltar do território dos oficiais rumo à área dos subordinados, ela quase bate na cabeça de Gareth Winston, que está flutuando logo atrás.

— Abra caminho para o grandão, senadora.

Gwendy se vira de lado, segura um apoio de mão e volta para seu lugar enquanto Wilson se espreme entre Graves e Drinkwater. Ele espia pela abertura durante alguns momentos e diz:

— Ah. A vista é melhor da escotilha.

— Divirta-se lá — diz Kathy. — Sugiro que você deixe os que não têm escotilha darem uma olhada.

Dave Graves está verificando uma série de números no computador e murmurando com Sam, mas pausa por um momento para encarar Gwendy, erguendo as sobrancelhas. Gwendy não tem como saber se ele está dizendo "*Três semanas com esse cara vai ser divertido*", mas está certa de que é isso mesmo. Gwendy conheceu muita gente rica em Washington: eles sentem atração pelo poder como insetos na luz, e a maioria é até legal; só querem que gostem deles. Ela acha que Gareth é a exceção à regra.

Gwendy se segura no encosto do assento, dá uma viradinha (em gravidade zero, seu corpo de sessenta e quatro anos parece ter quarenta de novo) e se acomoda. Ela fecha o cinto e abre o traje até a cintura. Pega o caderno no bolso com elástico do macacão vermelho da Eagle, não por precisar naquele momento, mas para verificar que ele ainda se encontra lá. O caderno está cheio de nomes, categorias e informações.

Tem uma parte que ela não precisou ainda, mas Gwendy já leu o suficiente sobre seu problema de saúde para saber que vai precisar conforme a podridão mental no cérebro dela avança. *Rua Carbine, 1223*. Seu endereço. *Pippa*, o nome da cadelinha-salsicha idosa do pai. *Cemitério Homeland*, onde sua mãe está enterrada. Uma lista de remédios, que agora supostamente estão guardados na cabine pequenininha junto às poucas roupas que foi autorizada a trazer. Nada de números de telefone, o iPhone não funciona lá em cima (embora Eileen Braddock tenha garantido que esse tipo de serviço estará disponível em um ou dois anos), mas uma lista completa

A ÚLTIMA MISSÃO DE GWENDY

das funções do aparelho, além de uma lista dos deveres dela como oficial de clima da Eagle. Pode ser um trabalho inventado, mas ela pretende fazer direitinho.

A coisa mais importante no caderninho da memória (é assim que ela o chama) fica ali pela metade, escrita em tinta vermelha dentro de um retângulo: *1512253*. É o código para abrir a maleta de aço que é intransponível de qualquer outra forma. A ideia de esquecer aquele número e se ver incapaz de pegar a caixa de botões lá dentro enche Gwendy de horror.

Adesh se deslocou para olhar pela escotilha de Winston, e Jafari Bankole está espiando por cima do ombro do colega. Não tem Terra para ser vista daquela escotilha, mas dr. Glen foi olhar do outro lado.

— Incrível. *Incrível.* Não é como olhar fotos e filmes, né?

Gwendy concorda e abre o caderninho para conferir a página da tripulação porque esqueceu o primeiro nome do médico. Além disso, Reggie Black... qual é a função dele mesmo? Ela sabia minutos antes, mas fugiu.

Uma pena sai flutuando do caderno. Winston, agora voltando pelo ar, estica a mão na direção do objeto.

— Não encosta nisso — Gwendy diz com rispidez.

Ele não presta atenção, só pega a pena no ar, olha para ela com curiosidade e a entrega para Gwendy

— O que é?

— Uma pena — diz Gwendy, e se segura para não acrescentar *"Você é cego?"*. Ela precisa conviver com aquele homem, afinal, e o apoio dele ao programa espacial é indispensável. Se eles encontrassem sinais de vida no sistema solar (ou além), talvez não fosse o caso, mas, por enquanto, é. — Uso como marcador.

— Um amuleto da sorte, talvez?

A perspicácia do comentário a sobressalta. Gwendy fica meio inquieta.

— Como adivinhou?

Ele sorri.

— Você tem a mesma pena tatuada no tornozelo. Vi na academia, quando você estava na esteira.

— Vamos só dizer que eu gosto de penas.

Winston assente e parece perder o interesse.

— Cavalheiros? Posso ter minha cadeira de volta? E a minha escotilha? — Ele deposita uma ênfase leve, mas inconfundível, no *minha*.

Adesh e Jafari saem da frente, duas trutas nadando e abrindo espaço para uma foca superalimentada.

— É maravilhoso — murmura Adesh para Gwendy. Ela assente.

Quando consegue espaço livre para manobrar, Gwendy solta o cinto de novo e tira o traje pressurizado. Ela rola para frente de modo involuntário durante o processo, pensando que a falta de peso não é tudo isso que dizem ser. Depois que o traje está guardado debaixo do assento, dobrado em cima da maleta de aço, ela desce para o último nível, que será a sala comunitária para passageiros nos futuros voos orbitais... e talvez em voos para a Lua. Esse tipo de espaço é novo e não estará nas aeronaves que vão direto para a estação MF. Gwendy está no voo inaugural.

A área tem o formato de uma pílula e é surpreendentemente espaçosa. Possui duas telas grandes no chão, uma mostrando o espaço preto vazio e outra mostrando o contorno amplo da Mãe Terra com sua atmosfera fina (e meio suja, Gwendy não deixa de reparar). Duas cabines ficam a bombordo, com a outra e o toalete a estibordo. As portinhas brancas e reluzentes lembram os necrotérios de algumas séries policiais que Gwendy adora. Uma placa no banheiro diz SEMPRE REPASSE O PROCEDIMENTO ANTES DE USAR.

Gwendy ainda não precisa ir ao banheiro, então move os pés preguiçosamente e flutua até a cabine com SEN. PETERSON na porta. O trinco parece a maçaneta de uma geladeira. Ela o abre e usa o apoio acima da porta para se deslocar para dentro. A cabine, que mais parece um nicho, também tem formato de pílula, só que bem menor. Claustrofóbica, até. Agora ela se lembra do alojamento da tripulação em filmes de submarino da Segunda Guerra Mundial. Há uma cama com cinto para impedir que a pessoa saia flutuando enquanto dorme até o teto curvo uns trinta centímetros acima, uma geladeira minúscula onde cabem três ou quatro garrafas de suco ou refrigerante (e talvez um sanduíche, se você apertar bem) e, imagine, uma cafeteira Keurig. *Café na cabine*, ela pensa. *O auge do luxo em viagens espaciais.*

Em cima da geladeirinha, presa por um ímã, está uma foto em porta-retratos de aço de Gwendy, Ryan e os pais dela, os quatro na praia do Parque Estadual Reid, rindo com os braços em volta uns dos outros.

Gwendy já vai começar seus trabalhos com o clima, mas, no momento, ela precisa se reconcentrar mentalmente e repassar as informações da tripulação. Ela se deita na cama e fecha o cinto. Os servomecanismos estão zumbindo em algum lugar, mas, fora isso, a cápsula dela está mergulhada em um silêncio sinistro. Eles podem estar circulando o planeta a milhares de quilômetros por hora, mas não há sensação de movimento. Ela abre o caderninho vermelho e encontra as páginas da tripulação. Nomes e biografias resumidas. Reggie Black é o físico, claro. E o primeiro nome do dr. Glen é Dale. Mamão com açúcar, claro como o dia… mas pode sumir de novo em uma hora, talvez em quinze minutos.

Eu sou louca de estar aqui, ela pensa. *Louca de estar escondendo o que há de errado comigo. Mas ele não me deu escolha. Tem que ser você, Gwendy, ele disse. Não tenho mais*

A ÚLTIMA MISSÃO DE GWENDY

ninguém. E eu concordei. Na verdade, fiquei meio empolgada com a perspectiva. Só que...

— Só que na época eu estava bem — sussurra Gwendy. — Ou pelo menos, achava que estava. Ah, Deus, me ajude a chegar ao fim disso.

Lá em cima, depois do que ela viu abaixo (a Terra tão frágil e linda contra o preto), é fácil pensar que Ele ou Ela possa realmente existir.

13

— O QUE DIABOS...? — começou Gwendy, pretendendo terminar com *"você está fazendo aqui"* ou *"está acontecendo de errado com você"*, ela não sabia qual, mas Farris não lhe deu tempo.

Ele levou um dedo aos lábios e sussurrou:

— Shh. — Ergueu os olhos para o teto. — Não acorde seu marido. Lá fora.

Ele se levantou com dificuldade, oscilou, e, por um momento, Gwendy teve certeza de que ele ia cair. Mas Farris se equilibrou, respirando com dificuldade. Por dentro dos lábios rachados (havia bolhas de febre neles?), ela viu dentes amarelados. E buracos onde alguns dos dentes tinham caído.

— Debaixo da mesa. Pega. Anda logo. Não temos muito tempo.

A ÚLTIMA MISSÃO DE GWENDY

Debaixo da mesa havia uma bolsa de lona. Ela não via aquela bolsa desde que tinha doze anos, quatro décadas e meia antes, mas reconheceu-a na mesma hora. Ela se inclinou e a pegou pelo barbante do alto. Farris caminhou oscilando até a porta da cozinha. Havia uma bengala encostada ali. Ela esperaria que um ser tão fabuloso, uma pessoa saída de um conto de fadas, tivesse uma bengala fabulosa, talvez com uma cabeça de lobo prateada no alto, mas era só uma bengala comum com cabo curvo e uma borracha velha de guidão de bicicleta na base. Ele se apoiou nela, mexeu na maçaneta com dificuldade e quase caiu de novo. Paletó preto, calça jeans preta, camisa branca: as peças, que antes o vestiam com uma perfeição casual, agora pendiam como roupas velhas em um espantalho na plantação.

Gwendy segurou o braço dele (tão magro dentro do paletó!) para firmá-lo e abriu a porta. Aquela porta e todas as outras estavam trancadas quando ela e Ryan saíram, e o alarme estava acionado, mas agora a maçaneta girava facilmente e o painel do alarme na parede estava escuro, sem ao menos a mensagem AGUARDANDO na janelinha.

Eles saíram para a varanda telada dos fundos, onde a mobília de vime ainda não tinha sido retirada para a estação fria. Richard Farris tentou se sentar em uma das cadeiras, mas as pernas não cooperaram e ele desabou, soltando um grunhido de dor quando a bunda bateu na almofada. Ele ofegou duas vezes, sufocou uma tossida com a manga (que estava suja com o resíduo de muitas tosses prévias) e olhou para ela. Os olhos dele permaneciam os mesmos, pelo menos. O sorrisinho também.

— A gente tem que conversar, você e eu.

Não era o que ele tinha dito na primeira vez que o vira; parecido, mas não a mesma coisa. Na época, ele tinha dito *"precisa"* conversar. *"Ter que" leva a situação a um nível diferente*, pensou ela.

Gwendy fechou a porta, se sentou no balanço da varanda com a bolsa de lona entre os pés e perguntou o mesmo que teria perguntado na cozinha caso ele não a tivesse lembrado que ela tinha um marido no andar de cima.

— O que houve com você? E por que está aqui?

Farris conseguiu abrir um sorriso.

— A mesma Gwendy de sempre, que vai direto ao ponto. O que houve comigo não importa. Estou aqui porque houve o que aquele sujeitinho verde chamado Yoda consideraria uma "perturbação na Força". Infelizmente, preciso pedir...

Ele começou a tossir antes de conseguir terminar. Sacudiu o corpo magro, e ela pensou de novo no quanto Farris parecia um espantalho, agora sacudido na estaca por um vento forte de outono.

Ela começou a se levantar.

— Vou pegar um copo de ág…

— Não. Não vai. — Ele controlou o espasmo. Tossir daquele jeito deveria ter deixado as bochechas dele vermelhas, mas o rosto permaneceu pálido. Os olhos estavam afundados em círculos escuros de doença.

Farris remexeu no paletó e tirou lá de dentro um frasco de comprimidos. Ele começou a tossir de novo antes de conseguir tirar a tampa, e o frasco caiu de seus dedos instáveis. Foi parar junto da bolsa de lona. Gwendy o pegou. Era um frasco marrom de farmácia, mas não havia informação nenhuma no rótulo, apenas uma série de runas que a deixou estranhamente tonta. Ela fechou os olhos, abriu-os de novo e viu a palavra DINUTIA, que não significava nada para ela. Quando piscou outra vez, as runas vertiginosas estavam de volta.

— Quantos?

Ele estava tossindo muito para responder, mas ergueu dois dedos. Ela abriu a tampa e tirou dois comprimidinhos, que se pareciam com o Ranexa que seu pai tomava para angina. Colocou-os na mão esticada de Farris (não havia linhas nela; a palma era perfeitamente lisa) e, quando ele os pôs na boca, ficou alarmada ao ver gotículas de sangue nos lábios dele. Farris engoliu, respirou fundo e depois respirou de novo, ainda mais fundo. Um mínimo de cor voltou às bochechas, e, quando isso aconteceu, ela viu um pouco do homem que tinha conhecido em Castle View, perto do topo da Escadaria Suicida, tantos anos antes.

A tosse dele foi passando até parar. Ele esticou a mão para pegar o frasco. Gwendy olhou lá dentro antes de colocar a tampa. Só havia uns seis comprimidos. Talvez oito. Ele guardou o frasco no bolso interno do paletó, se encostou e olhou para o quintal escuro.

— Assim está melhor.

— É remédio de coração?

— Não.

— Remédio de câncer? — Sua mãe tinha tomado Oncovin e Abraxane, embora nenhum dos dois se parecesse com o comprimidinho branco que Farris havia engolido.

— Se precisa tanto saber, Gwendy, e você sempre foi curiosa, tem muitas coisas erradas comigo e todas estão surgindo de uma vez. Os anos em que fui perdoado, e foram muitos, estão voltando como pessoas famintas entrando em um restaurante. — Ele ofereceu seu sorrisinho encantador. — E, acredite, elas estão *muito* famintas. Eu sou o bufê.

— Quantos *anos* você tem?

Farris balançou a cabeça.

— Temos coisas mais importantes pra conversar, e meu tempo é curto. Há um problema, e a coisa dentro

A ÚLTIMA MISSÃO DE GWENDY

dessa bolsa de lona é a responsável. Você se lembra da última vez em que conversamos?

Gwendy lembrava, vividamente. Ela estava no Aeroporto de South Portland, sentada em um banco enquanto Ryan estacionava o carro. A bagagem dela, inclusive a caixa de botões na bolsa de mão, estava ao redor. Richard Farris se sentou e disse que eles precisavam conversar antes de serem interrompidos. Eles conversaram. Quando a conversa terminou, a caixa de botões havia sumido da bolsa. Abracadabra, agora está aqui, agora não está. E o mesmo aconteceu com o próprio Farris. Ela virou a cabeça por um momento e, quando olhou de volta, ele tinha sumido. Gwendy achou que nunca mais o veria.

— Lembro.

— Vinte anos atrás. — Ele manteve a voz baixa, mas a rouquidão tinha passado, os dedos não estavam mais tremendo e a cor do rosto estava boa. *Só por um momento*, pensou Gwendy; ela tinha cuidado da mãe durante sua última doença, e o pai estava agora em um declínio lento, mas regular. Havia um limite para o que comprimidos podiam fazer, e só por um tempo. — Você era membro menor da Câmara dos Representantes na época, uma dentre centenas. Agora, está mirando em um assento de poder genuíno.

Gwendy soltou uma risada baixa. Tinha certeza de que Richard Farris sabia de muita coisa, mas, se ele

A ÚLTIMA MISSÃO DE GWENDY

achava que ela venceria Paul Magowan e ascenderia ao Senado dos Estados Unidos, então ele não entendia porra nenhuma de política do Maine.

Farris sorriu como se soubesse exatamente o que ela estava pensando (uma ideia incômoda, mas que não a tornava errada). Em seguida, o sorriso sumiu.

— Na primeira vez que você ficou com a caixa, a posse durou seis anos. Incrível. Já passou por sete pares de mãos apenas desde aquele dia no aeroporto.

— Na segunda vez, foi um piscar de olhos — disse Gwendy. — Tempo suficiente pra salvar a vida da minha mãe, eu ainda acredito nisso, mas não muito mais.

— Aquilo foi uma emergência. Agora, temos outra. — Farris tocou com o pé a bolsa de lona entre os chinelos de Gwendy com uma expressão de repulsa. — Essa coisa. Essa coisa maldita. Como eu a odeio. Como eu a *abomino*.

Gwendy não tinha ideia de como responder àquilo, mas sabia o que sentia: medo. O velho ditado da mãe voltou à mente: isso é MS. Mau sinal.

— A cada ano, ela ganha poder. A cada ano, a capacidade de fazer o bem fica mais fraca e a capacidade de fazer o mal fica mais forte. Você se lembra do botão preto, Gwendy?

— Claro que sim. — Ela falava por entre lábios dormentes. — Eu o chamava de Botão do Câncer.

A ÚLTIMA MISSÃO DE GWENDY

Farris assentiu.

— Um bom nome pra ele. É o que tem poder de acabar com tudo. Não só com a vida na Terra, mas com a Terra em si. E a cada ano os proprietários da caixa sentem uma compulsão maior para apertá-lo.

— Não diz isso. — A voz dela saiu aquosa, à beira das lágrimas. — Ah, por favor, sr. Farris, não diz isso.

— Você acha que eu quero? — ele perguntou com rispidez. — Acha que quero estar aqui, te encarregando dessa... perdão pela linguagem, dessa merda uma terceira vez? Mas eu preciso, Gwendy. Não tem mais ninguém em quem eu confie pra fazer o que precisa ser feito, nem ninguém que possa, e eu digo *possa*, conseguir fazer.

— O que você quer que eu faça? — Ela descobriria ao menos aquilo, depois decidiria. Se pudesse, claro; se ele deixasse a caixa de botões com ela, Gwendy ficaria presa com o objeto.

Não, pensou ela, *eu não vou ficar presa com nada. Vou encher a sacola de pedras e atirar no lago Castle.*

— Sete proprietários desde o ano 2000. Cada um foi ficando menos tempo com a caixa. Cinco cometeram suicídio. Um levou a família toda junto. Esposa e três filhos. Tiro. Ele ficou dizendo para o negociador da polícia: "*a caixa me fez fazer isso, foi a caixa de botões*". Claro que a polícia não tinha ideia do que ele estava dizendo porque a caixa já não estava mais lá. Estava comigo.

A ÚLTIMA MISSÃO DE GWENDY

— Meu Deus — sussurrou Gwendy.

— Um está em uma instituição mental em Baltimore. Ele jogou a caixa de botões numa fornalha de crematório. O que não adiantou, claro. Eu mesmo o internei. A sétima, a última, um mês atrás... eu a matei. Não queria, fui responsável pelo que ela se tornou, mas não tive escolha. — Ele fez uma pausa. — Você se lembra das cores, Gwendy? Não o vermelho e o preto, eu sei que desses você se lembra.

Claro que ela lembrava. O botão vermelho fazia o que você quisesse, fosse bom ou ruim. O preto significava destruição em massa. Ela se lembrava dos outros seis também.

— Eles representam os continentes da Terra — disse ela. — Verde-claro, Ásia. Verde-escuro, África. Laranja, Europa. Amarelo, Oceania. O azul é a América do Norte e o violeta é a América do Sul.

— Sim. Ótimo. Você era rápida de aprender mesmo quando criança. Mais tarde talvez você não seja mais tão boa, mas, se lutar... se lutar muito, com todas as suas forças...

— Não estou entendendo. — Gwendy pensou que o efeito dos comprimidos que Farris tinha tomado estava começando a passar.

— Não importa. A última proprietária foi uma mulher chamada Patricia Vachon, de Vancouver. Ela era professora de crianças com deficiência mental e era bem parecida com você em vários aspectos, Gwendy. Equilibrada, determinada, dedicada e com uma fibra moral que ia até os ossos. A retidão antes da moralidade, se é que você me entende.

Gwendy entendia.

— Se a existência é um jogo de xadrez com peças pretas e brancas, Patricia Vachon ficava firmemente do lado das brancas. Eu achava até que ela talvez fosse a Rainha Branca, assim como você já foi. Patricia tinha pele negra e era uma peça branca. De *luz*. Você entende?

— Entendo.

Gwendy não era muito boa no tipo de xadrez que se jogava num tabuleiro, e Ryan sempre vencia quando dava um jeito de convencê-la a jogar, mas tinha sido muito boa no xadrez da vida real durante seus anos na Câmara dos Representantes. Lá, ela estava sempre pensando três jogadas à frente. Às vezes quatro.

— Eu a achava perfeita — continuou Farris. — Achava que ela seria capaz de cuidar da caixa por anos, talvez até nós conseguirmos decidir como nos livrar dela de uma vez por todas.

— Nós? Quem é *nós*?

Farris não lhe deu atenção.

— Eu estava enganado. Não sobre ela, mas sobre a caixa. Subestimei seu poder crescente. Não deveria,

A ÚLTIMA MISSÃO DE GWENDY

não considerando o que aconteceu com os que vieram depois de você, Gwendy, mas Vachon parecia tão *certa*. Mas, no fim das contas, a caixa a destruiu também. Mesmo antes de eu botar uma bala na cabeça dela, já estava destruída. Eu sou o responsável.

Lágrimas começaram a descer pelas bochechas de Farris. Gwendy as observou com incredulidade. Ele não era mais o homem que ela conhecia. Ele estava...

Destruído, pensou. *Ele está destruído. Provavelmente morrendo.*

— Ela ia apertar o botão preto. Estava lutando muito, *heroicamente*, contra o impulso, mas estava com o polegar sobre ele quando atirei nela. E apertando. Com sorte, poderíamos até dizer providencialmente, os botões são duros de apertar. Bem duros. Como sei que você deve lembrar.

Gwendy lembrava. Na primeira vez que tentou apertar um deles (o vermelho, como uma espécie de experimento), ela achou que fossem botões falsos e que tudo era brincadeira. Não era, a não ser que você considerasse as centenas de mortos no país sul-americano de Guiana como piada. Quanto do massacre de Jonestown era sua culpa, Gwendy não sabia nem tinha certeza de que queria saber.

— Como você chegou lá a tempo de impedir?

— Eu monitoro a caixa. Cada vez que é usada, eu sei. E eu normalmente sei quando o detentor está pensando em usá-la. Nem sempre, mas tem outro jeito de acompanhar.

— Quando as alavancas são empurradas?

Richard Farris sorriu e concordou.

Havia duas alavancas, uma de cada lado da caixa. Uma liberava dólares de prata Morgan, que nunca circularam e sempre com a data de 1891. A outra liberava animais de chocolate pequenininhos e deliciosos. Eram difíceis de resistir, e Gwendy percebeu que aquilo as tornava o jeito perfeito de monitorar com que frequência o detentor usava a caixa. Mexia nela. Pegava suas... o quê? Bactérias? Seus germes? Sua capacidade de fazer o mal?

Sim, isso.

— Detentores que empurram a alavanca com frequência demais pra obter chocolates ou moedas disparam alertas. Eu sabia que isso estava acontecendo com Vachon e fiquei decepcionado, mas achei que tinha mais tempo pra encontrar outra pessoa. Eu me enganei. Quando cheguei nela, Vachon já tinha apertado um dos botões. Provavelmente só pra aliviar a pressão por um tempinho, pobre mulher.

Gwendy se sentiu toda gelada. Os pelos em sua nuca ficaram arrepiados.

— Qual deles?

— Verde-claro.

— Quando? — Seu primeiro pensamento foi o desastre de Fukushima, quando um tsunami fez fundir um reator nuclear japonês. Mas Fukushima tinha sido pelo menos sete anos antes, talvez mais.

— Perto do fim de outubro. Eu não a culpo. Ela se segurou o máximo que conseguiu. Mesmo com o polegar no botão verde-claro, tentando superar uma compulsão forte demais para resistir, ela estava pensando: *Por favor, nada de explosão. Por favor, nada de terremoto. Por favor, nada de vulcão nem maremoto.*

— Você ouviu isso na sua cabeça. Telepaticamente.

— Quando alguém encosta em um dos botões, mesmo que seja com a mais leve carícia, eu fico "on-line", por assim dizer. Mas eu estava longe, cuidando de outra coisa. Fui pra lá o mais rápido que pude e cheguei a tempo de impedir que ela apertasse o que você chama de Botão do Câncer, mas cheguei tarde demais para o botão da Ásia.

Ele passou a mão pelo cabelo ralo, entortando o chapeuzinho redondo, o que fez com que parecesse saído de um musical antiquado e prestes a sapatear.

— Isso tem só quatro semanas.

Gwendy revirou a mente, tentando pensar em um desastre que tivesse ocorrido em um país asiático naquela ocasião. Ela tinha certeza de que muitas tragédias e mortes haviam acontecido, mas não conseguia pensar em um megadesastre forte o suficiente para tirar Donald Trump das notícias principais dos jornais noturnos.

— Acho que eu deveria saber, mas não sei — disse ela. — Uma explosão de refinaria de óleo? Talvez um ataque de gás tóxico? — Mas sabia que ambas as ideias seriam coisas pequenas. Coisas do tipo que o botão vermelho cuidaria.

Jonestown, por exemplo.

— Poderia ter sido bem, bem pior — disse Farris. — Ela se segurou o máximo que pôde, e contra forças poderosas do lado sombrio. Mas é bem ruim. Só duas pessoas morreram até agora, uma delas o dono do que na província de Wuhan se chama "mercado molhado". É um lugar onde...

— Onde se vende carne, eu sei. — Ela se inclinou para a frente. — Você está falando de uma doença, sr. Farris? Uma coisa tipo MERS ou SARS?

— Estou falando de uma *peste*. Só tem dois mortos agora, mas muitos outros estão doentes. Alguns estão carregando a doença e nem sabem ainda. O governo chinês ainda não tem certeza, mas desconfia. Quando souberem, vão tentar encobrir. Como resultado, a coisa vai se espalhar. Vai ser muito ruim.

— O que eu posso fazer?

— É o que eu vou te dizer. E vou ajudar se puder.

A ÚLTIMA MISSÃO DE GWENDY

— Mas você está...

Ela não queria terminar a frase, mas ele terminou por ela.

— Morrendo? Ah, sim, acho que estou. Mas você sabe o que isso significa?

Gwendy fez que não, por um momento pensando na mãe e em uma noite na qual elas olharam as estrelas.

Farris sorriu.

— Nem eu, menina querida. Nem eu.

14

QUANDO GWENDY PETERSON era garota, ela e sua melhor amiga, Olive Kepnes, faziam uma brincadeira chamada "sereia" na piscina comunitária de Castle Rock. Elas andavam lado a lado pelo raso até que a água, fria mesmo em agosto, batesse no meio do peito. Em seguida, se revezavam para sentar no fundo enquanto a outra ficava de pé e recitava uma série de palavras secretas inventadas. Quando o fôlego acabasse e ela voltasse para a superfície, a garota debaixo da água, a sereia, tinha de tentar adivinhar o que fora dito. Não havia vencedoras nem perdedoras na brincadeira. Só era divertido.

Quando Gwendy abre os olhos sob a luz forte do teto, com o caderno da memória preso junto ao peito por um punho fechado, Olive Kepnes e essa brincadeira antiga são a primeira coisa que surge em sua cabeça. A voz vindo do outro lado da porta branca e brilhante, a menos de um metro e oitenta, soa distante e gorgolejante, como se Gwendy a estivesse ouvindo debaixo da água.

Ela levanta a cabeça e olha em volta, a vista pousando na cafeteira Keurig preta e prateada. Ela pisca, confusa. Sabe que está em um foguete viajando pelo espaço, disso ela lembra, mas o que uma cafeteira está fazendo ali?

Gwendy tenta ficar sentada e experimenta um momento de pânico gelado ao descobrir o cinto que a segura no lugar, mas sente um fluxo imediato de alívio quando se dá conta de que deve ter cochilado na cama. Ela solta o cinto e flutua para cima no colchão estreito. *Como a fada Sininho*, pensa ela, em um momento de puro maravilhamento.

Há uma batida seca na porta, e a voz abafada soa de novo. Gwendy não a reconhece; na verdade, não consegue determinar se é masculina ou feminina. Mas parece que alguém está dizendo *"Perdi meu cachorro também"*. Mesmo na névoa cinzenta do estupor parcialmente acordado, ela tem certeza de que isso não está certo.

A pessoa do lado de fora da porta bate de novo, uma batida tripla e alta, e a mesma voz murmura com ainda mais urgência:

A ÚLTIMA MISSÃO DE GWENDY

— *Eu fui pescar de trem.*

Gwendy enfia o caderno no bolso e dá um chute preguiçoso para deslizar pela cabine em forma de cápsula. Quando estica a mão para destravar a porta, passa por sua cabeça que não há ali um olho mágico na altura do rosto como na porta da casa dela em Castle Rock. Isso a incomoda por algum motivo, e ela hesita, com medo de repente. *É essa a sensação de perder as faculdades mentais?*

Ela prende o ar e abre a pesada porta branca. Adesh Patel e Gareth Winston estão flutuando na sala comunitária, as duas telas grandes tocando a sola de suas botas como bocas escuras e famintas. A Mãe Terra, ainda cercada por aquela névoa fina que Gwendy tinha notado antes, pisca para ela a centenas de quilômetros de distância e segue girando.

Adesh, os olhos castanhos arregalados de preocupação, chega mais perto e pergunta:

— Gwendy, você está bem?

Era a voz do entomologista que ela tinha ouvido chamando do outro lado da porta da cabine. Winston, subindo e descendo a uma curta distância atrás dele, parecendo um marshmallow com o traje pressurizado aberto e sorrindo com aquele sorriso que diz "eu sou melhor que você e você sabe", acrescenta:

— Parece que estava tendo um pesadelo e tanto, senadora.

A ÚLTIMA MISSÃO DE GWENDY

Gwendy força um sorriso no rosto e fala, com um pouco de alegria demais para parecer convincente:

— Estou bem, rapazes. Só peguei no sono, cochilei um pouco. Uma viagem espacial faz isso com uma garota.

15

— UMA PESTE... DA CHINA? — Gwendy olhou para o homem esquelético sentado à frente dela na varanda telada dos fundos. — Muito ruim? Vai chegar aos Estados Unidos?

— Vai pra toda parte — respondeu Farris. — Vai haver sacos de corpos empilhados feito madeira de lenha na área de carga e descarga dos hospitais. As funerárias vão contratar frotas de caminhões refrigerados quando os necrotérios começarem a lotar.

— E vacina? A gente não vai conseguir...?

— Chega — sussurrou ele, abrindo um sorriso de dentes podres. — Já falei, eu não tenho muito tempo.

Gwendy se encostou no balanço de vime da varanda e puxou o roupão sobre o peito. *Eu não tenho muito tempo.* Ela pensou de novo: *Ele está morrendo.*

— Eu não tenho escolha, tenho? — ela perguntou secamente.

— Você, Gwendy Peterson, dentre todas as pessoas, devia saber que sempre existe escolha. — Ele soltou um suspiro profundo e trêmulo.

Foi nessa hora que Gwendy entendeu o que a estava incomodando lá no fundo da mente desde que os dois haviam saído para a varanda. A temperatura em Castle Rock havia caído para abaixo de zero na noite de Ação de Graças; ela e Ryan tinham ouvido a previsão do tempo no rádio enquanto embicavam na garagem, menos de uma hora antes. Ela estava tremendo, e, cada vez que Gwendy abria a boca, uma nuvem branca e fugaz aparecia na frente de seu rosto (*respiração de fadinha*, era como eles chamavam quando eram crianças), mas, quando Farris falava, não havia nada, nem sinal.

— Eu não chamaria de escolha — disse ela, olhando para a bolsa de lona entre os pés. — Vou ter que ficar com essa porcaria independentemente do eu que diga, não vou?

— E o que você decide fazer com ela é decisão sua. — Ele tossiu na mão e, quando a afastou, Gwendy reparou novamente em um spray fino de sangue nos dedos lisos do homem.

— Você disse que a caixa estava ficando ruim — falou ela. — Que matou as últimas sete pessoas com

A ÚLTIMA MISSÃO DE GWENDY

quem você a deixou. O que te faz pensar que vou ser diferente?

— Você sempre foi diferente. — Ele ergueu um dedo magro na frente do rosto. — Você sempre foi *especial*.

— Mentira — ela respondeu com tranquilidade. — É uma missão suicida, e você sabe disso.

Os lábios rachados de Farris se curvaram em uma imitação hedionda de sorriso, e, tão subitamente quanto apareceu, o sorriso sumiu. Ele inclinou a cabeça, olhou para o lado e ouviu algo que só ele conseguia ouvir.

— Quem está vindo? — perguntou Gwendy. — De onde são? O que querem?

— Eles querem a caixa de botões. — Quando se virou de novo, era o Richard Farris que ela conhecera em um banco no Parque de Castle View que estava encarando Gwendy... ao menos nos olhos, que estavam agora fortes e claros, focados com intensidade. — Eles são de todos os lugares e todos os tempos simultaneamente. E estão com raiva. Agora, me escute com atenção. — Ele se inclinou para a frente, levando junto um sopro de carniça podre. Antes que Gwendy pudesse se encolher, Farris esticou a mão e segurou a dela. Ela tremeu, olhou para os dedos entrelaçados dos dois e pensou: *Ele não parece humano. Ele* não é *humano.*

Com a voz surpreendentemente firme, Richard Farris explicou o que precisava ser feito. Da primeira até a última palavra, ele levou uns noventa segundos. Quando terminou, soltou a mão dela e relaxou na cadeira da varanda, o que restava de cor sumindo rapidamente de seu rosto.

Gwendy continuou sentada, imóvel, observando a área escura do quintal. Depois de um tempo, olhou para ele e disse:

— O que você está pedindo é impossível.

— Eu sinceramente espero que não. É o único lugar em que eles não vão procurar. Precisa tentar, Gwendy, antes que seja tarde demais. Você é a única em quem confio.

— Mas como...?

Ele se sentou com a coluna reta e levantou a mão para fazê-la parar de falar. Virou a cabeça e olhou para o lado, para a poça profunda de sombras embaixo de um salgueiro-chorão.

Gwendy se levantou e se aproximou lentamente da tela, seguindo o olhar dele. Não viu nem ouviu nada na escuridão congelada. Alguns segundos depois, a porta de tela com moldura de madeira bateu às suas costas. Ela se virou e olhou sem muita surpresa. A cadeira de vime estava vazia. A bengala tinha sumido. Richard Farris havia se retirado. Assim como Elvis.

16

— Eu só cheguei lá no final — diz Adesh, mantendo a voz baixa. — Mas pareceu que você estava choramingando. Achei que talvez tivesse se machucado.

Ele e Gwendy estão novamente presos nos assentos no terceiro nível do Eagle Heavy. A maleta de aço com MATERIAL CONFIDENCIAL na lateral está guardada em segurança embaixo da cadeira. Gwendy aninha o iPad nas mãos sem luvas, a tela apagada.

— Winston disse que você pareceu assustada e que estava falando… alguma coisa sobre uma "caixa ruim". Ele alega que não conseguiu entender o resto.

Gwendy não se lembra de ter adormecido e sonhado, mas a ideia de que Gareth Winston possa estar contando a verdade a deixa tonta e faz seu estômago revirar de inquietação. Ela carrega segredos profundos e sombrios demais para começar a falar enquanto dorme.

Ela arrisca um olhar na direção de Jafari Bankole, que está ocupado estudando um dos monitores acima, e espia o outro lado da aeronave, onde Gareth Winston está de cinto e roncando alto no assento junto à escotilha. A escotilha *dele*. Será que está dormindo de verdade? Pela segunda vez desde que subiu a bordo, o mesmo pensamento surge cristalino na mente confusa de Gwendy: *esse homem é mais esperto do que parece.*

— O que ele estava fazendo lá embaixo?

— Disse que ia usar o banheiro, e talvez tenha usado mesmo — responde Adesh, se inclinando para perto a ponto de Gwendy sentir a canela no hálito dele. O entomologista baixa a voz para um sussurro. — Mas, quando desci pouco depois para verificar meus insetos, eu o vi parado lá com a mão no proverbial pote de biscoitos.

Gwendy espera que ele continue, com medo do que vem em seguida.

— Ele estava mexendo no trinco da porta da sua cabine.

MS, pensa Gwendy. *Mau sinal, péssimo sinal.*

Um sorriso surge no rosto redondo de Adesh, e não é um sorriso simpático.

— Quando finalmente se virou e me viu, os olhos de Winston pularam da cara e ele praticamente saltou pra fora do traje. Essa é a parte boa de não ter peso. Ninguém te ouve chegando.

— Bom, estou agradecida por você ter chegado na hora. Eu… eu…

E, do nada, o cérebro dela entra em curto-circuito e apaga. Todas as informações que estavam guardadas lá um momento antes de repente somem, como se uma borracha invisível tivesse sido passada por dentro da cabeça dela. *Para onde foi?* Ela não sabe. Ela só *sabe* que seu nome é Gwendy Peterson, que ela é passageira em uma espaçonave e que está tentando salvar o mundo. Mas salvar de quê? Ela não tem lembrança nenhuma disso, nem do que estava falando, nem de quem é a pessoa com quem estava falando. A sensação abrupta e sufocante de perda, de abandono, a assusta tanto que lágrimas repentinas surgem no canto de seus olhos.

— Senadora Peterson? Gwendy? Você está bem? — pergunta Adesh. Ele a observa com um ar preocupado, e parece prestes a chamar ajuda.

— Eu… — ela começa a responder, mas há uma explosão repentina de estática por trás de seus olhos, e, do nada, tudo volta para onde deveria estar. Ela está falando com Adesh Patel, o Cara dos Insetos, sobre Gareth Winston, o pateta xereta e barulhento dormindo logo ali. Winston é bilionário com B maiúsculo e Gwendy não sabe se ele é de confiança. A julgar pelos olhares cabreiros no rosto de Adesh Patel, ele também não está totalmente convencido de que Gwendy seja de confiança.

— Eu estou bem — diz ela por fim. — Estava no meio de um pensamento e uma coisa que minha falecida mãe costumava dizer apareceu e sequestrou meu cérebro. Não sei bem o motivo, mas tem acontecido com mais frequência ultimamente.

Os olhos castanhos de Adesh se suavizam na mesma hora.

— Ah, Gwendy, sinto muito por sua perda.

É um truque cruel da parte de Gwendy, e ela sabe disso… mas não se arrepende.

— Não precisa ficar assim. Por favor. Foi um pensamento lindo, e estou feliz por tê-lo. — Ela libera o iPad com a digital do polegar, e a tela preta ganha vida. — Eu só queria ter mais controle de quando esse tipo de memória ressurge. Pode ser meio… constrangedor.

— Por favor, não fique constrangida. Tenho certeza de que você sente muita falta da sua mãe.

Gwendy suspira.

— E você estaria certo sobre isso. — Ela abre um sorriso desanimado. — Pra falar a verdade, estou mais constrangida por ser meu primeiro dia aqui em cima e eu já estou atrasada. — Ela observa a leitura no iPad. — Só tenho pausa pra dormir em seis horas.

Adesh franze a testa em uma leve repreensão.

A ÚLTIMA MISSÃO DE GWENDY

— Você tirou um cochilo de vinte minutos. E daí? — Ele olha em volta furtivamente e dá batidinhas na própria barriga. — Vou te contar um segredinho. Ainda falta uma hora pra minha primeira refeição, mas eu já comi duas barrinhas de proteína.

— Você não fez isso!

— Com certeza fiz.

Gwendy dá uma espiada no nível acima.

— É melhor você não deixar a chefe te ouvir dizendo isso.

— O que acontece no terceiro nível fica no terceiro nível — ele responde, erguendo os ombros contra o cinto.

Gwendy leva a mão à boca e sufoca uma risadinha. Ao longo das quatro semanas de treinamento intensivo e dos doze dias de quarentena fechada, ela passou a conhecer vários colegas de tripulação um tanto intimamente. Enquanto Kathy Lundgren e Bern Stapleton são como amigos antigos e de confiança a essa altura, ela tem a sensação de que mal arranhou a superfície dos outros, inclusive o cavalheiro indiano que eles chamam de Cara dos Insetos. Ela sabe que Adesh Patel é calado, educado e brilhante. Já viajou pelo mundo e fala vários idiomas. É casado com uma linda mulher chamada Daksha, que significa "A Terra" na cultura tradicional deles, e o casal tem filhos gêmeos de catorze anos. Gwendy já viu várias fotos, e a família está sempre sorrindo. Ela também sabe que nenhum dos garotos quer seguir os passos dos pais e se tornar doutor. Eles estão determinados a virar jogadores profissionais de basquete com contratos lucrativos de tênis e sete dígitos de seguidores nas redes sociais, um fato que o humilde entomologista admite que costuma mantê-lo acordado à noite.

Já naquele dia, Gwendy acredita que aprendeu outra coisa, uma coisa muito importante sobre Adesh Patel. Ele tem um coração gentil para acompanhar seus olhos gentis e castanhos, e ela gosta muito dele. Ela acredita que pode confiar em Adesh durante a viagem… e precisa de todos os aliados que puder ter. Mesmo, e talvez especialmente, os que têm escorpiões de estimação e tarântulas assustadoras.

Do outro lado, Gareth Winston começa a roncar enquanto dorme, uma cacofonia de sons úmidos, gorgolejantes e babados, nada diferente do que poderia ser ouvido de dois porcos premiados no cio entrando em ação no meio da temporada de acasalamento.

Gwendy e Adesh olham atônitos para o bilionário babão, se encaram e caem na gargalhada. Um Jafari distraído ergue o rosto do iPad.

— O que foi? O que eu perdi? — A expressão intrigada no rosto do astrônomo faz com que eles riam ainda mais. — O quê? Me contem.

A ÚLTIMA MISSÃO DE GWENDY

Há um zumbido repentino, e o rosto divertido de Kathy Lundgren aparece na tela do meio dos três monitores acima.

— Odeio ser estraga-prazeres, pessoal, mas alguns de nós estão tentando trabalhar aqui em cima. — Ela dá uma piscadela simpática. — Um pouco mais baixo, por favor.

— Mil desculpas — diz Gwendy, as bochechas ficando muito vermelhas. — Eu que comecei tudo.

— Não se preocupe, senadora. Estou feliz por você estar gostando da viagem.

O rosto de Kathy desaparece da tela, sendo na mesma hora substituído por uma série de dados e gráficos coloridos.

— Que agitação toda é essa?

Os três se viram para o outro lado. Gareth Winston, ainda preso na cadeira, está esfregando os olhos com a mão gorda. O cabelo castanho curto, normalmente arrumado, está em pé e molhado de suor. Antes que qualquer um deles consiga dar uma resposta, ele vira a cabeça e espia com empolgação pela escotilha mais próxima. A escotilha *dele*.

— Ei! A gente já chegou?

17

A MANHÃ SEGUINTE à visita surpresa de Ação de Graças de Richard Farris começou limpa e fria na cidade de Castle Rock, no Maine. Ao longo da noite, uma tempestade que varreu a metade superior do estado fez uma mudança repentina de direção para o sul e desacelerou apenas o suficiente para afetar o condado de Castle a caminho do mar, deixando quinze centímetros de neve molhada nas ruas e gramados congelados. Gwendy podia ouvir os limpadores de neve trabalhando antes mesmo de abrir os olhos.

Ela saiu da cama pouco antes das sete, depois de um período curto de sono agitado, se vestiu no escuro e deixou o marido sonhando pacificamente embaixo das cobertas. Antes de pisar no corredor, deu uma olhada para trás na direção do único homem que ela tinha amado de verdade. *Não vai haver mais segredos depois de hoje*, ela prometeu em silêncio, fechando a porta depois de passar.

Esforçando-se para ficar calma, Gwendy checou o sistema de alarme (o painel estava novamente dizendo PRONTO PARA ARMAR; não havia surpresa nisso) e ligou a cafeteira na cozinha antes de ir para a garagem.

Usando a escada velha de madeira que seu pai tinha lhe dado no verão anterior, Gwendy subiu lentamente cada degrau até chegar à prateleira metálica mais alta, que percorria toda a parede dos fundos da garagem. Tirou um Tupperware velho com um rótulo que dizia EQUIPAMENTO DE PESCA da frente e (respirando com dificuldade pelo esforço, pois, aos cinquenta e sete anos, ela não era mais tão ágil quanto costumava ser) pegou com cuidado uma caixa de papelão marcada como MA-TERIAL DE COSTURA. Assim que desceu em segurança e ficou longe da escada, Gwendy colocou a caixa no piso frio de concreto, se apoiou em um joelho e abriu as abas. Seus antebraços ficaram arrepiados.

A caixa de botões, escondidinha na bolsa, estava esperando lá dentro.

Ela sentiu os pelos da nuca começarem a formigar e ouviu aquele sussurro baixo e familiar de *alguma coisa* no cantinho de seu cérebro. Rapidamente, fechou a caixa, se levantou e se afastou.

Essa coisa maldita. Como eu a odeio. Como eu a abomino.

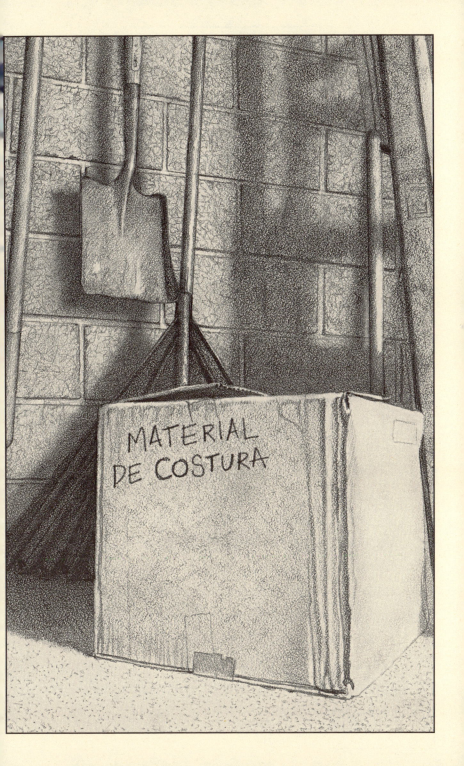

Ela tremeu e ouviu o eco da voz de Farris no silêncio da garagem, lembrando-se do rosto pálido e doente dele, dos membros magros de espantalho, dos dentes podres e caídos.

Em seguida, as palavras finais dele chegaram a ela, praticamente suplicantes: *É o único lugar em que eles não vão procurar. Precisa tentar, Gwendy, antes que seja tarde demais. Você é a única em quem confio.*

— Por que eu? — perguntou ela, quase sem reconhecer o som da própria voz.

Esperou por uma resposta, mas não houve nenhuma. Certamente não de Deus, perguntando se ela estava lá quando Ele fez o mundo.

Reunindo coragem, ela subiu a escada de novo e depositou a caixa de papelão no esconderijo da prateleira mais alta. Após trancar a porta da garagem (ela não conseguia lembrar a última vez que tinha feito isso), Gwendy voltou para a cozinha e se serviu de uma caneca de café quente. Bebeu olhando pela janela acima da pia, para o quintal coberto de neve, prometendo de novo a si mesma que contaria tudo para Ryan. Ela estava velha demais e com medo demais para fazer tudo sozinha daquela vez (*a terceira vez é o pulo do gato*, pensou ela), mas era mais do que isso. Ela devia ao marido a verdade depois de tantos anos, e seria bom finalmente contar. Bom demais.

A ÚLTIMA MISSÃO DE GWENDY

Mas essa conversa teria que esperar até a noite.

Primeiro, ela tinha um dia agitado pela frente.

Todos os anos, bem cedinho na Black Friday, sua velha amiga Brigette Desjardin passava na casa dela para buscá-la. Elas tomavam um café da manhã apressado no Castle Rock Diner antes de fazerem uma viagem de noventa minutos para Portland. Quando chegavam lá, amarravam bem os cadarços dos Reeboks e passavam o dia enfrentando as multidões em não um nem dois, mas nos três shoppings gigantescos da cidade. Elas costumavam voltar para casa à noite, com o porta-malas e o banco de trás do BMW vermelho e reluzente de Brigette lotado de sacolas de compras e caixas de presente, gabando-se dos grandes negócios que fizeram e reclamando dos pés inchados de tanto andar e dos lábios rachados de tanto falar. E de todos os cumprimentos; isso também, porque uma quantidade surpreendente de pessoas ainda reconhecia Gwendy pelo tempo passado na Câmara. Para algumas daquelas pessoas, Gwendy Peterson era praticamente como uma velha amiga da família; ela era parte da vida deles havia muito tempo. Deixando a semicelebridade política de lado, fazer compras de Natal com Brigette era uma tradição de fim de ano que Gwendy sempre apreciava e pela qual ansiava.

Naquele ano, obviamente, seria uma história diferente. De repente, graças ao homem de chapeuzinho preto, Gwendy tinha questões mais importantes com as quais se preocupar do que uma liquidação de sapatos e cupons de valor triplo.

Ela pensou em pular fora; na verdade, pegou o telefone e chegou a digitar metade do número de Brigette, mas desligou. Um cancelamento de último minuto daria espaço a mais perguntas do que estava preparada para responder. Não, ela falou para si mesma, teria que "engolir o choro", como seu pai gostava de dizer.

Além do mais, Ryan tinha as próprias atividades de Black Friday para participar. Primeiro, um bufê chinês de almoço com o pessoal do time de boliche, seguido de três jogos com a melhor pontuação média levando o campeonato no Rumford Rock 'N Bowl (o vencedor anual ganhava um troféu de sessenta centímetros banhado em ouro que parecia a traseira de um burro dando um coice; Ryan o tinha levado para casa por três anos seguidos). Depois do boliche, eles iam para o apartamento de solteirão de Billy Franklin, onde se entupiam de comida mexicana e viam futebol americano universitário na televisão de tela grande. Ryan costumava voltar para casa por volta das oito ou nove da noite sofrendo de um caso sério de bafo de dragão, correndo imediatamente para o andar de cima em busca do recipiente tamanho família de pastilhas antiácidas. Ele passaria metade da noite gemendo e grunhindo no banheiro e acordaria na manhã seguinte jurando não voltar no ano seguinte. Que os amigos podiam ficar com o maldito troféu. Os dois ririam de tudo aquilo no café da manhã (apenas torrada e um copo grande de água gelada para ele), sabendo muito bem que Ryan não tinha falado uma palavra a sério ali.

Então, sim, decidiu Gwendy, ela engoliria o choro e ambos teriam seus dias agitados. Eles voltariam para casa, vestiriam os pijamas, pegariam uma garrafa de vinho tinto do bom e duas taças e se encontrariam no quarto. E, depois de todos aqueles anos, ela contaria tudo.

Só que acabou não sendo assim.

Gwendy cumpriu a parte dela direitinho. No começo, como esperado, ela ficou distraída e calada. Mal tocou no omelete com batatas e torrada do café da manhã. Quando elas entraram no carro, ela se viu olhando através da janela para a paisagem no caminho, sonhando com a caixa de botões e com a pele pálida feito cera de Richard Farris. Gwendy fez o melhor que pôde para sustentar a conversa, assentindo quando sentia que era apropriado e jogando um comentário ou outro, mas Brigette não se deixou enganar. Na metade do caminho para Portland, a amiga abaixou o rádio do carro e perguntou a Gwendy se havia algo errado. Gwendy fez que não e se desculpou, alegando estar com uma leve ressaca da noite anterior e não ter dormido muito bem (pelo menos aquilo era verdade). Ela fez questão de exagerar quando pegou três comprimidos de Advil e cantou junto com a música "I Write the Songs", de Barry Manilow, que tocou no rádio um tempo depois... e o gesto pareceu funcionar com Brigette.

Quando elas estacionaram e entraram no frenesi, Gwendy se viu sorrindo e dando risada. Brigette, com aquele entusiasmo infantil e senso de humor bobo, tinha um jeito de fazer o relógio voltar e o resto do mundo desaparecer. Gwendy sempre dizia ao marido que passar uma tarde com Brigette Desjardin era um pouco como entrar em uma máquina do tempo e viajar de volta para o fim dos anos 1970. A apreciação simples que ela tinha da vida era contagiante.

As duas mulheres conseguiram um excelente negócio na primeira butique em que entraram (uma bolsa grande por metade do preço para Gwendy; um par de botas de couro até os joelhos para Brigette), e isso deu o tom para o resto do dia. Elas passaram as oito horas seguintes rindo e fofocando como duas adolescentes felizes.

Só que, com mais frequência do que esperava, Gwendy foi abordada por homens e mulheres dizendo que iriam votar nela. Uma delas, uma mulher idosa com cabelo rosa perfeitamente arrumado, tocou no cotovelo dela e sussurrou:

A ÚLTIMA MISSÃO DE GWENDY

— Só não conta para o meu marido.

Após um jantar de sopa e salada em um Cracker Barrel abarrotado na saída da I-95, Gwendy finalmente chegou em casa às quinze para as oito. Na mesma hora, tirou as roupas, deixou tudo em uma pilha bagunçada no chão do banheiro e entrou em um banho de banheira quente. Uma hora mais tarde, usando o pijama favorito de seda que Ryan contrabandeara para casa depois de um trabalho no Vietnã, ela cochilou no sofá da sala com um livro de *true crime* aberto no colo.

Um tempo depois, Gwendy foi acordada pela campainha tocando. *O bobão esqueceu a chave*, pensou ela, se levantando do sofá. Olhou para o relógio antigo de piso a caminho do saguão e ficou surpresa de ver que já passava da meia-noite. Ainda assim, ela só ficou preocupada quando espiou pelo olho mágico e viu Norris Ridgewick parado na varanda. Norris, que já mantivera o título de xerife do Condado de Castle por quase duas décadas, tinha se aposentado um ano antes e agora passava a maior parte dos dias pescando no lago Dark Score.

Gwendy abriu a porta e soube de imediato pela expressão nos olhos do velho amigo que Ryan não voltaria para casa naquela noite. Antes de Ridgewick conseguir dizer uma única palavra, ela soltou um soluço que partiu seu peito ao meio e cambaleou para a sala com lágrimas descendo pelas bochechas.

A ÚLTIMA MISSÃO DE GWENDY

Norris entrou na casa de cabeça baixa e fechou a porta. Sentado no braço do sofá, ele pôs a mão no ombro de Gwendy. Enquanto explicava o que tinha acontecido, um acidente, seu marido de tantos anos morto em meros instantes, Gwendy foi para a outra ponta do sofá e se encolheu em posição fetal, abraçando as pernas junto ao peito.

— Ele não sofreu — disse Norris, e acrescentou exatamente o que ela estava pensando: — Eu sei que isso não é consolo.

— Onde? — Gwendy achava que devia ter sido no estacionamento do Rock 'N Bowl, algum cara de picape saindo rápido demais depois de ter tomado cervejas demais, talvez com a cabeça baixa, ajeitando o rádio.

— Derry.

— *Onde?* — Ela pensou que tinha ouvido errado. Derry ficava a mais de cento e sessenta quilômetros ao norte do Rock 'N Bowl e do apartamento de Billy Franklin.

Norris, talvez imaginando que ela queria o local preciso, consultou o caderninho.

— Ele estava atravessando a rua Witcham. Perto do fim do que eles chamam de colina Up-Mile.

— Rua Witcham, em Derry? Tem certeza?

— Lamento dizer, querida, mas tenho.

A ÚLTIMA MISSÃO DE GWENDY

— O que ele estava fazendo lá? — Ela ainda não conseguia acreditar na notícia. Era como uma pedra entalada na garganta. Não, mais baixo: no coração.

Norris Ridgewick olhou para ela de um jeito estranho.

— Você não sabe?

Gwendy fez que não.

Nos dias que se seguiram ao enterro do marido, Gwendy se viu procurando uma resposta para aquela pergunta com uma persistência obstinada que beirava a obsessão. Ela descobriu, conversando com vários membros da equipe de boliche de Ryan, que ele tinha ligado cedo na manhã de Black Friday e cancelado a presença no torneio anual, assim como na festa na casa de Billy. Ele não deu motivo, só alegou que tinha aparecido uma coisa importante.

Nada fez sentido para Gwendy. Não era nada de trabalho; Ryan estava de folga até depois do Ano-Novo, um fato que ela confirmou numa ligação para o editor dele. Também não era nenhuma tarefa que exigisse um trajeto de duas horas de carro para Derry no dia seguinte ao de Ação de Graças.

O pouco que ela sabia sobre Derry não era bom. Era uma cidade escura e temerosa com uma história violenta. Havia uma quantidade perturbadora de assassinatos infantis e desaparecimentos em seu passado, assim como uma documentação detalhada sobre avistamentos estranhos e acontecimentos esquisitos. A isso se misturavam uma série de enchentes mortais e o fato de que Derry era lar de uma das comunidades mais abertamente anti--LGBTQIAPN+ do estado. Por causa disso, era um lugar que a maioria das pessoas de fora da região evitava como se fosse sumagre-venenoso.

Uma mulher de quem Gwendy havia ficado próxima durante uma antiga campanha de arrecadação de fundos alegou que, quando era adolescente morando em Derry, ela fora perseguida em uma rua escura por um homem risonho vestido de palhaço de circo. O homem tinha lâminas no lugar dos dentes e olhos prateados enormes e redondos... ou foi o que ela disse. Ela só conseguiu fugir dele porque correu até a Delegacia de Polícia de Derry, gritando como louca. Enquanto o policial encarregado pegava um copo de água e se esforçava para acalmá-la, dois outros policiais saíram em busca do homem. Eles voltaram quinze minutos depois, com o rosto corado, os olhos arregalados e a respiração pesada, alegando que não tinham visto nada. As ruas estavam desertas. Mas eles pareciam assustados, a mulher havia dito para Gwendy. Ela tinha certeza de que os homens não estavam contando a verdade. O policial encarregado ligou para os pais da garota e a levou para casa na viatura.

A ÚLTIMA MISSÃO DE GWENDY

E ainda havia o seguinte: quando Gwendy era criança, seu pai afirmara em mais de uma ocasião, normalmente depois de ler alguma coisa perturbadora no jornal ou de beber latas demais de cerveja Black Label, que Derry era assombrada. Quando ele tinha vinte e poucos anos, bem antes de se casar com a mãe de Gwendy, ele havia morado durante seis meses em um apartamento apertado com vista para o canal que dividia a cidade ao meio. Passava os dias vendendo seguros baratos de porta em porta. Ele desprezava seu tempo em Derry, tendo fugido da cidade assim que a oportunidade apareceu. Embora normalmente prático até os ossos, Alan Peterson contou à filha que acreditava que alguns lugares eram construídos em terreno ruim, garantindo, portanto, que ficassem amaldiçoados para sempre. Ele insistia que Derry era um lugar assim.

Muitos residentes antigos do Maine tinham a reputação merecida de parecer mal-humorados e desconfiados aos olhos dos estrangeiros, às vezes até hostis, e a usavam como uma medalha de honra. Gwendy sabia disso e aceitava a ideia, chegando em anos anteriores a fazer graça com o estereótipo em vários dos seus livros, assim como em alguns discursos políticos. *"Eu mandei aquele cidadão pegar a estrada de volta pra Nova York"* sempre servia para uma boa risada de aquecimento antes de começar a falar dos assuntos sérios.

A ÚLTIMA MISSÃO DE GWENDY

Mas até ela ficou chocada e irritada com o tratamento que recebeu na visita subsequente que fez a Derry. Na companhia do detetive Ward Mitchell, ela passou meia hora no cruzamento das ruas Witcham e Carter, onde Ryan tinha morrido. Mitchell foi educado, pelo menos; afinal, ela era uma política importante que tinha acabado de perder o marido. Mas respondeu às perguntas de Gwendy de forma nada calorosa. Ela agradeceu, desejou um feliz Ano-Novo e o mandou embora.

Depois, estacionou o carro alugado em uma garagem próxima e seguiu a pé. Ao parar em várias lojas e restaurantes, assim como em um bar antiquado chamado Falcon (muitos desses estabelecimentos com cartazes vermelhos, brancos e azuis e PAUL MAGOWAN PARA O SENADO escrito nas vitrines), ela se apresentou aos funcionários e explicou o que tinha acontecido com seu marido algumas semanas antes. Em seguida, tirava uma foto de Ryan da bolsa, mostrava para as pessoas e perguntava educadamente se alguém tinha visto ou falado com ele.

Em resposta, ela recebeu uma série de grunhidos mal-humorados e movimentos desdenhosos de cabeça. E ninguém sussurrou que iria votar nela.

Gwendy desistiu do pessoal da cidade e fez uma parada final ao entardecer na Delegacia de Polícia de Derry, onde o detetive Mitchell a cumprimentou com frieza.

A ÚLTIMA MISSÃO DE GWENDY

— Esqueci uma coisa. E quanto às câmeras de segurança?

Ele negou com a cabeça.

— Não tem câmeras no centro. Certo, talvez em algumas lojas, mas só. Isso aqui não é um estado de babás, sabe, tipo a Califórnia.

— Se tivesse acontecido na Califórnia — disse Gwendy asperamente —, você talvez já tivesse uma placa para informar, detetive. Isso já passou pela sua cabeça?

— Sinto muito por sua perda, sra. Peterson — disse ele, puxando uma pilha de papéis para perto. O paletó barato se abriu, e Gwendy viu a arma do detetive em um coldre de ombro. Viu outra coisa também. Um bóton de campanha de Magowan no bolso do peito da camisa.

Depois de descrever a visita perturbadora para Norris Ridgewick em um almoço dois dias mais tarde, Gwendy se viu considerando seriamente a sugestão dele de contratar um detetive particular para investigar melhor o caso. Norris até deu a ela o cartão de visita de uma pessoa que ele conhecia e em quem confiava. Ela pretendia ligar e marcar um horário, mas, antes que percebesse, já era Natal, depois véspera de Ano-Novo, e ela tinha o pai idoso para cuidar.

Sem mencionar a campanha para o Senado. Logo depois da morte de Ryan, Pete Riley veio perguntar a ela (com medo na voz) se Gwendy queria se retirar da corrida.

— Eu entenderia. Detestaria, mas entenderia.

Havia muitas questões com as quais Gwendy se preocupava (a declaração de Magowan sobre voltar a cortar as florestas ao norte era uma das maiores), mas era na caixa de botões que ela estava pensando quando respondeu:

— Vou concorrer.

— Graças a Deus. Só não diz *"Entrei pra vencer"*. Não funcionou muito bem pra Hilary.

Ela deu uma risada obediente, apesar de não ter sido engraçado. O que nenhum dos dois disse era que a eleição estava a menos de um ano de distância, e as primeiras pesquisas deixavam Gwendy Peterson atrás em quase doze pontos.

Os dias cinzentos de inverno chegaram. A primeira tempestade *nor'easter* de 2020 alcançou Castle Rock na terceira semana de janeiro, despejando quase sessenta centímetros de neve e cobrindo árvores e postes telefônicos. A maior parte da cidade ficou sem energia por três dias, e uma garota do primeiro ano da Castle Rock High perdeu o olho direito em um acidente de trenó. Janeiro virou fevereiro, e fevereiro virou março. O sol se levantou todas as manhãs, e Gwendy Peterson também. Ela estava velha demais e fora de forma demais para voltar a correr, mas começou a andar um trajeto diário de cinco quilômetros e meio, normalmente nas horas geladas após clarear, quando as ruas estavam silenciosas e sem movimento. Ela parou de pintar o cabelo e deixou o grisalho aparecer. Começou a escrever um livro novo sobre uma cidade assombrada. Mil palavras aqui, quinhentas ali, chegando a rabiscar uma passagem curta em um guardanapo do Dunkin' Donuts durante uma parada de campanha. Qualquer coisa para anestesiar a pontada aguda do luto.

E todo aquele tempo, escondida na caixa de papelão marcada como MATERIAL DE COSTURA, a caixa de botões ficou esperando. Às vezes, quando a casa estava quieta como uma igreja, Gwendy a ouvia falando na garagem, aquele sussurro leve de *alguma coisa* ecoando fundo nos recantos do seu cérebro. Quando isso acontecia, Gwendy normalmente mandava a caixa calar a boca e aumentava o volume da televisão ou do rádio. Normalmente.

A ideia de apertar o botão vermelho e apagar a cidade de Derry (e todas aquelas pessoas horríveis) da face do planeta passou pela mente de Gwendy? Passou, e em mais de uma ocasião. E o botão preto brilhante? Ela pensou alguma vez em apertar o velho Botão do Câncer e acabar com a parada toda? Ela teve essa tentação em meio à dor? A verdade triste: teve.

A ÚLTIMA MISSÃO DE GWENDY

Mas Gwendy também se lembrava do que Richard Farris havia contado a ela naquela noite de pesadelo na varanda telada, sobre os sete últimos detentores mortos, muitas das famílias os acompanhando debaixo da terra, e passou por sua cabeça que o que a caixa de botões mais queria era um ato voluntário de loucura e destruição em massa vindo de sua guardiã mais fiel. Isso seria vitória, a vitória de *todas* as vitórias, para os bandidos. Mas *quem eram* mesmo os bandidos?

Naquela época, a peste sobre a qual Farris avisara (a imprensa chamava de coronavírus ou covid-19, a depender de qual canal a cabo você assistisse; mas Gwendy não conseguia deixar de pensar na doença como o "vírus da caixa de botões", porque sabia que a caixa tinha sido a responsável) chegou aos Estados Unidos. Só umas poucas pessoas tinham morrido até ali, mas muitas outras haviam ficado doentes e estavam sendo internadas. As escolas e faculdades por todo o país começavam a mandar os alunos para casa para estudar on-line. Shows e eventos esportivos estavam sendo cancelados. Metade do país usava máscaras e fazia distanciamento social; a outra metade, liderada por um presidente Trump que parecia um cervo paralisado pelos faróis de um carro, acreditava ser tudo uma grande mentira elaborada para roubar os direitos constitucionais do povo. Até o momento, não havia sinal dos sacos de corpos empilhados sobre os quais Farris comentara, mas Gwendy não tinha dúvida de que ia acontecer. E logo.

Às vezes, tarde da noite, quando ela estava se sentindo particularmente pequena e sozinha no mundo, encolhida de lado como uma criança órfã na cama *king-size* espaçosa ou acordada em um quarto de hotel depois de uma parada de campanha, sem conseguir pegar no sono apesar de um banho gelado e várias taças de vinho, Gwendy tinha certeza de que a caixa de botão fora responsável por tirar Ryan dela. *Uma vida por uma vida*, pensava. *Salvou a minha mãe e levou meu amor.* A maldita caixa sempre tinha sido assim, preferia deixar as coisas quites.

Em março de 2020, Gwendy recebeu uma ligação telefônica em seu celular pessoal, um número conhecido por pouquíssimas pessoas. Talvez umas doze no total. NÚMERO DESCONHECIDO apareceu na tela. Como qualquer ligação de spam era obrigada agora a exibir um número de retorno (uma lei a favor da qual ela tinha votado com entusiasmo), Gwendy atendeu.

— Alô.

Apenas respiração do outro lado.

— Diz alguma coisa, senão vou desligar.

— Foi um Cadillac que acertou seu marido. — A voz era masculina, e, apesar de não estar usando um daqueles dispositivos de distorção de voz, ele estava tentando disfarçar o tom. — Velho. Com cinquenta, talvez sessenta anos, mas em boas condições. Roxo. Ou talvez vermelho. Com dados de pelúcia pendurados no retrovisor.

— Quem é? Como você conseguiu esse número?

Clique.

Fim.

Gwendy fechou os olhos e repassou a lista de todas as pessoas que tinham seu número particular (naquele tempo, ela ainda era capaz de uma tarefa mental daquela magnitude). Não conseguiu pensar em ninguém. Só depois se deu conta de que também havia dado o número para Ward Mitchell, da polícia de Derry. Ela duvidava que tivesse sido ele, com aqueles olhos frios e o bóton de campanha de Magowan, mas o telefone devia estar registrado no sistema da delegacia. Ela estava convencida de que fora um policial a ligar... mas nunca descobriu quem.

Nem por quê.

18

BERN STAPLETON DEVOLVE o iPad para Jafari Bankole. O astrônomo olha para a tela e balança a cabeça, sem acreditar.

— Eu juro que tentei isso. Duas vezes.

— Deve ter tentado mesmo — diz Stapleton. — Esses dispositivos são todos cheios de coisa, mas estão longe de ser perfeitos. — Ele olha para a senadora Peterson, que está presa em seu assento, digitando ocupada no minicomputador. — Me avise se precisar de mais alguma coisa, Jaff.

— Obrigado — responde Bankole, já absorto em fileiras aparentemente infinitas de números variáveis.

É a terceira viagem de Stapleton lá em cima, e é por isso que ele está fazendo a ronda no nível três da Eagle Heavy. Os quatro tripulantes do nível inferior são calouros, o que os veteranos chamam de "verdes". Stapleton sabe por experiência própria que quatro semanas de treinamento, por mais rigidamente organizadas que sejam, não são tempo suficiente.

— Como estão as coisas, senadora?

Gwendy ergue os olhos da tela do iPad e sorri.

— Acabei de terminar minhas tarefas de garota do tempo e agora estou verificando meus e-mails. De modo geral, uma tarde bem típica. O que você está fazendo? — Apesar do tom leve, Gwendy está genuinamente curiosa. Ela reparou em Stapleton conversando baixinho com Adesh Patel alguns minutos antes, as cabeças a poucos centímetros de distância, e aquilo a preocupou. Estariam discutindo o que aconteceu com ela mais cedo? Lançando olhares preocupados na direção de Gwendy quando ela não estava olhando? Ela imagina que não seja o caso, mas a mera possibilidade a deixa inquieta.

— Pensei estar aqui garantindo que os novatos estivessem ralando — diz Bern. — Falando nisso... — Ele olha em volta. — Onde está Winston?

Gwendy aponta com o polegar para o nível quatro.

— No banheiro de novo ou na cabine. Acho que ele já se entediou com a vista da preciosa escotilha.

— E você? — pergunta Stapleton. — Já está entediada?

A ÚLTIMA MISSÃO DE GWENDY

O rosto de Gwendy se ilumina por inteiro... e os anos desaparecem de seu semblante. Stapleton a olha impressionado, pensando: *Gwendy Peterson era assim quando era garotinha.*

— Você está de brincadeira, né? — Ela mostra o iPad. — A temperatura interna do nosso destino atual, especificamente a Ala Um da Estação Espacial Many Flags, é de confortáveis vinte e três graus Celsius. Eu estava curiosa e verifiquei. — Ela clica na tela... uma, duas, três vezes. — A TetCorp planeja levar uma nave, bem parecida com essa que está nos transportando agora, para Marte nos próximos dois anos. Você sabe qual é a temperatura da superfície de Marte neste exato momento?

Stapleton sabe, mas nem sonha em dizer. Não com a senadora Gwendy Peterson olhando para ele com os olhos alegres (e cheios de assombro) de uma garotinha de doze anos. Ele só balança a cabeça.

— Está no meio da noite em Marte, quase cento e trinta graus negativos. — Ela coloca o iPad no colo. — Faz o Maine parecer uma praia das Bahamas.

Ele ri e balança a perna de leve para permanecer no lugar.

— E o que foi aquela agitação toda mais cedo? Soube que Kathy precisou mandar abaixar o volume.

O sorriso de Gwendy some.

— Foi minha culpa. Winston estava ali roncando feito uma assombração e me fez rir. — Ela dá de ombros. — Depois que eu comecei, não consegui parar.

— Às vezes, as primeiras impressões são as corretas — diz ele, olhando para o assento vazio do bilionário.

Gwendy assente e pensa na voz alta de Winston e no comportamento desagradável dele durante as quatro semanas de treino isolado.

— Eu fico lembrando a mim mesma de dar ao sujeito o benefício da dúvida, mas não tem sido fácil.

— Talvez isto ajude. — Ele baixa a voz. — Kathy me contou que Winston é responsável por mais de metade dos fundos anuais de Saint Jude, mas a imprensa não divulga nada porque ele não quer que saibam. Chocante, né?

— Bom, se isso for mesmo verdade — diz ela, se perguntando por que a informação ficou de fora do seu dossiê —, então Deus abençoe Gareth Winston, e ele certamente merece o benefício da minha dúvida. Que os corais do paraíso cantem o nome dele.

— Com sorte, você vai continuar pensando o mesmo depois de passar dezenove dias com ele na MF-1. — Ele sorri. — Se tiver muita sorte, você e Winston talvez até sejam colegas de caminhada espacial.

Gwendy lança um olhar fulminante ao parceiro de treinamento... mas não diz nada. Ela está pensando no

A ÚLTIMA MISSÃO DE GWENDY

plano de Richard Farris para a caixa de botões naquele momento e rezando para conseguir executá-lo.

— É melhor eu voltar. Reggie e Dale se aborrecem se eu os deixo sozinhos por muito tempo. — Stapleton move os braços e começa a deslizar devagar para cima... mas para abruptamente, segurando um dos apoios de mão da nave. — Quase esqueci de perguntar. Está pronta para a ligação de vídeo?

Em duas horas, Gwendy tem uma chamada de vídeo marcada com os melhores alunos de escolas de ensino médio e fundamental II de todos os cinquenta estados, assim como membros escolhidos da imprensa. Ela não está ansiosa para isso. Na verdade, está com medo. Só consegue pensar: *E se eu tiver um congelamento cerebral na televisão ao vivo? E aí?* É uma pergunta para a qual ela sabe a resposta: seria um desastre total.

— O mais pronta possível, acho — diz ela, esticando o pescoço para olhar o colega. — Eu só queria poder esperar até estarmos acomodados na estação espacial. Como Adesh e Jafari vão fazer com os alunos deles.

— Não vai rolar. Você é uma senadora americana em mandato e é VIP nessa viagem. O mundo exige mais de você.

É disso que tenho medo, pensa Gwendy.

Gareth Winston surge do nível inferior com uma expressão azeda no rosto e passa a uma curta distância da cadeira de Gwendy. Ele não faz contato visual com ela nem com ninguém da tripulação, também não diz nada. O lábio inferior está projetado. Quando prende o cinto, ele vira a cabeça e olha em silêncio pela escotilha.

Qual será o motivo disso?, pensa Gwendy. E aí ela se dá conta. Ele deve ter ouvido Stapleton a chamando de VIP e agora está emburrado. *Que bebezão!* Ela está prestes a baixar a voz e dizer aquilo para Stapleton quando o microfone preso na parte da frente do macacão dele produz um barulho, e a voz de Kathy Lundgren pergunta:

— Bern, você está no meio de alguma coisa?

— Já estava voltando para o nível dois. De que você precisa?

— Pode acompanhar a senadora Peterson até a cabine de comando? Imediatamente.

— Entendido. A caminho. — Ele desliga e olha para Gwendy. — Qual será o motivo disso?

Gwendy engole em seco, a garganta arranhando de repente.

— Você não é o único em dúvida.

Eles levam menos de um minuto para subir até a cabine de comando, mas é o suficiente para Gwendy se convencer de que o pior está prestes a vir: o Controle da Missão descobriu sobre o problema dela e vai cancelar o pouso marcado na MF-1. Não haverá caminhada no espaço. Não haverá descarte da caixa de botões. Acabou. Ela fracassou.

Quando eles chegam ao nível um, a comandante de operações Kathy Lundgren e dois tripulantes homens (Gwendy não consegue se lembrar dos nomes por nada no mundo e está abalada demais para tentar a técnica do dr. Ambrose) estão em seus assentos, cercados por uma bancada em forma de U com monitores touch screen. Bem na frente deles fica a janela comprida e estreita pela qual Kathy convidou Gwendy a olhar pouco mais de vinte e quatro horas antes. Pela janela, é possível ver um dos maiores oceanos do mundo. Kathy gira a cadeira para encará-los, a expressão ilegível.

— Infelizmente, tenho más notícias, Gwendy.

Lá vem...

— Houve um incidente em Castle Rock.

— Não é meu pai, é? — pergunta ela, o ar sumindo dos pulmões na mesma hora. *Por favor, ele é tudo que tenho.*

Kathy arregala os olhos, alarmada.

— Não, não. Até onde sei, o seu pai está bem. Me desculpe. Eu não queria ter te assustado.

Ah, está meio tarde para isso.

— Houve um incêndio na sua casa, Gwendy. Seus vizinhos viram a fumaça e ligaram para o 911. Os bombeiros conseguiram chegar logo no começo. A maior parte do dano ficou limitada à sua garagem e varanda dos fundos. Houve certo dano adicional causado pela água na cozinha e na sala.

— Um incêndio. Na minha casa. — Gwendy sente como se estivesse sonhando outra vez. — Alguém sabe como começou?

— Você vai receber vários e-mails, um de alguém da sua seguradora, outro de um policial aposentado chamado Norris Ridgewick, explicando tudo que eles sabem. — Kathy olha para ela com uma tristeza genuína. — Sinto muito, senadora.

Gwendy balança a mão na frente do rosto.

— Eu só fico feliz de ninguém ter se machucado. O resto são só… coisas. Podem ser substituídas.

— Considerando as circunstâncias, nós não sabíamos se devíamos contar logo ou se devíamos esperar até chegar à MF-1, ou mesmo se devíamos esperar até você estar de volta ao chão. Mas ficamos com medo de alguém da imprensa alertar você e decidimos que devia saber da notícia por nós primeiro.

— Eu agradeço por isso.

— Gwendy… gostaria que eu remarcasse a chamada de vídeo para outra hora? Sei que todos vão entender.

Ela faz uma pausa antes de responder, dando a impressão proposital de que está pensando.

A ÚLTIMA MISSÃO DE GWENDY

— Eu vou ficar bem — diz ela por fim. — A última coisa que quero fazer é decepcionar aquelas crianças.

Apesar de ter sido chamada de "uma das defensoras mais vorazes da educação pública" por um repórter do *The Washington Post* dois anos antes, a verdadeira motivação de Gwendy para ir em frente com a chamada de vídeo não tem muito a ver com não querer decepcionar alunos brilhantes dos cinquenta estados. Por mais que queira desesperadamente evitar aparecer na televisão ao vivo, ela acredita que cancelar de último minuto seria uma péssima ideia. Passaria a mensagem errada, de fraqueza, para quem estivesse procurando pela caixa de botões. E essa é a última coisa que ela quer fazer.

Não é coincidência, Gwendy pensa enquanto desce para o nível três. *O incêndio começou na garagem e se espalhou de lá. Depois de todos esses anos, eles estão chegando perto.*

19

COM A PRIMAVERA se aproximando, Gwendy se jogou na campanha para o Senado 2020 com o que Wolf Blitzer, da CNN, descreveu como "entrega febril". Mesmo com o coronavírus crescendo pelo país, com mais de dezessete mil mortes confirmadas até meados de agosto, ela passou a maior parte dos dias e noites encontrando cara a cara (e máscara a máscara) o bom povo do Maine. Visitou hospitais e escolas, creches e casas de repouso, igrejas e fábricas. Enquanto o candidato favorito Paul Magowan concentrava a maior parte de sua atenção em empresas grandes e incentivos corporativos e continuava a martelar fronteiras rigorosas e a Segunda Emenda, Gwendy ia falar direto com as pessoas sobre as lutas e preocupações diárias delas. Tip O'Neill havia dito certa vez que "toda política é local", e ela acreditava nisso.

A ÚLTIMA MISSÃO DE GWENDY

Gwendy ia a qualquer estabelecimento de comércio ou educação que a recebesse — desde que as máscaras e o distanciamento social estivessem de pé. Ela até passou uma tarde quente de agosto andando de porta em porta em Derry. Em uma das casas, um homem de camiseta mamãe sou forte disse para ela "sair da frente, sua harpia do caralho". Foi parar no noticiário da noite, com o palavrão escondido por um apito… apesar de não ajudar em nada.

Quando ela apareceu com febre de trinta e nove graus e uma diarreia horrível alguns dias mais tarde, a maioria dos membros do comitê de campanha dela se convenceu de que Gwendy finalmente tinha pegado o vírus e que isso seria o fim da campanha. Mas, como costumava acontecer, ela foi subestimada. Um exame negativo e dois dias de repouso na cama depois, Gwendy estava de volta na estrada falando com os homens e mulheres do estaleiro Bath Iron Works. Ela contou algumas antigas piadas do Maine, que fizeram todo mundo rir. Sua favorita era a da torta de bosta de alce. Na versão atual, ela mudava o nome do cozinheiro da equipe de lenhadores para Magowan.

O pai de Gwendy, que havia se mudado para o primeiro andar da Casa de Repouso Castle Rock Meadows no começo do verão, se preocupava com a filha e disse isso para ela em várias ocasiões. Ele assistia fielmente às

A ÚLTIMA MISSÃO DE GWENDY

aparições dela nos programas matinais e noturnos e falava com Gwendy quase todas as noites ao telefone, mas não conseguia convencê-la a ir mais devagar. Brigette Desjardin, agora cuidando de Pippa, a dachshund idosa de Alan Peterson, pediu à melhor amiga para arrumar um tempo e fazer terapia de luto, insistindo que Gwendy estava se automedicando com aquele ritmo louco de trabalho, mas a amiga não quis saber. Ela tinha lugares para ir, pessoas com quem conversar e eleitores indecisos para conquistar. Até Pete Riley, a força motriz por trás da campanha de Gwendy ao Senado, ficou preocupado depois de um tempo e tentou convencê-la a desacelerar. Ela recusou.

— Você me meteu nisso. Não dá pra voltar atrás agora.

— Mas…

— Mas nada. Se não quiser que eu bloqueie seu número, o que seria ruim, considerando que você é meu gerente de campanha e tudo o mais, me deixe fazer o que eu sei fazer.

Aquele foi o fim da conversa.

O que seus familiares, amigos e colegas de trabalho não entendiam era que o mecanismo que a movia não era a dor pela morte trágica de Ryan. Sim, ela ainda estava triste, solitária e talvez até clinicamente deprimida, mas se havia uma coisa que Gwendy tinha aprendido durante a vida era que era preciso ir em frente; honrar os mortos servindo aos vivos, como sua mentora Patsy Follett costumava dizer. Também não era por um sentimento inflado de importância política. Era a caixa de botões. Ainda escondida na prateleira do alto da garagem. Um dia, em breve, ela teria que se mexer e salvar o mundo. Era ridículo, era absurdo, era surreal... e parecia ser verdade.

Na última sexta-feira de agosto, novos números de pesquisa saíram mostrando Gwendy apenas sete pontos atrás de Paul Magowan. Aquilo foi motivo para muita comemoração de acordo com um Pete Riley extasiado e com o resto do Comitê Democrático do Maine. Muitos membros da imprensa atribuíram a melhora a uma onda de solidariedade pela desafiante ter ficado viúva recentemente. Gwendy sabia que isso era em parte verdade, mas que não era tudo. Ela estava fazendo contato com as pessoas, e um número surpreendente estava reagindo.

No fim de setembro, a distância tinha diminuído para cinco pontos, e Gwendy se deu conta de que as pessoas não estavam só ouvindo... elas estavam começando a acreditar. Como Pete Riley tinha previsto mais de um ano antes durante aquela primeira reunião para sondá-la, os números mais apertados nas pesquisas logo chamaram atenção de Paul Magowan, e a campanha dele começou a jogar sujo. O primeiro passo foi uma

A ÚLTIMA MISSÃO DE GWENDY

série atualizada de propagandas de televisão ressaltando a proliferação de linguagem profana e cenas de sexo explícito em vários dos livros de Gwendy.

— Acho que o forte deles não é originalidade — comentou Gwendy para a imprensa depois de uma aparição de campanha. — Eu achava que eles já tinham abordado o ângulo "Peterson Pervertida" em agosto.

Ela não ficou tão indiferente assim duas semanas depois, quando um comercial passou no horário nobre da televisão exibindo o falecido marido de Gwendy como um anarquista furioso, oferecendo como prova uma fotografia de Ryan ao lado de uma bandeira americana em chamas durante uma manifestação, assim como sua prisão recente em um protesto ocorrido em Chicago. O que a propaganda deixou de mencionar foi que Ryan esteve em Chicago a trabalho para a revista *Time*, parou para tirar fotos da bandeira em chamas e dos manifestantes e, apesar de ter credenciais de imprensa visíveis para todos, foi levado preso. Na foto de campanha de Magowan, a credencial pendurada no pescoço de Ryan tinha sido eficientemente apagada. A propaganda de Magowan também não dizia nada sobre as acusações terem sido retiradas quase imediatamente.

A partir daí, só piorou. A terceira onda de propagandas de televisão e rádio mirou um holofote intenso na família grande e bem-sucedida de Paul Magowan (cinco filhos, três meninos e duas meninas, mais dezesseis netos; todos ainda morando no estado do Maine), questionando o fato de Gwendy nunca ter tido filhos.

— *Se Gwendy Peterson acredita tanto nas coisas boas desse estado e país, como tanto alega, por que ela não trouxe vida para cá? Estava ocupada demais escrevendo porcaria e viajando pelo mundo?*

Apenas uma década antes, uma propaganda tão desprezível teria destruído qualquer chance de Paul Magowan pegar o assento no Senado. Mas aquele era um admirável mundo novo, habitado por uma raça novinha de eleitores republicanos aparentemente sem vergonha nenhuma. Eles adoraram e pediram mais.

Quando o pai de Gwendy viu o comercial pela primeira vez durante o terceiro jogo da série American League Divisional (com jogadores de máscara, arquibancadas vazias, barulho de torcida gravado), ele ficou tão furioso que pulou pela janela da casa de repouso e tentou chamar um táxi. Quando um dos orientadores o acompanhou de volta algum tempo depois e perguntou aonde ele planejava ir, o sr. Peterson respondeu:

— Até o quartel-general da campanha de Magowan pra dar na cara dele.

Gwendy reagiu de forma mais diplomática, ao menos em público, sobretudo porque, aos cinquenta e oito anos, ela já tivera tempo suficiente para aceitar a

A ÚLTIMA MISSÃO DE GWENDY

realidade da situação. Sempre adorou crianças e queria ter filhos um dia, mesmo antes de conhecer Ryan e se apaixonar. Durante anos depois que se casaram, eles tentaram, sem sucesso. Não era culpa de nenhum dos dois. Eles foram aos médicos certos e fizeram os exames certos, e o resultado sempre vinha igual: Gwendy Peterson e Ryan Brown eram seres humanos imensamente saudáveis e, de acordo com as regras da ciência médica, perfeitamente capazes de produzir filhos saudáveis. Mas, por algum motivo, apesar de tanto tentar (e eles tentaram *muito* durante aqueles primeiros anos felizes), nunca aconteceu.

Houve uma vez, pouco depois da tentativa de inseminação artificial que não deu certo, na qual Gwendy, sozinha no silêncio do quarto, desmoronou e permitiu que a maré de dor e raiva caísse sobre si mesma. Ela chutou, gritou e jogou coisas. Mais tarde, depois que o choro havia passado e ela tinha arrumado a bagunça, ligou para a mãe para dar a má notícia. A sra. Peterson disse o que sempre dizia:

— Deus trabalha de formas misteriosas, Gwendy. Eu não entendo por que isso está acontecendo tanto quanto você, mas temos que botar nossa fé nas mãos do Senhor. — E acrescentou: — Sinto muito, querida. Se tem pessoas neste mundo que merecem ser mãe e pai, elas são você e Ryan.

A ÚLTIMA MISSÃO DE GWENDY

Gwendy agradeceu à mãe e desligou o telefone. Andou até a janela do quarto com vista para o jardim e para a rua logo adiante e observou um garoto de cabelo cacheado passar pedalando em sua bicicleta amarela. Ela ficou olhando até que ele desaparecesse na esquina.

— Eu entendo por que isso está acontecendo — disse ela para a casa vazia ao redor. — Acho que sempre entendi, só não queria admitir. É por causa da caixa de botões. Eu era uma garota burra, mas só tirei e tirei e tirei. Agora é a vez da caixa.

Em outubro de 2020, com a votação por correspondência acontecendo e os locais de votação presencial abrindo as portas em menos de três semanas, Gwendy Peterson e Paul Magowan se encontraram no Centro Cívico de Bangor para um debate televisionado bastante aguardado. Por noventa minutos, o senador foi rude, arrogante e condescendente, o mesmo comportamento que o tinha feito ser eleito quatro anos antes. Sua desafiadora foi humilde, eloquente e educada. Exceto por um momento fugaz durante seus comentários finais, quando ela se virou para o oponente e disse:

— Quanto ao meu falecido marido, o senhor pode tentar quanto quiser sujar o bom nome e a reputação dele, mas você sabe e eu sei e todas as pessoas sentadas neste auditório e vendo de casa sabem que você, senador Magowan, não é homem suficiente nem para engraxar

A ÚLTIMA MISSÃO DE GWENDY

os sapatos de Ryan Brown e muito menos lavar o suor da cueca suja dele. E isso é tudo que eu tenho a dizer sobre esse assunto.

A maioria da plateia presente manifestou sua aprovação com gritos e aplausos de pé enquanto Gwendy saía do palco de debate. Quando os novos números de pesquisa vieram a público na manhã seguinte, a liderança de Magowan tinha diminuído para meros três pontos.

Mas, mesmo com um resultado tão impressionante, Gwendy sabia ser preciso um milagre para superar um déficit de três por cento em três semanas. Não tinha mais debates marcados, e, depois da surra pública que levara, não havia muita chance de Magowan aceitar marcar outro. Diziam por aí que ele planejava ficar na dele pelo resto da campanha, lambendo as feridas até a noite da eleição, quando ressurgiria e subiria ao palco para aceitar a vitória apertada. Gwendy tinha eventos planejados para todos os dias até a eleição, às vezes dois ou três no mesmo bloco de doze horas, mas, mesmo somando tudo, ela sabia que não bastava para mover o ponteiro por mais três pontos percentuais. Eles estavam ficando sem tempo.

Gwendy acreditava que só havia um jeito certo de garantir um milagre, e esse milagre estava em uma prateleira dentro da garagem dela, na casa de Castle Rock. Ao longo das duas semanas seguintes (normal-

A ÚLTIMA MISSÃO DE GWENDY

mente enquanto ficava rolando em uma cama de hotel ou outra, porque depois de um tempo todas pareciam iguais e tinham o mesmo cheiro), houve pelo menos umas cinco ou seis vezes em que Gwendy se convenceu de que pegar a caixa de botões era o certo a fazer. Simples! Era só apertar o botão vermelho e fazer Paul Magowan desaparecer como um coelho no chapéu de um mágico! Mas, todas as vezes, sua consciência e as palavras de aviso de Richard Farris a impediam: *Você precisa resistir. Não toque na caixa de botões nem a tire da bolsa de lona, a não ser que seja absolutamente necessário. Cada vez que fizer isso, a caixa vai dominar mais você.*

E então, na noite de quinta-feira antes da eleição, Gwendy conseguiu seu milagre.

Como a maioria dos colegas republicanos das antigas, a base eleitoral de Paul Magowan era composta por membros da NRA barulhentos e orgulhosos a favor da vida, a favor da religião, a favor do muro. Como cristão declarado e pai de cinco filhos, ele falava com frequência e apaixonadamente sobre quanto abominava a prática imoral e maligna do aborto. Chamava os médicos que exerciam tais procedimentos de "açougueiros desalmados" e "demônios de jalecos manchados de sangue".

Naquela noite de quinta, chegou uma notícia à imprensa nacional de que um artigo de primeira página do *Portland Press-Herald* na manhã seguinte daria muitos

A ÚLTIMA MISSÃO DE GWENDY

detalhes e ofereceria documentação escrita para provar que Paul Magowan não só tinha tido um envolvimento de um ano com uma jovem da igreja dele, mas que o candidato também pagara (usando fundos ilegais de campanha, ainda por cima) para que ela abortasse o que seria futuramente o bebê dos dois.

A campanha de Magowan marcou imediatamente uma coletiva à noite para tentar se adiantar no assunto. Mas era tarde demais. A bola já havia caído, e bem em cima da cabeça arrogante de Magowan. E tinha começado a rolar colina abaixo. Depressa.

Quando os votos finais foram contados alguns dias depois, a autora campeã de vendas do *New York Times* Gwendy Peterson se tornou senadora eleita do grande estado do Maine. Ela venceu por uma margem de quatro pontos, o que significava que milhares de residentes ainda tinham votado em Paul Magowan.

A vida nos Estados Unidos, pensou Gwendy enquanto contemplava os votos em Magowan. *A vida nos Estados Unidos em pandemia.*

20

GWENDY MUDA PARA a tela CONTROLE no iPad e clica em LINK DE VÍDEO. Uma janela vazia sobreposta aparece no canto superior direito. Ela clica no ícone IMAGEM REVERSA, e o topo de sua cabeça aparece na janelinha. Depois de ajustar o ângulo, dá um clique final, e seu rosto sorridente preenche a tela toda.

— Consegui — diz ela, com um orgulho nada contido.

O cabelo grisalho comprido de Gwendy está preso no rabo de cavalo de sempre, e há círculos rosados nas bochechas dela. Seus olhos azuis estão límpidos e alertas. Ela parece bem mais jovem do que seus sessenta e quatro anos, e se sente mais jovem também.

— Prontinho. — Kathy Lundgren aparece flutuando. — Pronta para a conversa, sra. Peterson?

Gwendy estica a mão.

— Claro que estou, querida — diz ela em um tom arrogante. Kathy ri e finge que vai beijar a mão da senadora.

Kathy ficou preocupada com Gwendy mais cedo, quando deu a notícia sobre o incêndio e a senadora pareceu atordoada, mas agora que ela está lá embaixo, cara a cara, não consegue parar de olhar.

— Minha nossa, duas horinhas de descanso fizeram maravilhas por você. Você está ótima e parece ótima.

— É apenas um toque estratégico de maquiagem.

— Só que Gwendy não levou muita coisa para aquela jornada. Por que levaria? Ela é tão simples quanto dá para ser.

— Bem, o que quer que seja, manda um pouco pra mim, por favor. — Adesh Patel passa por Kathy a caminho do próprio assento. Ela concorda com a cabeça e volta a olhar para Gwendy.

— Temos um pouco menos de cinco minutos até começar.

Gwendy ajusta o cinto na cadeira e rebola os quadris até estar à vontade. Ela olha para os monitores acima e para o iPad. Lambe os lábios e sente um gosto de chocolate na língua. Na mesma hora, sente o *tum-tum-tum* do coração por baixo do traje.

A ÚLTIMA MISSÃO DE GWENDY

O chocolatinho que comera mais cedo tinha formato de avestruz. Quando puxou o barbante da bolsa de lona e tirou a caixa de botões de lá, Gwendy ficou impressionada com o peso que sentiu nas mãos, apesar do ambiente sem gravidade. Bem mais pesada do que ela lembrava e significativamente mais pesada do que quando a estava carregando dentro da maleta de aço reforçado. Gwendy sabia que isso não fazia muito sentido (nenhum, na verdade), mas não passou muito tempo pensando no assunto. Tudo era possível quando se tratava da caixa de botões.

A decisão já tinha sido tomada quando ela digitou o código de sete dígitos e abriu a maleta de aço marcada como MATERIAL CONFIDENCIAL, então houve pouca hesitação quando o momento chegou. Gwendy botou a caixa no colo e empurrou a alavanca do lado esquerdo, a mais próxima do botão vermelho. E pensou: *Se você estiver monitorando isso, Farris, pode beijar minha bunda branca.*

A prateleirinha de madeira deslizou em silêncio a partir do centro da caixa. Ela pegou o avestruz de chocolate e o colocou na boca sem nem parar e apreciar os detalhes. Fechou os olhos e deixou que derretesse na língua, saboreando a explosão familiar de sabor exótico. Quando o chocolate acabou, Gwendy pensou na mesma hora em empurrar a alavanca uma segunda vez, mas se segurou e resistiu à tentação. Ela sabia que já estava forçando a barra.

Depois de sair da sala de controle mais cedo e garantir a um preocupado Bern Stapleton que estava bem, Gwendy se recolheu na solidão da cabine. Quando se deitou sobre a cama apertada e prendeu o cinto, ela nem estava pensando na caixa de botões e nos presentes mágicos. Só queria fechar os olhos um pouquinho. Estava física e mentalmente exausta... e com medo. Apesar do que Kathy Lundgren e Bern Stapleton acreditavam, não tinha sido a notícia do incêndio em Castle Rock que deixara Gwendy tão consternada, embora aquilo não tenha ajudado nem um pouco. Tinha sido a combinação de *tudo*. A videoconferência a preocupava muito. Bastava um escorregão, e ela sabia que seria o fim. Seu coração também estava bem dolorido. Apesar das amizades que tinha feito, Gwendy não imaginava quanto se sentiria sozinha depois que subissem a bordo da Eagle-19 Heavy. Já havia quase sete anos, mas não ter Ryan esperando em casa deixava Gwendy desamparada e sem rumo. E ainda havia os Congelamentos Cerebrais. Desde a quarentena (e principalmente desde que haviam entrado na Eagle-19 Heavy), os congelamentos estavam acontecendo com uma frequência cada vez maior que a apavorava. Inicialmente, ela acreditou que pudesse ser o estresse piorando seus sintomas. Mas, no fundo, sabia que não era isso. Era a caixa de botões tentando impedi-la.

Gwendy levou a mão ao caderno guardado em segurança no bolso do macacão e pensou: *Quanto tempo até que as únicas coisas de que vou lembrar sejam as palavras nesse caderno? E quando eu não souber mais como se lê…?*

Só de pensar naquilo acontecendo, Gwendy sentia vontade de puxar o cabelo, gritar ou fazer ambos. Deitada ali, a cabeça girando, olhando para o teto curvo da cabine, ela acabou cochilando. E ela sonhou…

Gareth Winston está sentado de pernas cruzadas no chão embaixo de sua escotilha. Não tem mais ninguém da tripulação por perto, e a nave está sinistramente silenciosa. Winston está nu, exceto por uma cueca suja e frouxa. Ele tem peitinhos e mamilos rosados rodeados por áreas de pelos castanho-avermelhados e encaracolados. A caixa de botões está no colo dele, entre as pernas pálidas e grossas, e, a princípio, parece estar manchada de sangue. Mas aí ela vê que os dedos grossos de Winston estão pingando gotas de chocolate derretido. A boca e a papada também. Está em toda parte. Ele move a mão e empurra distraidamente a alavanca do lado esquerdo da caixa. Dela sai a prateleira de madeira com um burrinho de chocolate em cima. Winston pega o chocolate e o enfia avidamente na boca, fazendo um barulho alto. "Tããããão bom", ele exclama, depois levanta o braço acima da cabeça e aponta um único dedo para o alto, como alguém que não deixa passar nenhum gesto expansivo, e gira o dedo sem parar antes de baixá-lo em câmera dolorosamente lenta até que fique bem acima do botão vermelho. Ele solta uma risadinha, um som estridente e desagradável, e aperta uma vez. Duas. Em seguida, olha para a frente, sorrindo com dentes manchados de marrom, e grita: "Pronto! Agora eu sou o número um do mundo!".

Ainda amarrada na cama, Gwendy despertou assustada com um grito de horror entalado fundo na garganta... e sabia exatamente o que precisava fazer.

— Trinta segundos — diz Kathy Lundgren.

Gwendy lança um olhar de lado para Winston, que está preso ao assento, olhando na direção oposta. Ela verifica os dentes na tela do iPad (todos limpos; *sem chocolate!*) e solta um suspiro longo e tranquilizador.

— Lá vai, pessoal. — Ela posiciona o dedo acima do ícone VÍDEO AO VIVO e escuta a contagem regressiva da comandante.

— Cinco... quatro... três... dois... um... você está no ar!

Gwendy abre um sorriso largo e clica no ícone.

— Saudações, terráqueos, do meu lar longe de casa, a Eagle-19 Heavy. Meu nome é senadora Gwendy Peterson, do grandioso Maine, e serei sua guia hoje. Antes de soltar o cinto e levar vocês para observar a vista incrível daquela escotilha, quero apresentar nossa estimada comandante de voo, a srta. Kathy Lundgren. Diz oi pra todo mundo, Kathy! Os três belos cavalheiros sentados à minha esquerda são...

21

EM JANEIRO DE 2020, depois de servir em várias posições importantes de inteligência, inclusive como vice--chefe do Grupo de Contraterrorismo e também chefe da CIA em Londres, Munique e Nova York, Charlotte Morgan, de sessenta e três anos, se tornou a oitava indicada (e apenas a segunda mulher) para ser escolhida como diretora-chefe da CIA.

Ela também era uma das amigas mais próximas e de maior confiança de Gwendy Peterson. Elas se conheceram em uma reunião de Orçamento no verão de 2003, quando Gwendy estava cumprindo seu segundo mandato na Câmara dos Representantes. Charlotte Morgan estava morando temporariamente em Washington, liderando um programa de treinamento de seis meses para agentes internacionais. Depois de se encontrarem em diversos eventos sociais, inclusive vários jogos dos Orioles, as duas mulheres ficaram amigas depressa, criando laços graças ao prazer mútuo por corridas, comida de fast food e livros sobre crimes violentos, principalmente os escritos pelo impressionante John Sandford.

Charlotte voltou para o exterior quando o programa de treinamento chegou ao fim, mas elas mantiveram contato por telefone e e-mail e se visitavam com frequência nas viagens trianuais de Charlotte para casa. Quando Charlotte se casou com o segundo marido em uma praia particular de Delaware em 2005, Gwendy foi uma das madrinhas. No inverno seguinte, quando Charlotte deu à luz uma menininha saudável (no quadragésimo nono aniversário dela, ainda por cima!), ela e o marido escolheram Gwendy como madrinha da criança. Anos depois, quando a mãe de Gwendy faleceu em uma tarde fria de outubro, Charlotte pulou no voo seguinte de Nova York e já estava segurando a mão da amiga naquela mesma noite. De muitas formas, Charlotte Morgan havia se tornado a irmã mais velha que Gwendy sempre quis ter.

Quando Gwendy estacionou o carro perto da rampa de barcos do lago Fairfax em Reston, Virginia, na manhã de 9 de dezembro de 2023 e viu a velha amiga sentada sozinha em um banco perto da água, ela rezou para que a longa história que tinham juntas fosse sufi-

A ÚLTIMA MISSÃO DE GWENDY

ciente... ou servisse para começar. Charlotte ergueu os olhos do livro que estava lendo, acenou para Gwendy e ergueu as mãos até os ombros em um gesto de *"O que está acontecendo?"*. Gwendy seguiu lentamente até o banco, carregando a bolsa de lona na mão direita.

— Sem segurança? — perguntou Charlotte, brincando só um pouco.

— Estou dirigindo um Kia alugado. É segurança suficiente. — *Sem mencionar a caixa de botões*, pensou Gwendy.

— Você está me matando, querida — disse Charlotte, fechando o livro grosso no colo. — Deve estar uns dez graus negativos aqui. Fala logo. Pra que tanto segredo?

Gwendy se sentou ao lado da amiga e pôs a bolsa entre os pés.

— Você já me considerou alguma coisa além de completamente sã, racional e honesta?

O sorriso de Charlotte sumiu. Ela olhou para a outra com atenção.

— Você está com algum problema?

— Podemos dizer que sim — falou Gwendy, assentindo. — Por favor, responda à pergunta.

— Fora sua torcida cabeça-dura pelo Red Sox, você se mostrou uma das pessoas mais sãs e de confiança que eu conheço. Dentre as duas ou três principais, com certeza. Você sabe disso.

— Então eu preciso que você me escute com muita atenção. Você consegue?

Charlotte não respondeu de pronto. Ainda estava surpresa com os rumos que aquele encontro havia tomado. Tinha ido até lá esperando que Gwendy fosse contar que estava finalmente saindo com alguém depois de quatro anos vivendo como uma freira, mas aquilo parecia bem mais sério. Ela não gostou da expressão tensa no rosto de Gwendy.

— Consigo.

— Tenha certeza disso, porque eu vou te contar uma coisa na qual vai ser bem difícil acreditar. E vou te mostrar o que tem dentro dessa bolsa e vou te dar uma demonstração de como funciona.

Charlotte se inclinou para a frente e observou a bolsa com mais atenção. Abriu a boca para responder, mas Gwendy a cortou de novo:

— Se você começar a me interromper, eu vou voltar para o meu carro, sair dirigindo e fingir que esse encontro nunca aconteceu.

— Você está me assustando, Gwen. Tem certeza de que não devemos encerrar esta conversa agora mesmo, enquanto ainda dá tempo?

— Só se você não quiser que o mundo continue existindo por tempo suficiente pra Jenny se formar no ensino médio, ir pra uma boa faculdade e ter filhos um dia.

A ÚLTIMA MISSÃO DE GWENDY

— Você está falando sério?

— Infelizmente, sim.

A diretora-chefe, sem nunca romper contato visual, ficou em silêncio. Fazia parte do trabalho dela saber quando as pessoas estavam falando a verdade.

— Tudo bem. Me conta.

Gwendy contou.

Quando terminou, quase quarenta minutos depois, Gwendy pegou a bolsa de lona na grama aos pés dela, tirou a caixa de botões e a colocou no colo. Era a primeira vez que punha os olhos na caixa em quase vinte e cinco anos. Ela ouviu a voz de Richard Farris sussurrar dentro de sua cabeça: *Não toque na caixa de botões nem a tire da bolsa de lona a não ser que seja absolutamente necessário.*

Uma coisa podia ser absolutamente necessária quando era absolutamente o único jeito? Claro que sim.

— Lembra a parte da minha história sobre Jonestown?

A outra assentiu.

— Você acredita ter provocado aquilo. Ou melhor, que foi culpa dessa caixa estranha. Posso…? — Ela esticou as mãos para o objeto.

Gwendy puxou a caixa para longe e a apertou junto ao peito. Porque seria perigoso se Charlotte tocasse nela, sim, mas não foi o único motivo. Havia ciúme também. Ela pensou em Gollum em *O senhor dos anéis*: "*É meu,*

Precioso, meu presente de aniversário". Gwendy não queria sentir aquilo em relação à caixa, mas sentia.

Era horrível, mas não dava para negar.

— Parece que não posso — disse Charlotte. Ela estava olhando para Gwendy com uma expressão avaliadora, e Gwendy sabia, velha amiga ou não, que Charlotte estava a poucos passos de decidir que a senadora Peterson estava louca de pedra.

— Seria perigoso você até tocar — disse Gwendy.

— Sei como isso soa e o que você está pensando, porque eu também estaria. Só me dá um pouco mais de crédito, está bem?

— Está bem.

— Eu achava que a parte da Guiana em que pensei quando fiz meu experimento estava vazia. Eu não sabia sobre Jonestown. Quase ninguém sabia antes de ir parar no noticiário mundial. Não havia internet na época pra gente verificar. E lembre que eu era só uma criança. Dessa vez, eu fiz minhas pesquisas, e mesmo assim não tenho certeza de que ninguém vá se ferir. Ou morrer. — Gwendy engoliu em seco. Sua garganta estava áspera. — O botão vermelho é de longe o menos perigoso, mas continua sendo uma arma carregada. Como eu bem descobri depois que todas aquelas pessoas tomaram Kool-Aid em 1978.

A ÚLTIMA MISSÃO DE GWENDY

— Gwendy, você não pode acreditar de verdade que *você*...

— Shh. Sem interrupções. Você prometeu.

Charlotte se encostou no banco e imitou um gesto de zíper sobre a boca que fez Gwendy sorrir. Mas ela ainda via a preocupação nos olhos de Charl. E a descrença. Talvez existisse um jeito de resolver aquilo.

— Eu acho que você devia comer um chocolatinho. Talvez ajude a abrir sua mente um pouco.

Gwendy curvou o dedo mindinho e apertou uma das alavancas na lateral da caixa. Apareceu um animal pequenininho de chocolate.

— Ah, meu Deus! — exclamou Charlotte, pegando-o. — É um porco-formigueiro?

— Não sei, mas acho que é um tamanduá. Nunca tem dois iguais, o que já é um baita truque por si só. Vai, experimenta. Acho que você vai gostar.

— Sou alérgica a chocolate, Gwen. Me deixa toda empolada.

— Você não vai ter alergia a esse. Eu prometo.

Charlotte levou o doce ao nariz para cheirar, e aquilo resolveu a questão. Ela o colocou na boca. Seus olhos se arregalaram.

— Ah, meu *Deus*! É tão *bom*!

— É. E como eu estou parecendo pra você?

A ÚLTIMA MISSÃO DE GWENDY

— Como...? — Charlotte olhou com atenção. — Clara. Parece que eu consigo ver cada fio de cabelo na sua cabeça, cada poro nas suas bochechas... você nunca esteve tão clara. E linda. Você sempre foi linda, mas agora... *uau.* — Charlotte deu uma risadinha. Não era o tipo de som que se esperaria ouvir vindo de uma pessoa do alto escalão da CIA, mas Gwendy não ficou surpresa.

Ela segurou as mãos de Charlotte entre as suas.

— O que eu estou pensando? Quer arriscar um palpite?

— Como eu poderia...? — começou Charlotte, mas então: — Uma pirâmide. A *Grande* Pirâmide. A que fica em Gizé.

Gwendy soltou as mãos da amiga, satisfeita.

— Como eu podia saber disso? — sussurrou Charlotte.

— Foi o chocolate. Mas não *só* o chocolate. Você treinou sua mente para ler outras pessoas. Poderíamos dizer que telepatia faz parte do seu trabalho. O chocolate só te deu um empurrãozinho. Minha mãe comeu alguns e se sentiu melhor, mas ela nunca teve capacidade de ler mentes. — *Eles só curaram o câncer dela*, pensou Gwendy. — Vai passar, mas você vai se sentir bem pelo resto do dia. Talvez amanhã também.

— Olha para a água — sussurrou Charlote. — O sol enche ela de estrelas. Eu nunca tinha visto isso.

A ÚLTIMA MISSÃO DE GWENDY

Gwendy esticou a mão e virou o rosto de Charlotte para ela.

— Deixa isso pra lá agora. Você sabe o que está acontecendo no Egito esta semana? Provavelmente pelo resto da primavera?

Charlotte sabia. Claro que sabia, fazia parte das atualizações diárias dela.

— Uma explosão de coronavírus. Está matando muita gente, e o governo ordenou um lockdown que vai durar pelo menos até meados de maio. E eles não estão de sacanagem. Quem sair na rua poderá ser preso.

— Sim — disse Gwendy. — E aquela pirâmide velha e grande, a mais velha das Sete Maravilhas do Mundo, está vazia. Sem turistas tirando fotos. Sem trabalhadores. Está o mais próximo de perfeita para uma demonstração do que posso fazer.

Gwendy estreitou bem os olhos e pensou na Grande Pirâmide de Gizé, também conhecida como Grande Pirâmide de Khufu, também conhecida como Pirâmide de Quéops. Ela odiava a ideia de vandalizá-la, mas seria um preço pequeno a pagar a fim de convencer Charlotte.

Ela contou à velha amiga o que ia acontecer e apertou o botão vermelho usando toda a força do braço. Cinco minutos depois, estava de volta no carro, em disparada pela I-95, tentando chegar a tempo para um almoço no centro de Washington.

A ÚLTIMA MISSÃO DE GWENDY

Antes de ir embora, Charlotte pediu outro chocolate. Gwendy recusou, mas convidou Charl a empurrar a alavanca do outro lado da caixa. Gwendy não tinha certeza se ia sair um dólar de prata Morgan, porque não acontecia sempre, mas, daquela vez, saiu. Charlotte ofegou de prazer.

— Pega — disse Gwendy. — Um pequeno agradecimento por me ouvir e não chamar os caras de jaleco branco.

Naquela noite, quando o celular tocou, Gwendy estava sentada na cama, assistindo à CNN. O canal passava uma filmagem de drone de uma pilha monstruosa de destroços onde antes ficava a Grande Pirâmide. NÃO FOI TERREMOTO, dizia a legenda. CIENTISTAS INTRIGADOS. Após uma breve busca, Gwendy encontrou o celular no meio do cobertor. Atendeu depois do terceiro toque, sabendo quem era apesar da identificação de NÚMERO DESCONHECIDO na telinha do telefone.

Charlotte Morgan não disse alô nem nenhuma outra amabilidade. Ela só disse:

— Meu Deus do céu.

— É — respondeu Gwendy. — Bem isso.

— Eu vou te colocar em uma viagem espacial, Gwen, se for isso o que você quer. É uma promessa. Pode demorar, então aguenta firme. Vamos conversando.

— Mas não sobre isso.

A ÚLTIMA MISSÃO DE GWENDY

— Não. Não sobre isso.

— Tudo bem. Que seja o mais rápido possível. Usá-la hoje me deu uma sensação bem ruim. E umas ideias ruins. — Algumas delas haviam sido violentas e estranhamente sexuais.

— Eu entendo. — Charlotte fez uma pausa. — A Grande Pirâmide. Puta que pariu. — Ela desligou sem dizer tchau, da mesma forma que não tinha dito oi.

Gwendy jogou o celular de lado e voltou o olhar para a tela. Agora, a legenda dizia 6 MORTOS NO DESABAMENTO. Eram jovens aventureiros da Suécia que haviam violado o lockdown para explorar a pirâmide sozinhos e que foram esmagados sob as toneladas de blocos de pedra. Para Gwendy, foi como reaprender uma antiga lição. Por mais cuidadosa que fosse, por melhores que fossem as suas intenções, a caixa de botões sempre cobrava o preço.

Com sangue.

22

A VIDEOCONFERÊNCIA É UM sucesso absoluto. Não há nenhum escorregão, nenhum Congelamento Cerebral, e Gwendy consegue se divertir. Na verdade, toda a tripulação acaba se divertindo, e tudo culmina em um brinde barulhento e improvisado (saquinhos selados a vácuo de suco de laranja, suco de maçã e limonada erguidos para o alto) saudando a senadora Peterson por um trabalho bem-feito. Até Gareth Winston, que está segurando um saquinho de suco em cada mão gorda, parece feliz por ela. *Ou talvez*, pensa Gwendy com uma certa satisfação cruel, *ele finalmente tenha conseguido botar o intestino para funcionar.*

— Muito bem, pessoal — diz Kathy Lundgren. — Hora de voltar ao trabalho. Temos menos de doze horas até nos juntarmos aos nossos amigos chineses na MF-1.

A ÚLTIMA MISSÃO DE GWENDY

— Que a gente nunca os veja — resmunga David Graves, e Kathy bate no ombro dele de brincadeira quando o colega passa.

Gwendy observa com um sorriso no rosto enquanto os outros começam a se deslocar de volta aos assentos.

— Obrigada de novo! Foi uma surpresa inesperada e muito bem-vinda!

Gwendy ainda se sente ótima, mas a energia está passando. Se sua memória estiver correta (e isso é um grande *se* atualmente), a euforia do chocolate costumava durar bem mais. Dias em vez de horas. Por outro lado, já faz mais de vinte e cinco anos desde que ela comeu um, então quanto ela realmente lembra? Fora que ela tem sessenta e quatro anos agora. Não exatamente uma velhota, mas quase. Ou só homens ficam velhotes? Talvez ela seja quase velhota.

De qualquer modo, ela não vai reclamar. Está animada, na verdade. Sem contar aliviada. A primeira videoconferência passou. Agora que ela sabe o que fazer, as coisas só vão ficar mais fáceis dali em diante. E o melhor de tudo, talvez? Gwendy lembrou os nomes deles, de todos os outros nove tripulantes. Além do mais, ela se lembrou das funções e deveres a bordo de cada colega, além de vários detalhes que já tinha confundido.

Gwendy pega o iPad embaixo do assento e entra na conta de e-mail protegida. Depois de passar os olhos

A ÚLTIMA MISSÃO DE GWENDY

pelas dezenas de avisos na caixa de entrada, ela se detém em um e-mail da Progressive Seguros. Foi enviada um pouco mais cedo naquele dia. Ela o abre.

O e-mail tem duas páginas e está assinado (eletronicamente, claro) por um representante da Progressive chamado Frederick Lynn. Ela passa os olhos pelo texto. A seguradora está trabalhando em uma estimativa dos danos à casa. O imóvel foi protegido com folhas de plástico pesado e molduras de madeira nos pontos necessários. A energia foi desligada, e o que restava na geladeira foi retirado. O Departamento do Xerife de Castle Rock, assim como a Polícia Estadual do Maine, vai ficar de olho para o caso de aparecerem ladrões ou caçadores de suvenires de quintal. Além do mais, os vizinhos dela, Ed e Lorraine Henderson, prometeram ficar de olho.

A seguradora só espera ter uma resposta da sra. Peterson quando ela voltar do espaço sideral (o sr. Freddy Lynn usa essas exatas palavras, o que gera outro sorriso no rosto de Gwendy), mas eles precisam fazer uma pergunta importante: a sra. Peterson tem algum animal de estimação que pode ter fugido durante o incêndio? Eles não encontraram comida nem tigelas de água, mas é procedimento-padrão perguntar. Depois disso, vem um monte de informações técnicas de política de atendimento que Gwendy não tem muito interesse em ler.

A ÚLTIMA MISSÃO DE GWENDY

Ela agradece a Deus por Brigette estar com Pippa, a salsichinha, e aperta o botão de RESPONDER. Ela digita: "Não tenho animais. Obrigada por tudo que vocês estão fazendo". E aperta ENVIAR.

Acabei de mandar meu primeiro e-mail do espaço sideral, ela pensa, incrédula.

Gwendy atualiza a caixa de entrada e desce até encontrar um e-mail de Norris Ridgewick. É mais curto do que a carta da seguradora, mas por pouco.

17 de abril de 2026

Querida Gwendy,

Sinto muito pelo incêndio. Conversei com Brian Gardener, do Departamento do Xerife, e ele garante que ninguém vai chegar perto da sua casa. Também fui falar com seu pai para ele não precisar ficar sabendo do incêndio pelo noticiário. Ele ficou bem chateado, mas falei que o pessoal do seguro deixaria tudo novinho (se bem que eles nunca conseguem, como nós dois sabemos). Ele me pediu para te mandar um beijo.

Agora, o verdadeiro motivo para eu estar escrevendo. Espero que você não fique com raiva, mas, nos últimos anos, andei xeretando um pouco sobre Ryan e a viagem misteriosa dele para Derry. É difícil achar o limite do

A ÚLTIMA MISSÃO DE GWENDY

quanto dá para investigar, sabe! Você nunca me pediu para me envolver, mas achei que valia a pena. O pior que podia acontecer era gastar o dinheiro da gasolina e perder tempo. Acho que eu seria um detetive bem ruim, porque, por muito tempo, não consegui descobrir nada e não tive nenhuma ajuda da polícia local. Eles basicamente me mandaram sumir. Decidi fazer uma última tentativa na semana passada. Não deu em nada. Isso até eu estar me preparando para voltar para Rock. Parei para encher o tanque em um daqueles postos sem marca, do tipo onde tem um cara que enche o tanque para você e limpa seu para-brisa. O nome do cara era Gerald "Gerry" Keele, um morador antigo que foi tipo um alívio para mim, porque não tinha aquela atitude de (perdoe o linguajar) "foda-se você, foda-se o seu cavalo" típica de Derry. Eu fiz minhas perguntas, mostrei a foto de Ryan e, na mesma hora, o homem disse que lembrava. Ele se lembrava especialmente dos adesivos que diziam GWENDY PARA O SENADO, porque havia três no para-choque traseiro de Ryan.

Aquilo faz Gwendy sorrir e limpar uma lágrima.

Ele disse que Ryan pediu instruções para o Parque Bassey porque tinha que encontrar um homem lá, perto da estátua de Paul Bunyan. Keele riu e disse: "Eu posso te ensinar, mas você não vai encontrar o Paul porque ele já era faz muito tempo". Ryan anotou o caminho no celular e foi embora. Achei que isso era tudo que eu ia conseguir ali, mas depois Keele disse outra coisa. Eu estava gravando no celular e posso te dizer exatamente. Ele disse: "Tem um armazém abandonado depois do posto de gasolina, na esquina da Neibolt com Pond. Assim que seu garoto pagou e foi embora, um Chrysler velho saiu de detrás daquele armazém. Era grande como um barco, de uma cor verde feia que quase machucava os olhos. Posso estar enganado, mas quase achei que o Chrysler estava seguindo o homem sobre quem você está perguntando".

Aposto que sei o que você está pensando, senadora Gwendy, porque eu estou pensando a mesma coisa: é uma pena enorme não ter nenhuma filmagem de segurança daquele acidente… isso se foi acidente. Eu adoraria saber se o carro que foi para cima do seu marido e o deixou morto na rua era um Chrysler velho e verde, grande como um barco.

Só que aquilo não parece certo. Não ligaram para ela e disseram que seu marido fora atingido por outro modelo de carro? De uma cor diferente? Gwendy acha que sim, mas não pode mais confiar na memória. Ela

A ÚLTIMA MISSÃO DE GWENDY

nem tem certeza se *houve* uma ligação. Pelo menos ela ainda consegue ler, então termina o e-mail de Norris.

Isso é tudo que eu tenho e acho que é tudo que vou conseguir. Aquela é uma cidade estranha, e eu poderia viver melhor e morrer feliz caso nunca mais botasse os pés em Derry. Vou continuar investigando, se você quiser, mas, sinceramente, acho que não tem mais nada para descobrir. Espero que não fique chateada por eu ter feito isso. Minha intenção foi boa. No mais, continue tendo uma boa viagem aí em cima. Respeito sua coragem, mas a única coisa que posso dizer é: melhor você do que eu.

Seu amigo,
Norris

Gwendy consegue ouvir a voz de Norris, surpreendentemente grave para um homem de corpo tão magro, enquanto lê o e-mail pela segunda vez. Quando termina, ela fica encarando a tela do iPad, os olhos perdendo o foco gradualmente. Os sentimentos bons que andou sentindo nas duas últimas horas sumiram e foram substituídos por... ela não sabe bem o quê. *Choque? Confusão? Medo?* Sim, todas essas coisas. Ela já está acostumada com a confusão desde que sua mente começou a falhar. Com as outras, nem tanto.

A ÚLTIMA MISSÃO DE GWENDY

— Guarda meu lugar — ela diz para ninguém em especial. — Vou ao toalete. — Ela solta o cinto e desce até a área comum no nível quatro. *O que você estava fazendo, Ryan?*

A porta branca e reluzente do lavatório está fechada, e, mais uma vez, Gwendy pensa nas gavetas estéreis de necrotério que tanto ela viu na televisão. O painel acima do trinco diz LIVRE. Sem saber se precisa mesmo fazer xixi ou só fazer alguma coisa, Gwendy estica a mão para a porta. Antes que possa abri-la, alguém segura seu ombro por trás.

Ela solta um gritinho e se vira, balançando os braços. Gareth Winston está flutuando a uns trinta centímetros do chão, uma expressão sobressaltada no rosto.

— Meu Deus do céu, Winston! Nunca mais se aproxime de mim assim sorrateiro!

— Desculpa — ele diz, chegando para trás. Não parece lá muito arrependido. — Eu não queria te assustar. Normalmente faço muito barulho quando entro em algum lugar. Sou meio desastrado. — Ele ergue os ombros largos. — Mas sou leve como uma pena aqui. Demora pra acostumar.

— Com certeza demora — retruca Gwendy.

— Eu só queria pedir desculpas por ter sido chato antes. Não é da minha conta o que tem na sua maleta, e eu não devia ter dito aquilo.

A ÚLTIMA MISSÃO DE GWENDY

Gwendy não acredita no que está ouvindo. Pouco tempo antes, ela havia questionado se a palavra *"obrigado"* constava no vocabulário de Gareth Winston. Teria apostado seu último dólar na vida que a palavra *"desculpa"* não estava lá. Ela fica surpresa e satisfeita ao descobrir que se enganou.

— Pedido de desculpas aceito.

— Quando se tem tanto dinheiro quanto eu, é fácil cair em maus hábitos, como sempre achar que as coisas deviam ser do seu jeito. Estou trabalhando nisso.

— Conheço várias pessoas em Washington precisando de ajuda com isso. E elas não têm uma fração da sua conta bancária.

Winston ri.

— Bom, obrigado por aceitar meu pedido de desculpas. Vou deixar você fazer seu… — Ele indica a porta do banheiro. — Você sabe.

Gwendy abre um sorriso genuíno (ela poderia se acostumar com esse Gareth Winston novo e melhorado) e estica a mão.

— Obrigada por ser tão amável.

Winston aperta a mão dela.

De repente, Winston fica bem claro para Gwendy, muito *brilhante* e em foco, quase como se estivesse iluminado por dentro, e tudo em volta dele desaparece. Ao pensar nisso mais tarde, ela vai se lembrar de um momento na segunda vez em que ficou com a caixa de botões, quando entrou na mente de um louco que o jornal de Castle Rock chamava de Fada do Dente. E, claro, quando Charlotte Morgan soube que ela estava pensando na Grande Pirâmide.

Embora Gareth Winston ainda esteja sorrindo, ele não está sorrindo por dentro. Ele nunca sorri por dentro. Mas ele está apaixonado. *O homem por quem está apaixonado encontra-se sentado atrás do volante de um carro. Gareth está no banco do passageiro, olhando para ele. Pode ser falta de educação encarar, mas Gareth não consegue tirar os olhos daquele rosto. Gareth acha que é o rosto de um anjo louro. Ele acha que daria tudo o que tem se o anjo louro lhe concedesse apenas um beijo.*

Só que, nesse vislumbre (dura talvez uns dois segundos, no máximo quatro), Gwendy vê o motorista como ele realmente é. O rosto verdadeiro é velho, maltratado e está apodrecendo de dentro para fora. Os olhos estão leitosos de catarata. O lábio inferior perdeu toda a tensão e pende das fileiras irregulares de dentes enegrecidos. Ela tem uma premonição terrível de que Richard Farris vai ficar com aquela aparência em pouco tempo.

O carro é grande. E velho. O capô enorme é de um verde vibrante estranho que fere os olhos só de olhar.

Winston dá um pulo para trás e rompe o contato. Os olhos estão arregalados dentro das bolsas de gordura.

— Meu Deus, mulher! — Não há pedido de desculpas humilde naquela voz agora. Ele parece irritado. E com medo. — O que foi *isso*?

— Não sei — responde Gwendy. A visão já está sumindo. Se ela não conseguir pegar o caderninho logo, vai sumir por completo, como um sonho dez minutos depois que se acorda. — Eletricidade estática, acho.

O dr. Dale Glen passa flutuando e olhando algo no iPad.

— Bem provável. É comum por aqui — diz ele, sem tirar os olhos da leitura.

— Uau, foi forte, seja lá o que tenha sido — diz Winston, e consegue dar uma risada falsa de quadrinhos: *Ha! Ha!* — Você vai ter que me dar licença, senadora. Tenho e-mails pra responder.

Ele vai embora e deixa Gwendy na porta do banheiro. Ela precisa tentar duas vezes para abri-la. Adesh passa flutuando e pergunta se Gwendy está bem. Ela não diz nada, não sabe se consegue, mas assente, o cabelo flutuando em volta da cabeça feito algas marinhas. Ela finalmente abre a porta e entra. Procura pelo botão que vai iluminar o painel de OCUPADO do lado de fora (não há trancas na área comum, uma precaução de segurança caso alguém tenha uma emergência médica) e tenta erguer a tampa da privada. Não sobe. Um painel vermelho se ilumina, dizendo PRESSURIZE.

A ÚLTIMA MISSÃO DE GWENDY

Certo, ela quase esqueceu (agora ela esquece tanta coisa...). Gwendy aperta o botão à direita da privada, e a luz vermelha se apaga. Ocorre um zumbido baixo quando a privada faz o que tem de fazer para que ela possa levantar a tampa sem remover todo o ar da pequena cápsula para o interior da privada e depois para o espaço. Passa pela cabeça de Gwendy que, se Kathy estiver na área de controle, deve ter visto a luz de aviso acender e apagar. E, caso não esteja, Sam Drinkwater ou Dave Graves devem estar. Ela espera que os colegas só deixem para lá. É provável que deixem, mas não é uma coisa boa. Esquecer coisas tão básicas das sessões de treinamento é MS.

Gwendy abaixa o macacão, se senta e gira o sintonizador para a configuração mais baixa. Percebe a sucção suave que significa que o xixi dela vai descer em vez de flutuar em volta da bunda em bolinhas. Ela apoia o rosto nas mãos enquanto urina. Alguma coisa aconteceu ao segurar a mão de Gareth Winston. Uma coisa importante. Algo a ver com um carro. Ou dois carros, de cores diferentes? Possivelmente envolvendo Ryan, mas provavelmente não; ela deve estar misturando o comunicado de Norris com o incidente quando segurou a mão de Gareth Winston.

Seja lá o que tenha sido, já passou.

Droga, o que está acontecendo comigo?, pensa Gwendy. *Mas que droga.*

A ÚLTIMA MISSÃO DE GWENDY

Ela talvez conseguisse lembrar caso comesse um dos chocolates, e a ideia é tentadora, mas ela precisa se segurar. Um já foi algo perigoso, e nem deve ser nada importante.

Ou deve?

23

A TRIPULAÇÃO E OS PASSAGEIROS da Eagle Heavy tinham visto a estação espacial MF em cada uma das suas últimas seis órbitas. Como cada órbita varia de leve, fazendo um formato de hélice na tela do computador (Gwendy acha que parece mais uma gravata-borboleta), a Many Flags às vezes parece "acima" e às vezes "abaixo", mas sempre do lado estibordo e sempre incrível.

— Parece a estação espacial em *2001* — comenta Reggie Black quando eles passam pela última órbita antes de atracar. A MF está a menos de quarenta quilômetros dessa vez. — Só que a MF tem um anel em vez de dois.

— E mais raios — diz Jafari. Os dois estão lado a lado na frente da escotilha, com Gwendy flutuando acima entre os dois. — Acho que no filme eram só quatro raios.

Da área de controle, Sam Drinkwater comenta:

A ÚLTIMA MISSÃO DE GWENDY

— A MF é bem parecida com a versão do Kubrick. Você precisa lembrar que nem sempre é a arte que imita a vida. Às vezes, é o contrário.

— Não faço ideia do que isso quer dizer — diz Gareth. Ele também está olhando para a estação MF, mas, como a escotilha da direita está ocupada, ele tem de olhar pelo iPad e parece irritado com isso.

— Significa que as pessoas que desenharam a estação viram o filme — responde Sam. — Talvez quando crianças. Para elas, estações espaciais devem ser assim.

— Ridículo — Gareth fala com rispidez. — Foi construída desse jeito só porque a forma sempre segue a função. Não porque um arquiteto espacial qualquer viu um filme quando tinha cinco anos.

Sam não discute, talvez por Gareth ser o passageiro pagante (em alguns arquivos confidenciais pré-voo, Gwendy viu Gareth, assim como ela mesma, ser chamado de "ganso", um antigo termo de linhas aéreas para passageiros). Ou talvez Sam só esteja entediado com o assunto. Seja como for, Gwendy acha que ele está certo. Quando olha para o Apple Watch, ela muitas vezes pensa que algum designer gostava do rádio de pulso do Dick Tracy quando era criança.

De qualquer modo, a estação MF é enorme. As especificações sumiram da mente dela, mas Gwendy lembra que o corredor externo curvo e infinito que rodeia a

A ÚLTIMA MISSÃO DE GWENDY

circunferência da estação tem quatro quilômetros de comprimento. Mesmo sem a existência da Grande Pirâmide, ela acha que ainda há sete maravilhas no mundo. Só que a sétima está *acima* do mundo. E, nos dezenove dias seguintes, vai ser a casa deles. Supondo que as duas horas seguintes corram bem, claro; atracar é a parte mais delicada e perigosa da missão, ainda mais perigosa do que o pouso futuro em uma plataforma flutuante nos arredores de Malta.

Kathy Lundgren aparece no COMUNICADOR GERAL e diz para eles vestirem os trajes pressurizados. Por um momento, Gwendy fica perdida. Ela sabe o que é o traje, claro que sabe, mas a pergunta é: onde ela o colocou?

Ela vê Adesh e Jafari tirando as caixas de armazenamento de debaixo dos assentos e quase bate na testa. *Dã. Toma vergonha, Gwendy.* A memória dela piorou desde o efeito do último chocolate? Ela acha que provavelmente sim. A caixa sempre cobra um preço.

Ela pega o traje e o veste. Por um momento, fica distraída com a escotilha da esquerda. Um pássaro passou voando por ali? A caminho do alimentador junto da mesa de piquenique no…

— Fecha o zíper, senadora Gwendy — diz Dale Glen, e aponta para o traje aberto.

— Sim. Eu estava só pensando… — Ela vai contar a ele que achou que um pássaro havia passado voando, quatrocentos e vinte quilômetros acima da Terra? Ou que por um momento ela perdeu seu lugar no tempo? — Não importa.

Gwendy fecha o traje, coloca e trava o capacete, sintonizando sua mente cada vez menos confiável no modo de espera e deixando o músculo da memória assumir. *Clique, clique, snap* e pronto. *Moleza*, ela diz para si mesma, e se conecta ao iPad e às telas em frente ao assento. No começo, não tem nada ali para ser visto, mas depois a roda enorme e improvável aparece por cima da borda da Terra. É uma visão majestosa que quase faz o coração parar. A estação gira lentamente e revela as bandeiras das sessenta e uma nações que tomaram parte e têm o direito (ao menos teoricamente) de usá-la. *Só falta a trilha sonora de* 2001, pensa ela. *Assim falou… alguém. Não lembro quem, só que começa com Z.*

No centro, há uma bolha branca contendo o equipamento telescópico que Jafari Bankole deve estar ansioso para pôr as mãos. Acima da bolha fica algo que parece um mastro de aço inoxidável com uma cúpula cinza, forrada por uma rede dourada e cintilante. Está enviando mensagens para as estrelas… e torcendo por uma resposta.

— Controle da Missão, prontos para atracar? — pergunta Kathy Lundgren.

A ÚLTIMA MISSÃO DE GWENDY

— Pode seguir em frente, Eagle Heavy, tudo verde do lado de cá — diz Eileen Braddock.

— Visores para baixo, pessoal. Nós temos... — começa David Graves.

— Dezessete minutos — conclui Kathy. — Tripulação, confirmem visores.

Eles confirmam.

— Passa pra Becky — diz Eileen.

— Passando pra Becky, entendido — responde Kathy. — Nada de comandos, só computador. O que você me diz, Becky?

— Que eu estou com o ônibus — responde Becky, a voz do computador.

— E que tipo de ônibus é esse, Becky? — pergunta Dave.

— É um ônibus mágico — diz Becky, e toca alguns acordes da música "Magic Bus" da banda The Who.

— Esta não parece a melhor hora pra brincadeiras bobas de computador — comenta Gareth. Ele parece nervoso e irritado, sendo aquele tom amável de voz de quando estava perto do banheiro apenas uma lembrança distante. — Daqui a pouco você vai querer contar piadas de toc-toc enquanto nossa vida corre risco!

— Não tem nenhuma vida em risco — diz Kathy. — Isso aqui é um passeio no parque.

A ÚLTIMA MISSÃO DE GWENDY

Quem dera, pensa Gwendy.

Ocorre um toque de gravidade outra vez quando Becky dispara os foguetes de mira em explosões pequenas e plumosas.

— Operação, você quer dar a volta mais duas vezes? — pergunta Eileen. — O pôr do sol é em vinte minutos da sua localização.

— Negativo, Solo, tudo bem conosco, e Becky enxerga no escuro.

Mas Kathy e Sam não enxergam, pensa Gwendy, *e o atracamento direcionado por computador só funciona se a programação de Becky for impecável e não houver nenhum temido "momento de puta merda".*

— Entendido, Eagle Heavy. — Dessa vez é uma voz de homem, o superior de Eileen, não um piloto de foguete, mas algum indicado político. Gwendy deveria conseguir lembrar o nome dele, afinal, foi ela quem o indicou, caramba, mas não consegue. Ela tenta um dos truques do dr. Ambrose, mas nenhum funciona.

Um pensamento repentino e brilhante surge na mente dela, assustador como um raio caindo a poucos metros: *Onde está a caixa de botões?* Está na cabine em forma de cápsula ou no compartimento embaixo do assento? Ah, Deus, está em casa na prateleira alta da garagem? E se ela tiver se esquecido de levar?

A ÚLTIMA MISSÃO DE GWENDY

Gwendy tem perspicácia a ponto de mudar o comunicador para particular e selecionar a configuração do Cara dos Insetos no iPad.

— Adesh, você sabe o que eu fiz com a maleta de aço que eu trouxe a bordo? Aquela que tem...

— Sim, a que tem CONFIDENCIAL escrito do lado. — Ele aponta para baixo. Ela olha e vê que a maleta está embaixo da perna dela, assim como estava na decolagem.

— Obrigada — diz Gwendy. — Perdão por eu estar avoada. Fico meio nervosa com o atracamento.

— Totalmente compreensível. — Ele sorri para ela pelo visor, mas não há sorriso em seus olhos. O que Gwendy vê ali é consideração. Talvez avaliação. Ela não gosta. *Eles não podem saber o que há de errado comigo até a missão estar concluída. Depois disso, não vai importar o que eles saibam.*

Há um baque logo acima quando a escotilha de encaixe se abre nos servomecanismos.

— O AIA está em posição, tudo verde aqui — diz Becky. Gwendy não tem dificuldade com aquilo. AIA é o Adaptador Internacional de Atracagem, chamado assim porque todas as nações que podem enviar foguetes para a MF usam o mesmo sistema. Ela se lembra disso, mas, no momento, não recorda o próprio nome do meio.

— Dobradiças de bloqueio em posição — diz Becky.

A ÚLTIMA MISSÃO DE GWENDY

A cabine balança para a esquerda; depois fica firme. Pequenos sacolejos acompanham cada movimento, como se um motorista inexperiente estivesse brincando com o pedal do acelerador, soltando e apertando de novo. Uma metáfora de que Gwendy não precisava.

— Dez metros — diz Becky.

Na mesma hora, uma sombra enorme escurece a cabine e faz as luzes internas se acenderem. Gwendy estica o pescoço e vê que eles estão passando por baixo de um dos raios enormes da estação MF, passando a poucos metros, ao que parece. Ela vê cada fenda e cada rebite.

— Meu Deus, perto demais! — grita Gareth. — Perto pra caral...

A voz dele some. Alguém, provavelmente Dave Graves, cortou Winston do comunicador geral. *E deve ter sido uma coisa boa*, Gwendy pensa. *Ninguém precisa ouvir os berros dele.* Ainda assim, ela se prepara para uma colisão que parece quase inevitável. Uma mão enluvada segura a dela. É Jaff. Ela se vira para ele e pisca. Ele parece estar morrendo de medo, mas consegue piscar de volta.

— Cinco metros — fala Becky.

Segundos depois, há uma batida; não forte, mas intensa. Gwendy tem um momento de vertigem e percebe que seu corpo não estava totalmente ciente do movimento constante da Eagle Heavy até a nave parar.

A ÚLTIMA MISSÃO DE GWENDY

— Captura suave completa — diz Becky.

Kathy repassa a informação para o solo, e Gwendy ouve aplausos. Ao lado da escotilha *dele*, Gareth parece atordoado. Ele não está escutando o que está acontecendo.

Gwendy seleciona CDO 1 no iPad e diz:

— Kathy, bota o Gareth de volta. Acho que ele vai ficar bem agora, e ele deveria ouvir que todo mundo lá embaixo está feliz.

— Entendido.

Becky grita para todos se prepararem para a atracagem final. Acontecem mais baques, mais fortes dessa vez, quando as doze dobradiças encaixam, duas a duas.

— Sequência de atracagem completa — diz Becky.

— Bom trabalho, Beckster — fala Dave.

— Sempre feliz em ajudar — responde Becky. — Devo cuidar da abertura da comporta?

— Eu faço isso — diz Kathy. — Pode aguardar, Becky.

— Aguardando.

— O cabo está conectado. Pode providenciar a abertura da comporta, Kath — diz Sam Drinkwater.

Kathy se vira no assento.

— Todos pressurizados? Me respondam com um entendido.

A ÚLTIMA MISSÃO DE GWENDY

Eles respondem. Gwendy pensa que o cara rico (cujo nome lhe escapa momentaneamente) parece mal-humorado, mas aliviado.

— Controle da Missão, todas as válvulas estão fechadas. Vou abrir a comporta.

— Entendido, Eagle Heavy. Divirtam-se e não façam nada que eu não faria.

— Isso deixa espaço para muita coisa — diz Kathy, um sorriso na voz. — Voltamos a falar com você quando estivermos a bordo da Many Flags. Obrigada a todos de lá embaixo. Aqui é a Eagle, encerrando a transmissão.

24

UM A UM, eles flutuam pela comporta aberta e seguem pelo túnel com as laterais de espuma azul até finalmente entrarem na Many Flags. Kathy Lundgren é a primeira, Gareth Winston, o último. Gwendy vai entre Reggie Black, o físico, e Adesh, o Cara dos Insetos.

Gwendy sente um puxão de gravidade bem leve ao entrar. No momento, sua mente está clara como água, e ela lembra que o giro lento da estação devolveu uma fração de seu peso. Ela e os outros novatos olham em volta, quicando lentamente para cima e para baixo: um toque para avançar, outro toque para avançar.

Seu primeiro pensamento é que o Controle dos Estados Unidos pareceria um saguão de hotel caso as paredes não fossem cobertas de equipamentos, monitores e um emaranhado de cabos e fios digno de pesadelos.

A ÚLTIMA MISSÃO DE GWENDY

E caso as paredes não fossem acolchoadas, claro. Seu segundo pensamento é que é *grande*. Após dois dias na Eagle Heavy, o aposento parece enorme. O teto fica a pelo menos um metro e vinte acima da cabeça dela, e uma das paredes não é parede, mas sim uma janela longa e graciosamente curva cuja vista dá para o puro preto pontilhado com estrelas.

— Já podem tirar o traje, pessoal — diz Sam. — Guardem aqui.

Ele aponta para armários em uma parede. São pelo menos duas dúzias. Dez deles têm painéis iluminados com os nomes da tripulação da Eagle Heavy. Gwendy quica e flutua até o dela e abre a porta. O armário tem um gancho para o traje e uma prateleira magnetizada para o capacete. Ela está carregando a maleta de aço com MATERIAL CONFIDENCIAL na lateral, que grudaria na prateleira, mas Gwendy não quer deixá-la ali. Não com o armário de Gareth bem ao lado. Ela nota que ele a observa e duvida que seja por admiração à bunda dela no macacão vermelho da Eagle.

— Tripulação, venham aqui por um minuto — diz Kathy. — Se aproximem.

Gwendy tranca o armário e se junta aos outros, segurando a caixa de aço pela alça. Faz com que ela se lembre da lancheira que levava para a Castle Rock Elementary tanto tempo atrás.

A ÚLTIMA MISSÃO DE GWENDY

— O ar tem um cheiro melhor, não acha? — pergunta Bern Stapleton.

— Meu Deus, sim. Mais doce e mais fresco.

Tem também a música instrumental que sai dos alto-falantes. Talvez Seals and Crofts, talvez Simon and Garfunkel. *Como em um shopping ou supermercado*, pensa Gwendy. Ela está ciente de outra coisa também. Abaixo do zumbido dos monitores e equipamentos, há um rangido leve, quase como um navio de madeira velho em um vento moderado.

Isso é meio sinistro, ela pensa. *Nada disso, é muito sinistro. Tipo uma casa assombrada de filme. Ou um hotel assombrado.* Talvez o sentimento seja idiota, mas é válido. A estação MF é enorme e, exceto por eles e uma meia dúzia de chineses fazendo Deus sabe o quê, está deserta.

Eles rodeiam Kathy, subindo e descendo, tocando e avançando.

— Vocês já sabem de quase tudo isso por causa das orientações pré-voo, mas o protocolo exige que eu dê uma repassada rápida durante a entrada na estação. Primeiro, as acomodações.

Ela aponta para as portas marcadas com RAIO I, RAIO 2 e RAIO 3.

— O Raio 1 é da tripulação de voo: eu, Sam e Dave. O Raio 2 é da equipe de ciências: Reggie, Jafari, Bern e Adesh. O Raio 3 pertence aos nossos passageiros,

A ÚLTIMA MISSÃO DE GWENDY

Gwendy e Gareth, e também ao dr. Glen. Acho que vocês, novatos, vão ficar encantados com o que vão encontrar. Um dia não muito no futuro a TetCorp espera que esses quartos e muitos outros como eles sejam ocupados por hóspedes pagantes. Gwendy e Gareth, vocês têm suítes. Só um quarto, uma sala e um banheirinho, mas muito luxo.

— Não conte isso aos cidadãos pagantes de impostos — Gwendy finge cochichar. A maioria ri. Gareth Winston não, talvez porque a administração atual o tenha colocado na faixa dos quarenta e cinco por cento. Ou talvez ele só esteja impaciente com toda a repetição.

— Vocês vão precisar trazer suas coisas da Eagle; todos os carregadores de malas daqui estão em greve.

Mais risadas, e, novamente, Gareth não participa. Gwendy se pergunta qual foi a última vez que Winston teve de carregar as próprias malas. Talvez quando foi para o alojamento da faculdade. Talvez nunca.

— Posso reduzir o resto da falação se vocês prometerem não contar nada ao Controle da Missão, mas peço que revejam o vídeo de orientação nos seus tablets. O vídeo vai guiá-los pelas partes da estação disponíveis para nós… o que, nessa circunstância, é quase tudo. Jaff, você precisa ir até o observatório e ligar o que precisa ser ligado para começar a enviar fotos para a Terra. Acredito que seu interesse principal vá ser em Marte.

A ÚLTIMA MISSÃO DE GWENDY

— Corretíssimo — diz Jafari.

— Gwendy, você precisa ver o convés do tempo. É pequeno, mas tem um monte de equipamentos e telescópio próprio. Bern, seu laboratório fica ao lado da Suíte de Insetos de Adesh, no Raio 5.

Gareth a interrompe:

— Você não ia reduzir a falação? Eu gostaria de me acomodar.

Kathy manifesta uma irritação momentânea pela grosseria, mas, um momento depois, a impressão passa. Gareth é importante para os planos da TetCorp sobre viagens turísticas e, portanto, precisa ser mimado. *Até certo ponto*, pensa Gwendy. *Se ele precisar ser repreendido pelo comportamento, acho que posso ser a pessoa certa para isso.* Ela já tinha repreendido o homem que substituíra no Senado pelo comportamento *dele*, e isso na televisão estadual. Gwendy só não consegue lembrar o nome do cara no momento. Ela nunca conheceu um sentimento de tamanha impotência.

— Sugiro que nos acomodemos — diz Kathy. — Depois de mais uma coisa.

Gareth solta um suspiro sofrido. Mas, pensando bem, o que ele tem de fazer? Ele não tem trabalho lá, e Gwendy não pretende pedir a ajuda dele no convés do tempo.

— Vocês têm passagem livre por tudo, menos pelo Raio 9. Esse é, no momento, território chinês. — Ela aponta para um painel de informações abaixo da janela grande, onde estão oito luzes verdes e uma vermelha. — Se eles destrancarem, coisa que eles fazem às vezes para usar a sala de exercícios e o Salão Internacional, onde jogam video game e usam as máquinas da cantina, vocês vão ficar longe. Eles não são particularmente hospitaleiros. Mas todos os raios levam ao aro externo, que é território comum. Eu sempre gosto de correr lá. Nessa gravidade baixíssima, consigo fazer um quilômetro e meio em dois minutos.

— *Com licença?* — diz Gareth, e Gwendy sabe o que ele parece: um passageiro rico tipo A no fim de um voo longo, dispensando a tripulação assim que o avião toca no solo. Às vezes, Gareth sabe ser simpático e até encantador, mas Gwendy acha que isso é só uma camada fina de tinta sobre um homem que espera ser obedecido e reverenciado. — Que tal ir logo, Kathy?

— Você tem uma reunião importante no Zoom pra participar agora? — pergunta Bern com moderação.

— Não é da sua conta, Homem das Plantas — responde Gareth.

— Vão — diz Kathy, fazendo um gesto amistoso para expulsá-los. — Se acomodem. Meu conselho, tirem o dia para explorar a estação antes de começarem seja lá o que vocês vieram fazer aqui.

A ÚLTIMA MISSÃO DE GWENDY

A maioria volta para a Eagle, Gareth Winston na frente. Gwendy fica para trás e segue lentamente até Kathy, que está conversando com o dr. Glen.

— Tem tempo para uma pergunta? — questiona Gwendy.

— Claro. Como posso ajudar?

Dale Glen quica até a janela e olha para a escuridão infinita, as mãos unidas atrás das costas. Os outros já foram.

— O meu quarto — diz Gwendy. Ela não consegue chamar de suíte. — A porta pode ser trancada?

— Nenhuma pode, mas sua acomodação vem com um cofre de segurança bem parecido com o de quartos de hotel. *É uma espécie de quarto de hotel, na verdade.* — Ela olha diretamente para a maleta de aço que Gwendy carrega. — É só digitar quatro números. Sua carga especial deve caber direitinho, senadora.

Ela está falando oficialmente comigo porque é um assunto oficial, Gwendy pensa.

— Obrigada. Isso já é um alívio. — Ela olha na direção do dr. Glen. Ele está a uma distância segura, mas ela abaixa a voz mesmo assim. — O sr. Winston… Gareth… demonstrou… hã… interesse.

— Talvez ele também estivesse interessado nisto. — Kathy enfia a mão no bolso com elástico na cintura do

A ÚLTIMA MISSÃO DE GWENDY

macacão. O que ela tira de lá, para horror de Gwendy, é o caderninho vermelho. Aquele onde ela guarda todas as coisas que não quer esquecer, inclusive o código que abre a maleta CONFIDENCIAL.

— Ele disse que a porta do seu quarto estava entreaberta e que encontrou o caderno flutuando pelo corredor. Deve ser verdade, porque ele não teria motivo para espionar a sua cabine, teria?

— Claro que não — diz Gwendy, que pega o caderno e guarda no bolso. Ela está toda gelada. — Obrigada.

Kathy segura Gwendy pelo ombro.

— Você *acha* que ele estava xeretando? Porque eu teria de levar isso a sério, seja ele o Tio Patinhas ou não.

O problema é que Gwendy não sabe. Ela não *acha* que tenha deixado o caderno desprotegido, não *acha* que tenha deixado a porta da cabine destravada para que o objeto pudesse sair flutuando na circulação constante dos purificadores de ar… mas não tem como ter certeza.

— Não — ela responde. — Provavelmente não. Kathy… você está com o Foguete Portátil, correto? Está a bordo?

— Está. Se bem que a finalidade dele parece ser só pra quem está acima da minha faixa salarial.

— E eu vou fazer uma caminhada espacial no Dia 7?

Kathy não responde de primeira. Ela parece incomodada.

A ÚLTIMA MISSÃO DE GWENDY

— O plano é esse, mas os planos às vezes mudam. Várias pessoas andaram conversando comigo, inclusive...

— Inclusive eu — diz o dr. Glen. Ele se aproximou sem que Gwendy percebesse e agora faz a pergunta que ela anda temendo... ou uma versão dela, pelo menos.

— Senadora, tem alguma coisa que queira nos contar?

25

GWENDY DESISTIU DE TENTAR acreditar que não havia nada de errado com ela em um dia de primavera de 2024, cerca de quatro meses depois do encontro com Charlotte Morgan. O culpado foi um insignificante ensaio de setecentas palavras. O tipo de coisa que ela deveria ter conseguido concluir em uma hora, pura embromação, mas que derrubou a muralha de sua negação com a mesma certeza com que o botão vermelho da caixa mágica havia derrubado a Grande Pirâmide de Gizé.

O *Washington Post* tinha um artigo ocasional chamado *Minhas cinco*, no qual várias pessoas famosas escreviam sobre cinco coisas ótimas (ou simplesmente subestimadas) no estado natal delas. John Cusack escreveu sobre Illinois. A escritora de mistério Laura Lippman escreveu

A ÚLTIMA MISSÃO DE GWENDY

sobre o Miss Shirley's Café em Baltimore e a cachoeira de Kilgore Falls. Gwendy, claro, recebeu um pedido para escrever uma coluna *Minhas cinco* sobre o Maine. Ela estava de fato ansiosa pela tarefa quando se sentou no escritório da casa de Washington. Voltar ao seu estado natal era sempre um prazer, mesmo que a viagem fosse apenas mental.

Ela escreveu sobre o Thunder Hole em Bar Harbor, sobre o Maine Discovery Museum em Bangor, sobre o farol em Pemaquid Point e sobre o Farnsworht Art Museum. Foi quando ela fez uma pausa, pensando que queria terminar com uma coisa que fosse simplesmente divertida. Gwendy ficou batendo no nariz com a borracha do lápis, um hábito que tinha desde a infância, até a ideia surgir. O Simones', claro.

Ela jogou o lápis no porta-lápis e digitou: *Minha quinta escolha fica em Lewiston, a uns trinta quilômetros da minha cidade, Castle Rock. Siga pela rua Lisbon, vire à direita na Chestnut, encontre uma vaga (boa sorte!) e entre no Simones'. É só um restaurante pequeno, mas o cheiro é divino. A especialidade da casa é virabrequim.*

Naquele ponto, ela parou e ficou olhando a tela. Virabrequim? Em um restaurante? O que ela estava pensando?

Eu não estava pensando. Estava no piloto automático e tive um momento de velhice, só isso.

A ÚLTIMA MISSÃO DE GWENDY

Só que não foi um momento de velhice, foi um Congelamento Cerebral, e Gwendy vinha tendo muitos deles ultimamente: andando por aí procurando a chave do carro estando com a chave na mão, decidindo botar uma comida congelada no micro-ondas para o almoço e indo procurar a geladeira na sala, mais de uma vez se levantando de um cochilo sem nem se lembrar de ter se deitado. E depois de perder umas reuniões do comitê e uma votação com voto aberto (não importante, graças a Deus), ela foi ficando mais e mais dependente da assistente, Annmarie Briggs, para cumprir a agenda, uma coisa da qual ela própria sempre tinha cuidado. *Esquecer uma votação?*, a velha Gwendy teria dito. *Nunca nessa vida!*

E agora aquilo, encarando-a da tela do Mac: *A especialidade da casa é virabrequim.*

Ela deletou a frase e escreveu: *Você nunca vai comer um burgomestre melhor.*

Gwendy olhou para o texto e botou a mão na testa. Ela se sentia quente. Quente e estranha. Um mês antes, quando fora passar um fim de semana em Castle Rock, ela entrara no carro com um destino específico em mente e acabara indo parar no Rumford Rock 'N Bowl, sem ideia do que tinha ido fazer quando saiu de casa. Ela dissera para si mesma *e daí, está um dia lindo para dirigir*, e caíra na risada.

Ela não estava rindo agora.

A ÚLTIMA MISSÃO DE GWENDY

Qual *era* a especialidade da casa no Simones'? Uma espiral assustadora de palavras cascateou pela mente de Gwendy: categute, rosto de boneca, cera de vela, capelo.

Capelo, é isso! Ela digitou a palavra, mas não pareceu ser a correta.

Annmarie botou a cabeça na sala.

— Vou ao Starbucks, senadora. Quer alguma coisa?

— Não, mas estou entalada aqui. O que é aquela coisa que você come?

Annmarie franziu a testa.

— Precisa ser um pouco mais específica, chefe.

— Vem dentro de pãozinho. — Gwendy fez um gesto com a mão. — É vermelha e gostosa. A gente come com ketchup e mostarda no piquenique. Não consigo pensar na palavra.

Os cantos da boca de Annmarie se curvaram para cima e formaram covinhas. A expressão de alguém esperando uma piada.

— Hum... cachorro-quente?

— *Cachorro-quente!* — exclamou Gwendy, dando um soco no ar. — Certo, certo, é cravo que é isso, é cravo!

O sorriso incipiente de Annmarie sumiu.

— Chefe? Gwendy? Está se sentindo bem?

— Estou — disse Gwendy, mas não estava. — Eu quis dizer é cravo, não é cravo. Me traz um café preto pequeno, por favor?

A ÚLTIMA MISSÃO DE GWENDY

— Claro — disse Annmarie enquanto ia embora…
mas não antes de lançar um último olhar intrigado para
Gwendy por cima do ombro.

Sozinha de novo, Gwendy encarou a tela. A palavra
que Annmarie tinha lhe dado havia sumido, deslizando
por entre os dedos dela como um peixinho escorregadio.
Ela não queria mais escrever a porcaria do artigo. E não
era para ter dito *é cravo*, e sim *é claro*.

— É cravo, é claro, é claro, é cravo — murmurou
ela. E começou a chorar. — Meu Deus, o que tem de
errado comigo?

Só que ela sabia, é cravo que sabia. Ela até sabia
quando tinha começado: depois que apertou o botão
vermelho para dar a Charlotte Morgan uma demonstração de como a caixa de botões era perigosa e de
como era importante que as duas guardassem segredo
mortal sobre aquilo até que a caixa pudesse ser jogada
no lixão final.

Mas Charlotte não podia ficar sabendo daquilo.
Ninguém podia.

26

Dia 2 na Many Flags.

Os tripulantes começaram a fazer seus vários trabalhos, com exceção de Gareth Winston, que não tem tarefas a fazer. Há muitas maravilhas a serem exploradas na Many Flags, mas, até onde Gwendy consegue perceber, o bilionário passou a maior parte do dia na suíte. *Como Aquiles emburrado na tenda*, pensa Gwendy. Ela consegue entender o comportamento porque também passou um instante emburrada depois que o dr. Glen fez as perguntas. Ou melhor, detonou as perguntas na cara dela.

Diferentemente de Gareth, Gwendy anda bem ocupada. Ela fez uma visita curta ao convés do tempo, verificou os vários equipamentos por lá e admirou a Terra abaixo, vendo a escuridão se mover suavemente sobre a América do Norte e do Sul (os botões azul e violeta da caixa de botões). Participou de uma reunião do comitê de Saúde e Serviços Humanos por Zoom. Conversou sobre a importância da exploração espacial com uma turma de quinto ano de Boise que havia ganhado a videoconferência com ela em uma espécie de competição (ou talvez tenha sido sorteio). Ela acha que todas essas coisas correram bem, mas o inferno é que Gwendy não consegue mais ter certeza. Ela tomou dois comprimidos de Tylenol por causa de uma dor de cabeça de tanto estresse, mas sabe que vai precisar de mais do que Tylenol para encarar o que vem em seguida.

Todos sabiam ou desconfiavam, ao que parecia. Todos a bordo.

Sabiam de quê? Desconfiavam de quê? Ora, que a senadora Gwendolyn Peterson havia perdido um parafuso, talvez dois. Faltava a porção de batata no McLanche Feliz. Faltava uma cerveja na embalagem de seis. O bendito *queijo* do bendito *queijo quente*. E, como eles estavam quatrocentos e vinte quilômetros acima da Terra, com uma senadora americana encarregada de uma missão secreta de alta importância, Kathy e o dr. Glen a tinham confrontado. Eles não sabiam o que havia na maleta de aço, mas *sabiam* que Gwendy tinha uma caminhada espacial marcada para o Dia 7 e que, quando ela saísse, estaria portando um pequeno foguete de um metro e meio de comprimento e um metro e vinte de diâmetro. Não mais que um drone, na verdade, só que movido por um motorzinho nuclear capaz de seguir em frente por talvez uns duzentos anos. Depois disso, continuaria em movimento só pela inércia.

Aquela usina nuclear, embora não fosse maior do que um trenzinho de brinquedo, era poderosa. Se a operadora (Gwendy) fizesse merda com a sequência de iniciação enquanto estivesse flutuando lá fora, ela poderia abrir um buraco na estação MF ou talvez desestabilizá-la, atirando a estrutura no espaço sideral ou na atmosfera da Terra, onde pegaria fogo. Não que Gwendy fosse saber; ela seria incinerada nos primeiros dois segundos.

Kathy foi o mais delicada que pôde.

— Eu não me sentiria à vontade de te mandar lá fora, mesmo acompanhada, se achasse que você está sofrendo de alguma limitação mental.

O dr. Glen foi mais grosseiro, e Gwendy teve de respeitá-lo por isso.

— Senadora, você desconfia que esteja sofrendo de doença de Alzheimer precoce? Odeio fazer essa pergunta, mas, considerando as circunstâncias, sinto que preciso.

Gwendy sabia que a situação poderia chegar naquele ponto e havia trabalhado na história com o dr. Ambrose, que concordara em ajudar, embora com grande relutância. Os dois sabiam que a melhor história seria uma que incorporasse o máximo de verdade possível. Seguindo o plano, ela contou para Kathy e dr. Glen que, uma vez que algo de grave importância para todo o mundo tinha sido confiado a ela, Gwendy estava sofrendo de estresse severo havia *dois anos inteiros* e não dormia bem, e que era por isso que ela às vezes esquecia as coisas. Kathy admitiu que em noventa e cinco por cento do tempo Gwendy se portou dentro ou acima do padrão aceito.

— Mas nós estamos no espaço. As coisas podem dar errado. Nós não falamos sobre isso quando fazemos as coisas de RP, mas todo mundo sabe. Até Gareth sabe, e é por isso que ele está preparado para executar certas tarefas em situações de emergência. É que noventa e cinco por cento não é suficiente. Tem que ser cem.

— Eu estou bem — protestou Gwendy. — Pronta para agir.

— Então não vai se importar de fazer um teste, vai? — perguntou o dr. Glen. — Só pra nos tranquilizar antes de mandarmos você para o espaço com uma coisa importante que a gente não sabe o que é e um dispositivo nuclear poderoso que a gente sabe.

— Tudo bem, claro — disse Gwendy. Porque, afinal, o que mais ela *poderia* dizer? Desde que Richard Farris aparecera pela terceira vez, ela se sentia como um rato num labirinto cada vez mais estreito e que não tinha saída. *É uma missão suicida*, dissera ela para Farris naquela noite na varanda dos fundos, *e você sabe*.

A ÚLTIMA MISSÃO DE GWENDY

O teste fora marcado para as cinco da tarde, e só faltavam vinte minutos. Hora de se preparar.

O que significava que era hora de tirar a caixa de botões do cofre.

27

ENQUANTO TRABALHAVA NA Câmara de Representantes dos Estados Unidos, Gwendy teve bons contatos. Como membro do Senado, teve melhores ainda, e ela nunca precisou tanto de um do que após seu Congelamento Cerebral mais recente. *A especialidade da casa é virabrequim, pelo amor de Deus.* Ela pensou em ligar para Charlotte Morgan, mas descartou a ideia. Charlotte era assustada. Ela podia decidir que deixar Gwendy ficar com a caixa de botões era um risco muito grande. Gwendy sabia que deixar qualquer outra pessoa ficar com a caixa seria um erro ainda maior.

Depois de pensar um pouco, ela ligou para um de seus novos amigos: Mike DeWine, da NSA, a Agência de Segurança Nacional. Contou que precisava marcar uma consulta com um psiquiatra que fosse completamente de confiança. Perguntou se Mike conhecia alguma pessoa assim, sabendo que ele conheceria; a NSA ficava de olho em qualquer problema mental em desenvolvimento na equipe. Segredos tinham que ser bem guardados.

— Perdendo a cabeça, senadora? — perguntou Mike com simpatia.

Gwendy deu uma risada alegre, como se não fosse exatamente aquele o medo dela.

— Não, meus parafusos estão todos no lugar. Estou envolvida em uma revisão para o NDS, e que isso fique só entre nós, Mike, e eu tenho umas perguntas meio delicadas.

NDS era a sigla do Sistema de Defesa Nacional, e isso bastava para Mike. Ninguém gostava da ideia de pessoas mentalmente instáveis encarregadas do arsenal nuclear.

— Há algum problema sobre o qual eu deva saber?

— Não no momento. Estou sendo proativa.

— Bom saber. Tem um cara... espera um momento, o nome está fugindo...

Bem-vindo ao clube, pensou Gwendy, e não pôde segurar um sorriso. Perder a memória tinha um lado engraçado, ela achava. Ou teria caso não houvesse o envolvimento de uma caixa capaz de destruir o mundo.

— Certo, aqui está. Norman Ambrose é nosso psiquiatra principal. Ele atende na avenida Michigan. — Gwendy anotou o endereço, o número do consultório

A ÚLTIMA MISSÃO DE GWENDY

de Ambrose e o celular pessoal. *Graças a Deus pelas informações da* NSA, pensou Gwendy. — Ele deve estar lotado até o século XXIII, mas acho que você vai conseguir furar a fila. Por ser senadora dos Estados Unidos e tal.

Gwendy conseguiu mesmo furar a fila, e estava sentada na sala do dr. Ambrose na tarde seguinte. Depois de ouvi-lo reiterar a promessa de confidencialidade total, ela respirou fundo e contou que temia estar sofrendo de Alzheimer ou demência precoce. E disse que, se fosse verdade, ninguém poderia saber até que ela completasse uma tarefa de alta prioridade.

— Alta quanto? — perguntou Ambrose.

— Altíssima, mas isso é tudo que posso dizer. Talvez demore um ano até que eu faça o que preciso fazer. Mais provável que leve dois. Talvez até três, mas, Deus, espero que não.

— Posso supor que, caso certas pessoas descubram sua condição, se é que ela realmente existe, esse trabalho seria tirado de você?

Gwendy abriu um sorriso sem graça.

— Isso não pode acontecer. Se alguém tentasse, seria um desastre.

— Senadora…

— Gwendy. Por favor. Aqui, eu sou Gwendy.

— Tudo bem, Gwendy. Existe histórico de Alzheimer ou demência na sua família?

— Não. Minha tia Felicia ficou gagá, mas ela tinha noventa e tantos anos.

— Aham, que bom. E você perdeu seu marido recentemente?

— Sim.

— Sinto muito pela sua perda. Junto com isso, você ainda tem todas as responsabilidades de uma nova senadora. Você pode estar sofrendo apenas de estresse.

— Não existe um exame de sangue pra verificar doença de Alzheimer, existe?

— Infelizmente, não. A única forma de confirmar o diagnóstico, fora observar a deterioração constante das faculdades médicas do paciente, é com uma autópsia depois da morte. Mas existe um exame escrito que é um bom marcador.

— Eu devia fazer.

— Acho uma boa ideia. Enquanto isso, posso sugerir uma forma prática de lidar com esses Congelamentos Cerebrais, como você os chama?

— Meu Deus, sim! Eu faria lavagem intestinal três vezes por dia se achasse que ia ajudar!

O dr. Ambrose sorriu.

— Nada de lavagem, só um processo de associação, e você pode ter quase chegado nele sozinha. — Ele estava com um bloco no colo. Naquele momento, voltou uma página e observou as anotações que havia feito durante a

A ÚLTIMA MISSÃO DE GWENDY

consulta. — Quando estava escrevendo sobre o tal restaurante, o Simones', você percebeu que não conseguia lembrar uma certa palavra. Você lembra agora qual é?

— Claro. Cachorro-quente.

— Mas você escreveu...?

— Virabrequim — disse Gwendy. Ela se sentiu corar.

— Você sabia que estava errado e tentou de novo. Você se lembra da segunda tentativa?

Gwendy estava tendo um dia lúcido, sem o menor sinal de névoa mental, e lembrou na hora.

— Burgomestre. — Ela ficou mais vermelha. — Eu escrevi "Você nunca vai comer um burgomestre melhor". Idiotice, né?

— Eu não acho. — Ambrose se inclinou para a frente. — O que costuma ter junto de cachorro-quente em um piquenique ou churrasco, Gwendy?

Ela entendeu na hora.

— Hambúrguer!

— Acho que sua mente estava tentando formar uma cadeia de conexões que levariam você à palavra que estava procurando. Virabrequins são cilindros retos. Cachorros-quentes também. O burgomestre é um passo mais próximo. Acredito que, se tivesse tirado os olhos da tela com o texto e relaxado a mente, você teria encontrado a palavra.

A ÚLTIMA MISSÃO DE GWENDY

— Eu posso me treinar para fazer isso?

— Pode — ele falou sem hesitar. — É uma habilidade treinável. Me diz uma coisa, você tem um animal de estimação?

— Não. Mas meu pai tem. Uma dachshund velha e trabalhosa.

— Qual é o nome da dachshund trabalhosa?

Gwendy abriu a boca, não encontrou o nome e voltou a fechá-la.

— Porra, não consigo lembrar. Desculpa, isso escapou. Essa coisa é… irritante.

Ambrose sorriu.

— Tudo bem. Será que você consegue fazer associações para chegar lá? Olhe para o teto. Deixe sua mente ficar neutra. Esse é um processo que ensinamos aos pacientes nos estágios iniciais de Alzheimer, mas também a vítimas de derrame em recuperação. Não force. Não *cace*. Sua mente sabe o que você quer, mas precisa pegar um desvio, e desvios levam tempo.

Gwendy olhou para o teto. Pensou no sorriso do pai, tão caloroso e receptivo… pensou no suéter marrom que ele sempre usava quando o tempo ficava frio… em ver musicais na televisão com ele e a mãe porque todos adoravam e cantavam junto… Gwendy assistindo e cantando com eles… *Amor, sublime amor* era o favorito dela, mas o do pai era aquele com Ben Vereen. Aquele era…

PARQUE
BRINCADEIRA
PARQUE DE DIVERSÕES
PASSEIOS
RODA-GIGANTE
FARRIS!

— A dachshund dele é a Pippa. Meu pai escolheu o nome em homenagem ao musical favorito dele. *Pippin*.

Ambrose assentiu.

— Entendeu como funciona?

Gwendy começou a chorar, o que não abalou Ambrose nem um pouco. Ele só entregou a ela uma caixa de Kleenex. Ela achava que lágrimas naquele consultório deviam ser bem comuns.

— Vai sempre funcionar?

Ambrose sorriu, assumindo uma aparência jovial.

— Alguma coisa funciona sempre?

Gwendy deu uma risada trêmula.

— Acho que não.

— Dependendo de como for seu exame, Gwendy, e vamos fazer isso hoje, porque sua situação está difícil, posso receitar remédios capazes de desacelerar a progressão da doença. Mas quero enfatizar que ela ainda não está provada. Nesse momento, estresse me parece a resposta mais provável.

Você pode ser um ótimo médico de cabeça, mas não mente muito bem, pensou Gwendy. *Você já viu esses sintomas todos. Como dizem por aí, não é seu primeiro rodeio.*

— Que remédios?

— Aricept é meu preferido. Exelon às vezes funciona bem nos estágios iniciais. Mas tudo isso é botar o carro na frente dos bois. Nós temos que ver como vai ser no mini-cog. Volte às cinco da tarde se sua agenda permitir.

A ÚLTIMA MISSÃO DE GWENDY

— Permite. — Gwendy havia desmarcado tudo o dia todo para Ambrose.

— Enquanto isso, coma alguma coisa e tome uma bebida cafeinada. Café, refrigerante, até mesmo um energético.

— Obrigada, dr. Ambrose.

— De nada, senadora.

— Gwendy, lembra?

— Sim. Gwendy. Você não pode mesmo me contar nada sobre esse trabalho tão importante, não é?

Ela olhou para ele diretamente, seu olhar de senadora Peterson.

— Você não ia querer saber, dr. Ambrose. Pode acreditar.

Ela colocou um lenço na cabeça e óculos escuros e foi a um Burger King próximo, onde pediu um Whopper com queijo, uma porção grande de batata e uma coca-cola grande que tomou até o canudo fazer estalos no fundo do copo. Sua primeira mordida no Whopper a fez perceber que estava faminta. Ela achava que o alívio dava apetite. E compartilhar fardos, claro. Agora, ela tinha uma estratégia para lidar com os Congelamentos Cerebrais e podia torcer para que o dr. Ambrose estivesse certo e fosse apenas estresse. O exame, o que Ambrose tinha chamado de mini-cog, poderia confirmar.

Ela riu quando Ambrose começou a fazer as perguntas, porque elas lhe lembravam o exame que Donald

Trump se gabava de ter passado. *Molezinha*, pensou ela...
mas, quando o teste terminou, ela não estava mais rindo.
Nem Ambrose.

Ela foi bem na estação (primavera) e na data, mas
não conseguiu lembrar imediatamente em que mês estavam. Gwendy tinha certeza de que poderia ter usado
o método associativo de Ambrose para chegar à resposta
caso ele tivesse lhe dado tempo, mas ele não deu. Ela
foi pior ainda em contar de cem para baixo de sete em
sete. Conseguiu dizer noventa e três, depois falou oitenta e cinco, o que foi chute. Conseguiu repetir *maçã-
-mesa-moeda* cinco minutos depois, mas se viu incapaz
de soletrar MUNDO ao contrário. Teve muita coisa que
ela acertou (copiar um desenho, dobrar uma folha de
papel em três partes), mas houve fracassos perturbadores
e inexplicáveis (ao menos para ela). Quando Ambrose
pediu para que desenhasse o mostrador de um relógio,
por exemplo, ela desenhou um oblongo com uma curva
como um sorriso embaixo. Ela mostrou para o médico
e disse:

— Acho que deve estar errado.

Tanta coisa estava errada.

E a espera até a viagem espacial se prolongava, sem
data marcada e com tantos dias de luta pela frente.

Mas eu tenho que tentar!

28

E, AGORA, HAVIA CHEGADO a hora de fazer isso.

Gwendy empurra a alavanca que fornece o chocolate. Sai uma borboleta com asas pequenininhas e perfeitas. Ela enfia o chocolate na boca. Um calor se espalha em seu corpo e ilumina seu cérebro. Em seguida, pela primeira vez em sua longa e complicada história com a caixa de botões, ela empurra a alavanca de novo. Por um momento, nada acontece, e ela tem medo de a caixa a estar recusando, mas enfim outro chocolate aparece. Ela nem olha, só enfia na boca. O mundo salta em todos os seus sentidos. A clareza é dolorosa, mas, ao mesmo tempo, magnífica. Ela consegue ver cada grão na superfície de mogno da caixa. Consegue ouvir cada estalo enquanto a estação MF faz sua jornada infinita pelo espaço. Ela não ouve os chineses, mas sente a presença deles. Alguns estão comendo, outros estão jogando. Mahjong, talvez.

Ela respira fundo e sente o ar enchendo seus pulmões e permeando seu sangue. A batida na porta envia ondas de vibração pelo quarto. *É em forma de V,* pensa Gwendy. *Como pássaros indo para o Sul no inverno.*

— Gwendy? — pergunta Kathy. — Está pronta?

— Só um segundo!

Ela guarda a caixa de botões na bolsa, coloca a bolsa na maleta de aço e enfia tudo no cofre do armário, que fica escondido por trás do traje de compressão extra. Ela aperta o botão FECHAR e ouve a trava girando. Verifica se o caderno está no bolso do macacão, fecha o armário, anda quicando até a porta e a abre.

— Pronta — diz ela.

29

HÁ UMA SALINHA DE REUNIÕES no Raio 1, ao lado da sala de operações. Presentes para o teste de acuidade mental de Gwendy estão Kathy Lundgren, o dr. Glen e Sam Drinkwater. Sam não sabe que Gwendy tem uma missão especial de alta prioridade (a não ser que Kathy tenha contado, claro), mas é a pessoa designada para ir com ela na caminhada espacial do Dia 7, e Gwendy acha que ele tem o direito de estar ali. Seria responsabilidade dele, afinal, caso ela ficasse desorientada e surtasse com os dois presos um ao outro.

Dr. Glen limpa a garganta.

— Gwendy... senadora, espero que você entenda que nós temos...

— Que tomar todas as precauções — ela conclui. Gwendy sabe que parece impaciente. Ela *está* impaciente.

A ÚLTIMA MISSÃO DE GWENDY

Não, mais do que isso. Está com raiva. Não deles exatamente, mas de precisar estar ali e de ter uma responsabilidade tão horrível nas costas. — Eu entendo. Vamos fazer logo. Tenho e-mails para escrever e informações do tempo para reunir.

Os outros trocam olhares. Ela não é a mulher sorridente e simpática com a qual estão acostumados.

— Er... tudo bem — diz o dr. Glen. Ele liga o tablet e tira um envelope do bolso do peito do macacão. — Não vai demorar, uma hora no máximo. Vou te dar uma quantidade de perguntas pra responder e certas tarefas pra executar. Só relaxe e faça o melhor que puder. A começar com...

Ele abre o envelope. Lá dentro, há dez quadrados de metal. Ele os coloca no centro da mesa em um retângulo magnetizado, que vira para Gwendy. Palavras foram escritas nos quadrados com caneta hidrocor.

ir mãe que tenho mercado da ao minha causa por

— Você consegue organizar as palavras e formar uma frase?

Gwendy move as palavras no retângulo magnetizado sem hesitar. Ela o vira para os três tripulantes (*meus juízes*, ela pensa com ressentimento) do outro lado da mesa.

— É inteligente não ter letra maiúscula — diz Gwendy. — Dificulta um pouco. Intencional, imagino.

A ÚLTIMA MISSÃO DE GWENDY

Eles olham para o modo como ela arrumou as palavras.

— Eita — diz Sam. — É uma frase sim, mas não a que eu teria feito.

— E se existe um guia que acompanha o exame — comenta Gwendy —, não deve ser a resposta que as pessoas que o fizeram esperavam. O que é uma certa burrice, se me permitem dizer. Vocês estavam esperando *"Tenho que ir ao mercado por causa da minha mãe"*, não é?

Sam e o doutor assentem. Kathy apenas olha para ela com um sorrisinho. Talvez seja de admiração, deve ser, mas Gwendy não se importa. Eles a levaram ali como se fosse um animal de teste e esperaram que ela se exibisse, que empurrasse a alavanca e ganhasse um petisco. E foi o que ela fez. Só porque ela precisa, e isso não é mesmo um saco?

A frase de Gwendy é *"Por causa da minha mãe tenho que ir ao mercado"*.

— *"Tenho que ir ao mercado por causa da minha mãe"* é a forma simples de fazer isso, mas o simples nem sempre é o melhor. É ambíguo. Significa "Tenho que ir porque a minha mãe precisa de macarrão e um pote de Ben & Jerry" ou significa "Tenho que ir ao mercado porque minha mãe está lá e preciso buscá-la"? Continua havendo ambiguidade na frase, mas fica menor porque *mãe* aparece primeiro. A minha frase diz que é quase certo que eu tenho de fazer uma tarefa a pedido da minha mãe. — Ela abre um sorriso duro sem uma gota de humor. — Alguma pergunta?

Não há nenhuma, e, embora o doutor percorra o resto das perguntas e tarefas, o exame acaba de verdade depois da aulinha de sintaxe. Gwendy termina tudo em dezenove minutos e se levanta, segurando uma ponta da mesa para que seus pés não flutuem do chão.

— Estão satisfeitos?

Eles olham para ela com certo desconforto. Depois de um breve silêncio, Kathy diz:

— Você está com raiva. Eu entendo isso e peço desculpas, mas nós estamos em um ambiente onde não há espaço para erros. E acho que falo por Sam e pelo doutor quando digo que você tranquilizou bastante a nossa mente.

— A minha, completamente — diz Sam. — Não tenho a menor hesitação em vestir o traje com você e ir lá pra fora.

— Eu *estou* com raiva — diz Gwendy —, mas não de vocês. O trabalho de vocês é difícil, mas o meu também é. A diferença é que o meu é ingrato. Esse maldito país está tão polarizado que quarenta por cento do eleitorado do meu estado me acha um zero à esquerda independentemente do que eu faça.

A ÚLTIMA MISSÃO DE GWENDY

Gwendy os observa e, sim, ela *está* com raiva deles, naquele momento quase os odeia, mas não vai ajudar em nada dizer isso. Mesmo assim, precisa desabafar. Se não desabafar, ela vai explodir. Ou vai voltar para o quarto e fazer uma idiotice. Algo que não poderá ser desfeito.

— Vocês não viveram se não viram cartazes dizendo PUTA COMUNISTA sendo exibidos pra você nos fundos da sala de reuniões da sua prefeitura. Fora isso, meu marido morreu, metade da porra da minha casa pegou fogo e eu tive que vir aqui pra vocês terem certeza de que não preciso de fralda e copinho com tampa.

— Isso é meio pesado — Kathy a censura com moderação.

— É, acho que é. — Gwendy solta um suspiro, pensando: *Quer saber o que é pesado? Tenta viver com o que tem no cofre do meu quarto. Aquilo sim é pesado.* — Posso ir agora? Tenho trabalho a fazer. Vocês também devem ter. Peço desculpas pela falação. Estava acumulado.

O dr. Glen se levanta. Estica a mão por cima da mesa para ela.

— Não precisa pedir desculpas pra mim, Gwendy. — Ela fica feliz por ele ter deixado o título para trás e voltado a usar o nome dela. — Você tem casca grossa, e, no seu trabalho, isso é essencial. Vai descansar. Eu não posso te dar um Zolpidem, mas talvez um copo de leite morno antes de se deitar ajude. Ou Melatonina. Isso eu tenho.

— Obrigada. — Gwendy aperta a mão dele. Não há nenhuma visão, apenas uma sensação de que a intenção dele é boa. Ela olha em volta e se obriga a dizer: — Obrigada a todos.

Ela sai e volta para o quarto em saltos grandes, as mãos se abrindo e fechando. *Eu podia resolver esse problema todo com a caixa de botões*, ela pensa. *E quer saber? Seria um prazer.*

Quando entra, ela abre a porta do armário, empurra o traje extra para o lado e se obriga a parar. Ela quer pegar a caixa de botões (*ela* quer *que eu a pegue*, pensa), e, em seu estado mental atual, os botões da parte de cima seriam bem convidativos. Ela precisou comer os chocolates para passar na porcaria do teste, mas agora está sentindo uma *raiva*, uma *fúria*, e parece que há uma porta preta pela qual ela não ousa entrar. O que tem do outro lado é monstruoso.

Como eu a odeio, dissera Farris. *Como eu a abomino.* Se nunca tinha entendido isso, Gwendy entende agora. Mas ele disse outra coisa, algo que ecoa na mente dela: *Não tem mais ninguém em quem eu confie pra fazer o que precisa ser feito.*

Ela entende, mesmo em seu estado atual, que, se tirar a caixa de botões do cofre, essa confiança será qua-

A ÚLTIMA MISSÃO DE GWENDY

se certamente violada. Ele deu a caixa para ela porque Gwendy é forte, mas há limites para sua força.

Se tenho que ficar sentindo isso, preciso me concentrar em alguma outra coisa sem ser a caixa e me manter focada até o efeito dos chocolates passar. O quê?

Mas, com a mente clara, a resposta também é clara. Ela quica até a mesa e liga o iPad. Os e-mails que envia de sua conta de senadora são criptografados, o que é uma coisa boa. Ela escreve para Norris Ridgewick.

Norris: Você disse que, na sua ida até Derry, encontrou com a "polícia local". O detetive encarregado de investigar a morte de Ryan era Ward Mitchell. Você esteve com ele? E, se esteve, confiou nele?

Gwendy envia o e-mail para lá em embaixo e quica pelas paredes da suíte (não demora nada para atravessar de um lado para o outro), puxando o rabo de cavalo com inquietação. Ela não consegue ficar parada, não no estado atual. Ela procura por Gareth Winston da mesma forma que procurou os chineses no raio deles e o encontra. Ele está no computador. Escrevendo um e-mail. Ela não consegue vê-lo, mas sabe que ele está fazendo isso. Tem uma palavra na mente de Gareth que ela capta com clareza, embora não saiba o que significa. A palavra é *sombra*.

A ÚLTIMA MISSÃO DE GWENDY

Norris pode só responder daqui a mais de uma hora, ela pensa, *e minha mãe dizia que panela vigiada não ferve.*

Gwendy decide caminhar (talvez até correr) pelo aro externo; qualquer coisa para queimar aquela energia louca e perigosa. Veste um short e uma camiseta com os VELHOS DIAS EM CASTLE ROCK escrito na frente e já está amarrando os tênis quando o laptop emite a notificação de chegada de e-mail. Ela pula para o outro lado do quarto como se fosse a Supergirl e se posiciona na frente da tela. A mensagem é breve, direta e totalmente ianque.

Oi, Gwendy.

Estive com Mitchell, conversei com ele e não confiaria no cara tanto quanto não carregaria um piano nas costas. Ele mal podia esperar pra se ver livre de mim. Quer que eu dê um pulo em Derry e pegue no pé dele mais um pouco? Vai ser um prazer. Por sinal, você tem alguma ideia do que levou Ryan a visitar Derry pra começo de conversa?

Norris

Ela gostaria de responder à pergunta, mas não pode. Seu melhor palpite é de que alguém contou a Ryan sobre alguma sujeira envolvendo Magowan ou ela própria. Qualquer uma das opções poderia tê-lo levado a dar uma voltinha pelo norte. Fazia alguma diferença? Claro que não. Independentemente do pretexto, Ryan continuava morto.

Quanto a enviar Norris para Derry... Não. Norris não é o homem certo para esse trabalho. Gwendy acredita que o vislumbre que teve ao apertar a mão de Gareth foi uma verdadeira revelação. Ela acredita ter visto Gareth em um dos dois carros velhos que estavam em Derry no dia em que Ryan morreu. Acredita que Ryan pode ter sido morto em uma tentativa de atrapalhar a campanha para o Senado. E acredita que sua casa foi queimada depois que certos homens, talvez dirigindo carros velhos com manutenção perfeita, procuraram a caixa de botões, não encontraram nada e chegaram à conclusão lógica de que o objeto estava com ela no espaço. Enviar Norris para Derry só serviria para vê-lo morto.

Sem os chocolates especiais iluminando seu cérebro, ela teria duvidado daquele cenário. *Não*, ela pensa, *eu nem teria conseguido pensar nisso*. Mas, com aquele acelerador cerebral, ela não duvida. Nem um pouco. Ela se pergunta se Gareth por acaso começou a se manifestar por uma ida turística ao espaço depois que ela não abandonou a corrida contra Magowan. Não, deve ter sido depois que ela foi eleita e entrou para o Comitê de Aeronáutica e Ciências Espaciais.

A ÚLTIMA MISSÃO DE GWENDY

— Alguém estava mesmo pensando à frente — murmura Gwendy baixinho. Ela abre e fecha as mãos. Cada aperto é forte o bastante para fazer suas unhas curtas afundarem na carne macia das palmas. — Alguém estava mesmo *planejando* à frente. — E aí, sem nenhum motivo, ela repete: — Sombra, sombra, sombra. — Gwendy vai pesquisar na internet, mas tem outra coisa para fazer primeiro, bem mais importante.

Ela se senta e envia um e-mail para a diretora-chefe da CIA, Charlotte Morgan.

Charlotte — Tenho motivos pra acreditar que meu marido possa ter sido assassinado numa tentativa de me fazer sair da corrida ao Senado em 2020. Também acho que tem a ver com o item que está comigo. Desconfio que Gareth Winston saiba sobre o objeto e talvez tenha o código que abre a maleta que o guarda. Como isso aconteceu é uma longa história para outra hora. O que eu quero de você é o que costumamos chamar de "trabalho de saco preto", e precisa acontecer <u>imediatamente</u>. O detetive da polícia de Derry que supostamente investigou o assassinato de Ryan se chama Ward Mitchell. Acho que ele sabe mais do que está dizendo. Meu amigo Norris Ridgewick (ex-policial, afiado como uma lâmina) concorda. Quero que você envie uma equipe para abordar o detetive Mitchell,

A ÚLTIMA MISSÃO DE GWENDY

capturá-lo e persuadi-lo a falar sob qualquer meio necessário. Acredito que alguém esteja tentando me deter antes que eu possa me livrar do objeto sob meus cuidados e talvez (provavelmente!) tomar posse dele. Acredito que essa pessoa seja Gareth Winston, e, se ele tiver o código da maleta, a única coisa que o impede é um cofre eletrônico Mesa de parede. É do mesmo tipo que tem em hotéis, e qualquer ladrão de terceira categoria consegue abrir. Você sabe o que está em jogo. Se lembra da Pirâmide? Eu entendo que meu principal suspeito é um homem fabulosamente rico, mas ele pode não estar no comando. Seja quem for, está pensando com anos de antecedência, o que me assusta. Nem considere que isso seja paranoia. Não é. Pega Ward Mitchell e aperta até ele miar. Me avise imediatamente, Charlotte.

Gwendy

Ela faz uma pausa e acrescenta um P.S.: *A palavra "sombra" significa alguma coisa pra você?*

Gwendy poderia verificar sozinha, mas agora que seus dois e-mails importantes já foram enviados, ela se vê olhando para o armário de novo e pensando na caixa de botões. Ela imagina se conseguiria se concentrar em Gareth Winston tendo um ataque cardíaco e fazer com

A ÚLTIMA MISSÃO DE GWENDY

que acontecesse apertando o botão vermelho. *Você imagina, Gwendolyn? Só isso?* Ela solta uma risada sem humor. Não há pergunta nenhuma, ela sabe que conseguiria. Só que talvez houvesse efeitos colaterais. E se o sistema elétrico da estação entrasse em curto? Ou um cabo de oxigênio de alta pressão se rompesse?

Ela sai desses pensamentos e se dá conta de que não está mais na escrivaninha. Não, ela está no armário. Ela o abriu, empurrou o traje extra e está esticando a mão para o teclado do cofre. Na verdade, já digitou o primeiro número da combinação simples de quatro dígitos. Gwendy põe a mão na boca. Com a outra, aperta o botão CANCELAR e fecha a porta do armário.

Ela decide que vai mesmo dar uma corrida, afinal.

30

GWENDY PASSA POR duas chinesas de moletom e Air-Pods na metade do aro. Elas a olham com um sobressalto, mas retribuem o aceno. Kathy Lundgren não estava exagerando quando se gabou de correr um quilômetro e meio em dois minutos. Não muito, pelo menos. Gwendy não corre faz mais de uma década, mas parece estar quase voando. Ao retornar para a suíte no Raio 3, sua camiseta está molhada de suor e ela respira com dificuldade, mas se sente mais como era antigamente. Ela ainda percebe o canto da sereia da caixa de botões quando passa pela porta do armário, mas o chamado não está tão imperativo quanto antes. É mais um simples desejo. Uma dor. Tipo a que ela sente por Ryan. É horrível pensar na caixa de botões e no marido morto na mesma categoria, mas parece ser o caso. Gwendy está feliz por se sentir melhor de novo, mas sabe que isso vai ter um preço; ela já está começando a perder a clareza de pensamento. Em pouco tempo, a névoa vai descer outra vez, e talvez venha mais densa do que nunca.

A luz indicando uma mensagem nova está piscando no laptop. Gwendy digita a senha que vai transformar o emaranhado de letras e símbolos em palavras (feliz da vida de não precisar usar o caderninho vermelho para refrescar a memória). A mensagem é de Charlotte e é muito satisfatória.

Confio em você completamente. Equipe a caminho de Derry. Com sorte, você vai receber uma gravação em vídeo do interrogatório do detetive Mitchell amanhã, seu Dia 3 na MF. *Fiquei sabendo de algumas preocupações com relação às suas habilidades mentais aí em cima. Sei que vou ficar tensa até sua missão estar completa, mas isso me fez rir. Não consigo imaginar ninguém com menos chance de "perder um parafuso", como dizem.*

Como a Sombra Corporation entra nisso? Alguma ideia? Você pode ler um pouco na internet, mas é basicamente especulação. Nós da Companhia sabemos mais, mas não muito mais. Eles são bem fechados. O melhor palpite é que o valor agregado da Sombra Corporation pode ser maior do que o da China e dos Estados Unidos

A ÚLTIMA MISSÃO DE GWENDY

juntos. Difícil acreditar, mas me garantem que é quase certo ser verdade. Se sim, eles podem fazer a WinMark LTD, a empresa do Winston, parecer pequena em comparação. Sem mencionar a Amazon. Então, sim, é possível que Gareth Winston esteja trabalhando com ou até para a Sombra Corp se a recompensa valer a pena. Não dá pra saber. Só posso dizer pra você TOMAR CUIDADO.

C

Gwendy relê tudo três vezes. Precisa ler, porque o sentido de algumas frases está ficando meio perdido. Sua raiva também está passando. O que resta dela está concentrado no detetive Mitchell, com aquele sorrisinho desdenhoso e os olhos vazios. *E o bóton do Magowan na camisa, não se esqueça disso.* Não, ela não esqueceu (ao menos, ainda não). Ela quer o vídeo. Quer vê-lo longe daquela cidadezinha estranha de merda, em uma salinha com paredes à prova de som, preferivelmente com um capuz preto que só vai ser arrancado quando ele estiver acorrentado pelos pulsos e tornozelos à mesa. Gwendy supõe que não façam mais assim; ela tem certeza de que a CIA tem coquetéis de drogas que vão deixar gente como Ward Mitchell totalmente maleável, mas...

— Mas uma garota pode sonhar — ela diz baixinho.

A ÚLTIMA MISSÃO DE GWENDY

Gwendy toma um banho a fim de tirar o suor e desce para o convés do tempo. Tem uma videoconferência marcada com o Serviço Nacional do tempo às dezesseis no horário da Costa Leste. Ainda faltam horas, mas ela precisa sair dali. No momento, pelo menos, estar perto da caixa de botões não é seguro.

31

DIA 3 NA MANY FLAGS.

Gwendy está na escrivaninha da pequena sala de estar da suíte, repassando pilhas de pedidos de orçamento. Ela está pensando que uma única olhada naquela montanha desorganizada de papéis faria com que qualquer pessoa achando que a vida de uma senadora dos Estados Unidos é glamorosa mudasse de ideia.

O que ela está realmente fazendo, claro, é prestar atenção na notificação do laptop que vai sinalizar uma mensagem de Charlotte. Já ocorreram notificações de várias mensagens, inclusive do vice-presidente desejando que ela esteja bem, mas nada de Charlotte. Ainda deve ser cedo demais, mas Gwendy não para de torcer.

A outra coisa que está fazendo é resistir ao canto baixo de sereia da caixa de botões. A caixa está dentro da maleta de aço CONFIDENCIAL, e a maleta de aço CONFIDENCIAL está no cofre, e o cofre está no armário, mas o canto ainda chega claramente até ela. Gwendy não quer apertar os botões, da mesma forma que não quer empurrar a alavanca que fornece chocolates. Ela está tendo um dia bom, os circuitos da memória todos funcionando como devem, mas ela sente falta da clareza estranha e maravilhosa que sentiu ao fazer o teste de acuidade mental no dia anterior. Um animal de chocolate (ou dois!) e ela poderia fazer aquele trabalho chato de papelada voando. Essa é uma aula prática de por que viciados em drogas são viciados.

A batida na porta é um alívio. Uma distração bem-vinda… desde que não seja Winston, claro. Ela não está com vontade de vê-lo hoje. Na verdade, ficaria feliz em não o ver até ter completado sua tarefa, embora saiba que é improvável. Afinal, todos comem juntos. Não há serviço de quarto na estação MF.

Não é Gareth. É Reggie, o físico. O sobrenome lhe escapa temporariamente, mas Gwendy não se estressa, só relaxa e usa o truque da cadeia de associações do dr. Ambrose. O melhor show que ela já viu? Do AC/DC no TD Garden em Boston. A melhor música? "Back in Black." Pronto, voltou.

— Reggie Black em carne e osso — ela diz. — O que posso fazer por você?

A ÚLTIMA MISSÃO DE GWENDY

Ele tem cinquenta e poucos anos e tufos de cabelos brancos que flutuam dos dois lados da careca. E está sorrindo.

— Adesh acabou de me mostrar uma coisa louca. Quer ver? — Ele olha para trás dela, para a mesa lotada, e o sorriso some. — Acho que você está ocupada.

— Posso fazer uma pausa. Você só precisa ser tentador.

— Considere-se tentada. Isso é legal demais.

Ele a leva para o laboratório que Adesh montou no Raio 5, onde tem muito espaço. Com base na sinalização, Gwendy deduz que foi usado pela última vez por uma equipe francesa. Na porta do laboratório, tem um cartaz que diz ADESH "CARA DOS INSETOS" PATEL. BATA ANTES DE ENTRAR.

Reggie bate.

— Podemos entrar?

— Entre, entre — diz Adesh, abrindo a porta antes que Reggie possa fazer isso. Ele vê Gwendy e sorri.

— Ah, a estimada senadora! Bem-vinda ao País das Maravilhas da Entomologia!

Eles entram. Gwendy vê fileiras de caixas de acrílico com besouros e insetos em algumas, aranhas em outras. Inclusive a tarântula Olivia. *Ugh*, Gwendy pensa. A extremidade da sala foi isolada com acrílico do chão ao teto, criando uma jaula maior com outras menores dentro.

— Mostra o truque com o Boris — pede Reggie Black. E, para Gwendy: — É de explodir o cérebro.

Adesh balança o dedo para Reggie de um jeito professoral.

— Não é truque, Reginald. É *treino* e *adaptação*. — Ele se dirige a Gwendy: — Além do mais, acho as moscas bem mais interessantes. São moscas comuns, *Musca domestica*, mas o comportamento delas em ambiente de baixa a nenhuma gravidade é fascinante e esclarecedor.

— Claro, mas o escorpião é maneiro — diz Reggie Black. — Boris vale *ouro*.

Adesh parece perplexo.

— O melhor — traduz Gwendy. — Ele quer dizer o melhor. Ou talvez o mais chamativo.

— Ah, é chamativo mesmo — diz Reggie. — O Bugster deve ter capturado em vídeo, mas é melhor ao vivo. Supondo que você tenha *Musca domesticas* suficientes, amigão.

— Eu tenho muitas moscas — concorda Adesh. — Estou guardando as baratas.

Ugh, Gwendy pensa de novo.

Adesh pega um controle remoto no disco magnetizado e aponta para a jaula grande. A porta de uma das jaulas menores, a menor de todas, do tamanho de uma caixinha de maquiagem, desliza para cima, e várias *Musca domesticas* saem voando. Mas não por muito tempo. Elas param de voar e depois ficam imóveis no ar, como se penduradas por fios.

— Meu Deus! — diz Gwendy. — Elas estão doentes?

— Não, elas estão no que você poderia chamar de modo de economia de energia — diz Adesh. — Elas usaram as asas constantemente no começo, mas logo aprenderam que não precisam. Nem precisam descansar pousando. Se podemos dizer que as moscas gostam de alguma coisa, elas gostam de baixa gravidade.

— Boris, Boris, Boris! — cantarola Reggie.

Adesh suspira, mas Gwendy acha que é teatro. Ele também está gostando. Ela acha que não importa se os homens são da ciência ou se cortam lenha, todos gostam de se exibir. Claro que as mulheres também.

Adesh aperta outro botão do controle remoto, e o escorpião Boris sai clicando as garras, o ferrão armado arqueado sobre as costas.

— *Pandinus imperator* — diz Adesh. — O escorpião-imperador. A picada raramente é fatal para humanos, mas para a presa…

— Lá vai ele! — exclama Reggie. — Isso aí, Boris! Meu *garoto*!

Ainda clicando as garras, Boris flutua para cima e paira no ar, como as moscas do outro lado da jaula que eles compartilham.

Adesh ergue a voz e ordena:

— Boris! *Maar!*

Boris faz um único movimento vigoroso com a cauda e se projeta pelo ar como uma bala. Duas das moscas escapam, mas Boris pega a terceira com a garra, esmagando o inseto e enfiando-o na mandíbula alienígena. Gwendy fica repugnada e fascinada em medidas iguais. O movimento do escorpião para a frente o joga na direção da parede, mas, antes de se chocar, Boris rola e usa a cauda para se empurrar na outra direção. Ele termina quase exatamente no mesmo lugar que começou e fica ali parado.

— Incrível — diz Gwendy. — Como você o coloca de volta na jaula?

— Eu mesmo o coloco — diz Adesh. — Visto uma luva e o pego. Não tenho vontade de ser picado, mesmo não sendo pior do que a picada de uma abelha. Boris é treinável, como você pode ver, mas está longe de ser domado. Não, não, não.

— E *maar*? O que significa?

Adesh vai até a porta do contêiner maior, vira e abre um sorriso gentil no qual brilha um dente de ouro.

— Mate — diz ele.

32

QUANDO GWENDY VOLTA PARA seus aposentos, a luz do laptop está piscando. Cinco e-mails novos chegaram, mas o único que importa é o de Charlotte Morgan. Ela afasta a papelada e o abre.

Gwen: eu não achava que essa história pudesse ficar mais estranha, mas, nossa, como eu estava enganada. Você tinha razão sobre o detetive Mitchell saber mais do que estava contando. Dá uma olhada no vídeo anexado e me responde com novas instruções. É meio longo; depois que conseguimos fazer o cara falar, ele não calou mais a boca. Mas a maior parte do que você quer pode ser encontrada a partir dos sete minutos, mais ou menos.

Eu também incluí um segundo vídeo, bem mais curto, que veio do iPhone de uma testemunha ocular do acidente do Ryan (que, como você supôs, não foi acidente nenhum). O celular pertence (ou pertencia) a um homem chamado Vernon Beeson, de Providence, Rhode Island. Ele estava a caminho de Presque Isle para visitar a irmã. Mas nunca chegou lá. Não dá pra ter certeza, mas eu não me surpreenderia caso ele estivesse agora mesmo flutuando no sistema de esgoto de Derry. Mitchell afirma que um patrulheiro encontrou o celular em uma lata de lixo nos arredores do Parque Bassey. Mitchell também afirma não saber o que aconteceu com o sr. Beeson. Tudo que conseguimos arrancar dele sobre o assunto foi "Talvez o palhaço o tenha levado". Esquisito, né?

Muito esquisito, pensa Gwendy, resistindo à urgência súbita de empurrar a alavanca de chocolates na lateral da caixa de botões. Em vez disso, ela retorna à mensagem de Charlotte.

É difícil de assistir, Gwen, mais difícil ainda de acreditar, e eu não te culparia nem um pouco se você decidisse apertar o botão DELETAR sem nem abrir. Eu poderia sugerir que você fizesse exatamente isso, mas sei que não cabe a mim. Encontramos o celular do sr. Beeson trancado no cofre de armas do porão de Mitchell, bem onde ele disse que estaria.

A ÚLTIMA MISSÃO DE GWENDY

Vou dizer uma última coisa e vou deixar que você veja o vídeo. Já falei antes: tome cuidado, por favor, velha amiga. Sei que você deve se sentir sozinha aí em cima, mas juro que não está. Estou enviando amor e sorte pra você. Fica com Deus.

C

Os anexos de vídeo no pé do e-mail têm os nomes MITCHELL e DERRY. Gwendy sabe que deve abrir o interrogatório de Ward Mitchell primeiro; afinal, o destino do mundo pode depender do conteúdo dele. Mas ela não consegue resistir. Respirando fundo para se acalmar, como aprendeu nos anos de aula de ioga, ela passa o cursor por cima do arquivo DERRY e clica nele. Uma janela se abre no canto superior direito da tela. Ela clica no ícone de tela cheia, e uma imagem surpreendentemente clara de ângulo amplo do cruzamento das ruas Witcham e Carter ocupa o monitor.

No lado direito do vídeo, ela vê duas casas velhas, as janelas penduradas ou ausentes, a tinta descascando em tiras longas e enroladas, o gramado marrom alto demais mesmo no meio de dezembro. Uma bicicleta velha sem o pneu traseiro está encostada em uma das grades da varanda.

A ÚLTIMA MISSÃO DE GWENDY

Do outro lado da rua, na esquina diagonalmente oposta à casa com a bicicleta, tem um posto de gasolina Phillips 66 abandonado, as bombas da frente já retiradas fazia tempo. Tem mato crescendo nas rachaduras do asfalto. Alguém pichou PAU NO CU DE DERRY na fachada desbotada de tijolos. Pouco depois do escritório fechado do posto, Gwendy vê o portão de entrada para o Parque Bassey.

Quem está filmando, supostamente Beeson, deixou o som ligado, e ela ouve o assovio alto e ondulante de um vento frio soprando pelos telhados. Lixo descartado rola pela calçada (Gwendy tem quase certeza de que é um papel de hambúrguer do McDonald's) e desaparece na rua deserta. É meio-dia e meia do dia seguinte ao Dia de Ação de Graças, mas não tem nenhuma alma viva e nenhum automóvel por perto.

Só que, de repente, tem.

Um Fusca velho, indo para o norte pela Witcham, passa pelo cruzamento. O motorista, um homem idoso com um tufo de cabelo branco desgrenhado e óculos redondos estilo John Lennon, está olhando em volta como se estivesse perdido. E talvez esteja; ele está dirigindo bem devagar. Logo atrás dele, colado no para-choque do Fusca, tem uma picape preta com pneus de neve e uma bandeira americana enorme ondulando a partir de um mastro enfiado na traseira da caçamba larga. Gwendy ouve o estrondo dos graves no som da picape mesmo com as janelas de película escura bem fechadas.

Ela tem tempo só para olhar aquilo tudo e se perguntar *"Mas por que essa pessoa está filmando?"* quando Ryan aparece na tela. De repente, parece que o ar foi sugado do ambiente. Ela morde o lábio inferior e se inclina para perto do laptop.

Ryan entra pelo canto inferior direito da tela, caminhando na calçada com aquele passo longo e confiante do qual ela se lembra tão bem. Está usando o casaco favorito, um antigo presente de Natal dado pelos pais de Gwendy, e um gorro vermelho e branco do New England Patriots. De vez em quando, Ryan lança um olhar para a fileira de casas próximas, mas está claro que o foco principal da atenção dele é o celular que traz na mão direita. Ele está estudando a tela como se estivesse seguindo instruções.

Ao chegar à esquina da Witcham com a Carter, ele para com as pontas dos sapatos LL Beans projetadas sobre o meio-fio. Olha para os dois lados, como um garotinho que prometeu à mãe sempre tomar cuidado ao atravessar a rua, e depois para o celular de novo.

E começa a atravessar.

O Cadillac, de um tom exótico de roxo, obscenamente largo e comprido, com dois dados de pelúcia de loja barata pendurados no retrovisor, bate nele antes que

Ryan chegue à faixa no meio da rua. Gwendy ouve o ruído do impacto, e seu marido voa pelo ar. Ele bate no asfalto e chega a quicar, não uma vez, mas duas, antes de deslizar até parar abruptamente do outro lado do cruzamento. Uma trilha irregular de manchas escuras acompanha o progresso dele pela rua.

O Cadillac segue sem nem um piscar da luz de freio. Só no dia seguinte, quando está tomando banho, é que Gwendy percebe que não ouviu nem uma vez o som do motor do Cadillac. Ela ouviu o *putt-putt-putt* de máquina de costura do Fusca, o rosnado raivoso da picape preta, o baixo do heavy metal do sistema de som da picape, mas, na vez do Cadillac roxo… nada. Quase como se *não tivesse* motor.

O que restou do corpo dilacerado de Ryan fica em parte no acostamento da rua Carter, as pernas quebradas abertas em ângulos grotescos sobre uma faixa estreita de terra e grama que separa a rua e a calçada. O gorro, junto com uma das botas e meias de lã que ele estava usando, foi arrancado pela força da batida. A bota e a meia não estão na imagem, mas Gwendy consegue ver a pele rosada e pálida do pé esquerdo de Ryan a centímetros de uma placa escrito À VENDA DIRETO COM O DONO, enfiada no chão congelado. A parte de trás da cabeça de Ryan, tão afundada e torta como uma abóbora

A ÚLTIMA MISSÃO DE GWENDY

passada e deixada para apodrecer num campo, não se parece mais com a de um ser humano.

Gwendy pula para longe da tela, um soluço entalado na garganta. Durante um instante de pânico, ela tem medo de se engasgar até morrer de tanta dor. Ela se senta ereta e foca novamente a respiração. A sensação sufocante vai diminuindo gradualmente. Com os olhos cheios de lágrimas, ela se vira para o laptop. E ofega.

Tem um carro parado na rua ao lado do corpo sem vida de Ryan. Não é tão largo quanto o Cadillac, mas é mais moderno, mais rebaixado e pintado de um tom tão impressionante de verde saído de um desenho animado que quase dói olhar. *Não parece real*, Gwendy pensa com uma fascinação mórbida. *Parece um brinquedo de criança que ganhou vida.*

De imediato, ela reconhece o carro como sendo o mesmo veículo em que tinha visto Gareth Winston sentado ao lado do homem louro quando tocou na mão do bilionário em frente ao banheiro da Eagle Heavy. *Ele estava lá*, pensa ela, apertando os punhos com tanta força que a cor some da ponta dos dedos. *Talvez não em Derry, e talvez não no dia em que mataram meu marido, mas o filho da puta esteve dentro daquele carro. E ele estava fazendo um acordo? Claro que estava, porque é isso que caras como Gareth fazem: eles fazem acordos.*

A ÚLTIMA MISSÃO DE GWENDY

— Ele é um deles — ela diz em voz alta para a sala vazia.

Enquanto Gwendy assiste, as portas do carro (*um Chrysler velho e verde, grande como um barco,* ela se lembra de repente do e-mail de seu velho amigo Norris Ridgewick) são abertas, e quatro homens saem para a rua Carter.

— Mas o que diabos...? — Ela não termina a frase.

Os homens são altos e magros de um jeito sobrenatural e estão vestidos de forma idêntica, usando casaco amarelo comprido e bandana na parte inferior do rosto, como uma gangue de foras da lei do Velho Oeste. Eles vão para a frente do carro e ficam lado a lado em volta do corpo. Ao olhar para baixo, um dos homens põe uma mão com luva escura no próprio peito e se inclina, soltando uma gargalhada alta e escandalosa que Gwendy acaba conseguindo ouvir mesmo sob o assovio do vento. É um som animalesco, feio, e ela abaixa depressa o volume do laptop. Os outros se juntam a ele, indicando o corpo deformado, rindo e gritando. Um dos homens dá uma voltinha rápida e começa a pular de um pé para o outro, fazendo uma dança lunática e batendo nas coxas com um prazer furioso.

Gwendy interrompe abruptamente o vídeo e volta os *frames*. Ela não volta muito, só uns dez ou doze segundos. Não tem certeza de que seus olhos não estão lhe pregando uma peça ou de que o que ela acha que acabou de assistir é real.

A ÚLTIMA MISSÃO DE GWENDY

Ela aperta no PLAY e assiste novamente ao homem iniciar a dança bizarra... e aí acontece. O homem começa a sumir e aparecer... não perdendo foco, mas perdendo *existência*. Em um segundo, ele está inteiro e sólido, no outro, está borrado e só parcialmente presente.

De repente, são os quatro.

Enquanto tudo no vídeo permanece claro como água (se Gwendy chegar perto o suficiente da tela, dá quase para decifrar o número do telefone impresso na parte de baixo da placa que diz À VENDA DIRETO COM O DONO), os quatro homens de casaco amarelo de repente começam a ficar difusos. Olhar para eles agora é meio como olhar uma miragem subindo pela rodovia no meio de uma onda de calor de verão. *Essa não é a aparência deles*, Gwendy pensa com uma certeza calma. *Essa não é mesmo a aparência deles. É como se estivessem usando fantasias e máscaras para parecer humanos, mas os disfarces são temporários, e eu estou vendo eles sumirem da realidade e reaparecerem. Até o maldito carro é um disfarce. Perdeu as bordas. A forma não parece muito sólida.*

E, aparentemente, ela não é a única a notar. Pela primeira vez desde que começou a gravação, Vernon Beeson, de Providence, Rhode Island, dá zoom para ver melhor. As casas, o posto de gasolina e o Parque Bassey somem. Quando a dianteira do Chrysler com seus quilômetros de capô verde e brilhante enche a tela,

A ÚLTIMA MISSÃO DE GWENDY

Gwendy deseja de repente estar usando seu capacete de voo para poder abaixar o visor. Olhar para os quatro homens e aquele carro verde engraçado não só faz seus olhos lacrimejarem, faz seu *cérebro* querer lacrimejar. A câmera se afasta lentamente do Chrysler e encontra outra vez os homens na lateral da rua. Mesmo de perto, eles continuam a borrar e aparecer, como se estivessem sendo observados através de uma vidraça suja molhada pela chuva. Um dos homens está parado diretamente na frente do corpo de Ryan, poupando Gwendy de um vislumbre próximo e pessoal sobre os detalhes grotescos. Ela jura que, se o homem chegar um passo para a esquerda ou para a direita, ela vai gritar, jogar o laptop do outro lado da sala, ou ambos. Ocorre uma explosão repentina de estática de perfurar os tímpanos e a tela fica escura. E permanece assim. Quando Gwendy está convencida de que o vídeo acabou, a tela volta à vida.

Enquanto isso, a pessoa que está filmando desistiu do close e está recuando para a vista original. Quando a fileira de casas reaparece do lado direito da tela, o posto de gasolina abandonado e o Parque Bassey reaparecem na esquerda. Os quatro homens mascarados de pé no cruzamento readquirem aos poucos o foco, ainda que de longe. A estática sumiu.

Gwendy olha para o marcador de tempo no canto superior da tela e fica atônita ao descobrir que só assistiu a três minutos e quarenta e sete segundos de vídeo. Parece bem mais do que isso.

Os homens de casaco amarelo e bandana ficaram quietos. Eles se aproximam uns dos outros, ficam parados com as cabeças unidas... *debatendo*, Gwendy acha. De repente, eles interrompem a reunião improvisada. Três dos homens retornam imediatamente para o carro. Mesmo com o volume baixo, a batida das portas soa bem alta na pequena sala de estar. O quarto homem espera na lateral da rua até o Chrysler sair andando, sem nem um mísero sussurro do motor, e atravessa a rua Carter fora da faixa de pedestres para desaparecer entre as sombras da tarde fria no Parque Bassey.

O corpo de Ryan permanece silencioso e imóvel no acostamento.

Não aparece mais ninguém, porque, em Derry, ninguém aparece quando coisas assim acontecem.

Alguns segundos depois, o vídeo termina.

33

A RAIVA DE GWENDY voltou. O rosto dela está quente como uma fornalha, e a mandíbula dói de tanto trincar os dentes. Ela seca as lágrimas com um Kleenex, usa-o para assoar o nariz e joga o lenço na lixeira à prova de baixa gravidade. Embora sua mente chocada não esteja conseguindo compreender por inteiro o que acabou de testemunhar, ela sabe o suficiente para chamar a coisa pelo nome certo: assassinato a sangue frio. Alguém (o estranho louro da visão, os homens estranhos de casaco amarelo ou talvez até Gareth Winston) atraiu o marido dela para Derry e o atropelou no meio da rua como um cachorro sarnento. Estavam todos trabalhando para a Sombra? Gwendy tem quase certeza de que estavam. *Estão*.

Mesmo do outro lado do aposento e dentro do armário, ela consegue ouvir o zumbido regular da caixa de botões a chamando. *Não é porque a escuta*, ela lembra a si mesma, *que você precisa prestar atenção*. Ela já sabe o que a caixa está dizendo. Desde que pousaram na Many Flags, a caixa de botões parece uma porra de disco arranhado. *Só mais um chocolatinho, Gwendy garota, só isso. Só mais um animalzinho delicioso e você vai pensar com mais clareza e vai dormir melhor e nunca mais vai esquecer nadinha. Ou, melhor ainda, por que não apertar o botão vermelho e fazer todos os seus problemas desaparecerem? Começando por seu amigo bilionário. Você sabe que quer...*

— Você está certíssima, eu quero — diz ela, puxando outro Kleenex do pacote. — E se ele tivesse aparecido lá no vídeo, acho que eu não conseguiria me segurar.

Gwendy enfia a voz da caixa nos confins de seu cérebro defeituoso (está ficando cada vez mais difícil conforme sua jornada chega perto do fim) e clica no arquivo MITCHELL. Há uma série de bipes altos, e o vídeo começa.

A sala de interrogatório é pequena e simples. Três paredes cinza estão vazias. Uma janela com película ocupa a parte superior da quarta. É impossível saber quem está olhando por trás do vidro escuro, mas Gwendy acha que Charlotte Morgan é uma das pessoas. Possivelmente, a única.

Há quatro homens dentro da sala. Um deles, usando roupas escuras e uma arma presa ao coldre, está

A ÚLTIMA MISSÃO DE GWENDY

encostado na porta. O rosto do homem está embaçado e, por um momento fugaz, Gwendy pensa que é um *deles*, um dos homens de casaco amarelo, mas aí ela se dá conta de que o rosto do agente foi obscurecido de propósito para proteger sua identidade. O rosto de um segundo agente também foi escondido. Ele está sentado atrás de uma escrivaninha estreita, olhando para um laptop aberto. À direita imediata dele está o agente em comando, cujo rosto não embaçado faz Gwendy se lembrar na mesma hora do irmão mais novo de seu pai, o tio Harvey. Com óculos de armação em casco de tartaruga e bigode peludo, o cara parece ser o tio favorito de qualquer pessoa ou talvez até um professor de ciências da escola local, aquele que é votado como professor favorito no anuário. Os dois agentes por trás da escrivaninha estão usando calça e camisa de botão. Sem paletó ou gravata.

O último homem na sala é o convidado de honra. Ward Mitchell está usando um macacão largo e laranja, com as mangas dobradas. Está sentado em uma cadeira de metal de costas retas presa ao chão. Gwendy vê que ele está com dificuldade para manter a cabeça erguida e os olhos abertos. Tem um hematoma surgindo embaixo de um dos olhos e os dois lábios parecem inchados. Aquele sorrisinho de desdém não está mais visível. Os braços de Mitchell estão apoiados diante dele na escrivaninha. Há um tubinho cirúrgico indo da dobra do braço direito até um suporte de soro intravenoso. Um saco de fluido transparente está pendurado no gancho mais alto, pingando conteúdos secretos no fluxo sanguíneo de Mitchell. Tem também uma borracha apertando o bíceps esquerdo do detetive e um emaranhado de fios indo de dentro da gola do macacão até o laptop do agente.

— Vamos começar com seu nome. — A voz do agente é firme e agradável. Ele até parece um professor de ciências.

Mitchell pisca e olha em volta como se tivesse acabado de acordar de um sono profundo. Ele limpa a garganta.

— Ward Thomas Mitchell.

— Idade?

— Quarenta e quatro.

Você parece mais velho, pensa Gwendy com certa satisfação.

— Endereço?

— Rua Tupelo, 1920. Derry, Maine.

— E você é originalmente de Derry?

— Nascido e criado.

Bom, isso explica muita coisa, pensa a senadora.

— Ocupação?

— Polícia de Derry. Quase trinta anos. Detetive há doze.

A ÚLTIMA MISSÃO DE GWENDY

— Casado?

— Divorciado.

— Filhos?

— Um. Menino.

— Quantos anos?

Ela sabe o que eles estão fazendo, guiando-o com perguntas fáceis, mas não foi para isso que ela veio. Gwendy aperta a setinha do laptop e adianta o vídeo. Ela esquece o que está fazendo por um momento, um mini-Congelamento Cerebral que vai embora em questão de segundos, e avança demais. Aperta rapidamente o REWIND e vê o marcador de tempo voltando. Ao parar na marca de 5:33, ela aperta PLAY. Suas mãos estão tremendo.

— … citadas ocorrências estranhas em Derry. Você pode nos dar um exemplo?

Mitchell abre um sorriso confiante. Os olhos estão nadando nas órbitas. Gwendy acha que talvez já tenha visto gente dopada de forma tão cataclísmica, mas não desde a faculdade.

— Eu ouvi vozes.

— Na sua cabeça, detetive?

— Nããão… nos ralos da minha casa.

— Sério? — O agente principal olha para a janela com película e ergue as sobrancelhas. — Dos ralos, é?

— Uma vez... eu tinha acabado de desligar a água depois de tomar um banho... me chamaram de dentro do ralo. E eles começaram a rir.

— Eles?

— Pareciam crianças. Um grupo de crianças rindo.

— E essa voz, o que ela disse a você?

— Meu nome.

O agente em comando coça o queixo. Dessa vez, ele ergue as sobrancelhas para um dos colegas.

— Em outra ocasião, eu estava colocando a louça na máquina e ouvi a mesma voz vindo da pia da cozinha. *"Estamos guardando seu lugar, Javali."* Ninguém me chama assim desde que eu era um garoto catarrento na Derry Elementary.

— Mais alguma coisa?

Ward Thomas Mitchell, também conhecido como Javali, ri. Mas não tem risada nos olhos dele.

— Tem o palhaço.

— Se quiser ver um palhaço, Ward, se olha no espelho — diz um dos outros homens. Ele parece enojado.

Mitchell não presta atenção.

— Quando eu era novato, comecei a ter pesadelos. Ficaram tão horríveis que eu tinha medo de dormir à noite. Eu estava sendo perseguido nos esgotos por uma pessoa vestida de palhaço.

A ÚLTIMA MISSÃO DE GWENDY

Gwendy pensa de repente na história da velha amiga sobre um palhaço com olhos grandes e prateados perseguindo-a em Derry. Ela também está pensando no pai e nos avisos que lhe dera sobre a cidade. Tão fora do estilo dele. Gwendy tem quase certeza de que aconteceu alguma coisa com o pai durante sua curta estada em Derry, algo horrível, mas que ele nunca admitiu, e ela duvida de que ele se lembre agora. Ou talvez ele lembre e tenha medo demais, mesmo após tantos anos, para falar sobre o assunto.

— Naquele mesmo ano, meu primeiro ano, eu peguei uma emergência sobre uma questão doméstica por volta do Natal. O vizinho relatou estrondos altos e gritos vindos de dentro da casa ao lado. Quando parei na porta, havia um homem coberto de sangue sentado na varanda. Ele estava chorando e segurando uma faca de carne. Tinha acabado de matar a esposa e as filhas gêmeas e arrumado os corpos na mesa de jantar. Tinha colocado salada na frente de cada uma delas e posto guardanapos no colo das vítimas. Nós encontramos uma travessa de lasanha torrada ainda no forno. O homem se entregou sem resistir, e, quando o algemamos e o colocamos na parte de trás da viatura, ele disse com clareza na voz, e eu não fui o único que o ouvi naquela noite: *"O palhaço me obrigou a fazer isso"*. E depois não falou mais uma palavra. Nunca mais. Ele ainda está em Juniper Hill até onde eu sei.

A ÚLTIMA MISSÃO DE GWENDY

O agente principal boceja e folheia as anotações.

— Seguindo em frente, detetive. Na sexta-feira, 29 de novembro de 2019, o sr. Ryan Brown de Castle Rock foi morto em um atropelamento na sua jurisdição. Você foi o detetive principal na cena e encarregado do caso, correto?

— Não fui o primeiro a chegar ao local, mas, sim, fui o detetive encarregado.

— E os resultados da investigação?

— Nós não conseguimos localizar nem acusar nenhum suspeito. — Mitchell abre de novo o sorriso bobo.

— Você procurou algum suspeito?

— Não.

— Houve alguma coisa que se pareça com investigação oficial sobre a morte de Ryan Brown?

— Não. — Dessa vez, o sorriso bobo vem acompanhado de uma risadinha.

— E por que não, detetive?

— Por causa do dinheiro.

— Você está dizendo que foi subornado para não investigar a morte de Ryan Brown?

— É.

— Por quem?

— Não sei. Ele não disse o nome dele.

— Tem mais gente do Departamento de Polícia de Derry envolvida nessa conspiração?

A ÚLTIMA MISSÃO DE GWENDY

— Tem.

— E quem seria?

— Os policiais Ronald Freeman e Kevin Malerman. — Mitchell ergue um punho. — Meus *manos*!

— O que você pode nos dizer sobre o homem que subornou você?

— Alto. Magro. Branco. Ele estava usando um casaco comprido cor de mostarda. Antiquado, com sapatos brancos sociais arrumadinhos. Ele falava engraçado.

— Você quer dizer que ele tinha sotaque?

— Não, que a língua dele era grande demais pra boca. Ou talvez a laringe estivesse cheia de grilos.

Todos os interrogadores ficam tensos ao ouvir aquilo.

— Mais alguma coisa?

— Ah, sim — diz Mitchell agradavelmente —, ele não era humano.

— Como é?

— O rosto dele... ficava mudando. Escorregando.

De repente, a garganta de Gwendy fica seca como o deserto.

— O rosto dele ficava escorregando? Não estou entendendo, Mitchell.

— Parecia que ele estava de máscara, mas não de borracha ou de plástico barato como as crianças usam no Halloween. Ficava escorregando, me dando vislumbres do que havia por baixo.

— E o que era?

— Um monstro.

— Você consegue descrever o que viu embaixo da máscara?

— Cabelo escuro e crespo, pele com escamas, lábios vermelhos, olhos pretos. E uma espécie de focinho. Tipo o de um lobo ou uma lontra. Talvez o de um rato.

— Quantas vezes você se encontrou com esse homem-lobo?

— Duas. Ele me abordou inicialmente na cena do crime. E uma segunda vez na minha casa, quando levou o dinheiro.

— Quanto ele te pagou?

— Cem mil dólares.

Um dos outros agentes diz alguma coisa. Ele está longe do microfone, mas Gwendy acha que pode ter sido um *"puta que pariu"*.

— Ele explicou por que queria que a investigação de Ryan Brown fosse interrompida?

— Não.

— Disse se estava trabalhando para outra pessoa?

— Não.

— O homem estava sozinho nas duas vezes?

— Estava. — Mitchell faz uma pausa e acrescenta: — Achei que ele talvez fosse me matar, sabe.

— Que tipo de veículo o homem dirigia?

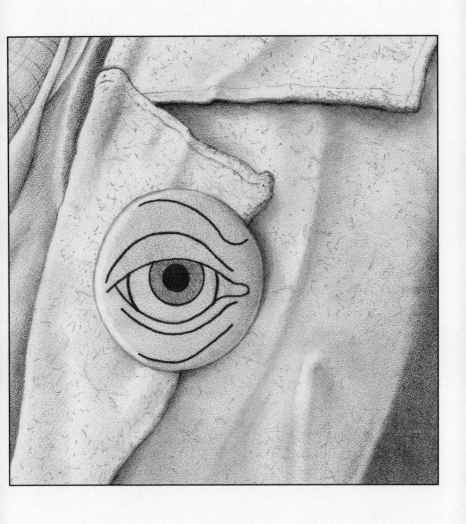

— Nunca vi nenhum. Ele chegou a pé nas duas vezes. Ele tinha um bóton na lapela. No começo, achei que fosse algum distintivo. Mas não era. Era um olho rubro grande que ficou me olhando durante todo o tempo que conversamos.

O homem na porta diz:

— Um chapéu de papel-alumínio pode ajudar com isso. — Ocorrem algumas risadas, mas o interrogador principal não ri e a animação acaba rápido.

— Você já tinha visto a vítima, Ryan Brown, antes da morte dela?

— Não.

— Você teve algum papel em atrair Ryan Brown para Derry?

— Não.

— E Gwendy Peterson? Sabia quem ela era?

— Claro. A vaca estava sempre poluindo minha televisão antes da eleição. Todos aqueles malditos comerciais. Eu não conseguia assistir a nenhum jogo do Red Sox da temporada sem ter que ouvir aquela baboseira comunista.

Gwendy mostra o dedo do meio para a tela do laptop.

— Você conhece um homem chamado Gareth Winston?

— Não, mas já ouvi o nome.

A ÚLTIMA MISSÃO DE GWENDY

— Onde?

Mitchell abriu um sorriso torto.

— Sei lá.

— Última pergunta por enquanto e vamos fazer uma pequena pausa. Você já ouviu falar da Sombra Corporation?

— Não.

— Tem certeza disso?

— Tenho.

E acaba aí.

34

GWENDY ESCREVE UM RECADO RÁPIDO para Charlotte Morgan, agradecendo e parabenizando a amiga por um trabalho bem-feito. Não tem mais nada que Charlotte possa fazer por ela no momento, mas isso pode mudar num instante.

A raiva de Gwendy diminuiu, mas foi substituída por um peso na alma que faz com que sua cabeça pareça pesar um milhão de quilos. Ontem mesmo ela nem conseguia ficar parada (ela foi correr de verdade ou sonhou com aquilo?), mas agora não consegue se levantar do sofá. Ela cogita se deitar e tirar um cochilo, mas, cada vez que fecha os olhos, Gwendy vê o corpo sem vida de Ryan e a trilha de marcas de pneu ensanguentadas na rua e só ouve, no silêncio sombrio da própria mente, aquela risada aguda e alta.

A ÚLTIMA MISSÃO DE GWENDY

Enfim, após uma reflexão motivacional (aos sessenta e quatro anos, as reflexões motivacionais de Gwendy ainda acontecem na voz calma de sua mãe), ela fecha o laptop e se obriga a se levantar e mexer o corpo. Depois de colocar uma bola de Kleenex amassados no cesto de lixo à prova de baixa gravidade e fechar a tampa, ela lava o rosto com água fria. *Mais quatro dias*, ela lembra a si mesma outra vez, olhando o reflexo no espelho do banheiro. Ela não está feliz com o que vê. Os olhos estão inchados de tanto chorar e há um toque de histeria mal contida neles. *MS*, ela pensa. *Melhor fazer alguma coisa pra mudar isso antes de aparecer no jantar.* A última coisa de que Gwendy precisa é dar a Kathy e ao resto da tripulação um motivo para se preocuparem com ela de novo.

Mas aqueles homens não eram humanos. Eram de... outro lugar. Provavelmente do mesmo outro lugar de onde veio a caixa de botões. O sr. Farris a roubou para protegê-la? Gwendy não sabe, provavelmente nunca vai saber, mas acha que tem uma boa chance de estar certa.

Passa pela cabeça de Gwendy que há uma coisa que ela sabe: ela está prestes a fazer uma refeição junto com um homem que teve participação na morte de seu marido. Qual foi o peso dessa participação é algo que ela não sabe ao certo, mas não importa. Importa? Por um breve momento, ela luta para lembrar o nome do homem (ela acha que pode ser Gary ou talvez até Gregory),

A ÚLTIMA MISSÃO DE GWENDY

mas em seguida a informação volta com uma clareza que é rara para ela durante esses momentos sombrios. O nome dele é Gareth Winston. Ele é bilionário, mas nunca vai ter dinheiro nem poder suficientes. Ele sempre vai querer mais. E ele sabe a combinação da maleta de aço marcada como MATERIAL CONFIDENCIAL. Gwendy também tem certeza disso.

35

HÁ QUATRO DELES À MESA quando Gareth Winston chega quicando pelas paredes do refeitório. Gwendy está sentada ao lado de Adesh Patel. Ela parece mais nova e mais animada do que no reflexo que viu no espelho do banheiro alguns minutos mais cedo. Ela acabou de contar a Kathy Lundgren e Bern Stapleton sobre o show impressionante do escorpião Boris no Laboratório dos Insetos. Na conclusão da história, Gwendy pula de pé e exclama *"Maar!"*, esticando a mão por cima da mesa na direção do antigo parceiro de treinamento. Bern Stapleton quase grita e derrama metade de um pacote de suco de maçã, que flutua na frente do macacão dele. Bern ainda está tentando pegar as gotículas fujonas com uma bola de guardanapos quando Gwendy vê Winston.

Por favor, continue andando, ela pensa. *Por favor, vai se sentar em outro lugar.*

Mas é claro que ele não se senta em outro lugar. Espremendo seu volume considerável numa cadeira, Winston se acomoda com um grunhido. Ele pega a bandeja de comida na mesma hora, solta-a do ímã que a prende na mesa e a puxa flutuando para si. Depois espia através da rede fina, assente com aprovação pelo que vê, abre o zíper diagonal no meio da rede usando a unha do polegar e começa a comer macarrão com avidez. Algumas gotas de molho de tomate flutuam na frente dele. Para Gwendy, parecem gotas de sangue.

— Até que não está ruim — diz ele, finalmente olhando para os outros. — Não é o Sorrento's, no Bronx, mas serve.

— Fico muito feliz que tenha gostado — diz Kathy. — Quem sabe a TetCorp possa contratar o chefe do Sorrento's pra fazer os preparativos das refeições nos ônibus espaciais pra Marte.

— Boa ideia essa — diz Winston, apontando para a comandante de voo e mastigando ruidosamente. Ele olha para Adesh. — Tem até menu vegetariano pra gente como você.

O entomologista se inclina para perto de Gwendy e sussurra:

— Gente como eu, olha só.

A ÚLTIMA MISSÃO DE GWENDY

— Tem um restaurante italiano delicioso no Maine chamado Giovanni's. Já ouviu falar, sr. Winston? — É uma pergunta bem inocente, mas algo no tom de Gwendy faz com que os outros à mesa se virem e olhem para ela. Só Winston parece não notar.

Ele balança a cabeça.

— Acho que não. Onde fica exatamente?

— Fica em uma cidadezinha chamada Windham, uns quarenta e cinco minutos ao norte de Castle Rock. Tem um camarão recheado *a la Giuseppi* que é de comer rezando. Foi elogiado em todas as revistas de culinária.

— Humf. — Ele toma um gole de limonada e arrota na mão. — Vou ter que ir lá conhecer qualquer dia.

— Na verdade, eu estava mesmo para perguntar — fala Gwendy. — Já foi muito ao Maine nas suas viagens?

— Até que não. Visitei o estado umas poucas vezes. Já fui caçar alces no Allagash. Mas a viagem foi ruim.

— Minha esposa e eu fomos acampar no Parque Nacional Acadia no verão depois do nosso casamento — comenta Bern Stapleton. — Lugar lindo. Tenho quase certeza de que concebemos nosso primeiro bebê naquela barraca.

— Informação demais — diz Kathy. — *Demais*.

— Adesh — diz Bern —, faça a gentileza de conversar sobre as abelhinhas com a comandante Lundgren. Acho que já está na hora.

Kathy bate no ombro do biólogo. Rindo, ele se levanta da mesa e recolhe a bandeja.

— Tenho que ir trabalhar um pouco. Fiquem bem, crianças.

— Vou logo atrás — diz Adesh, se levantando e limpando seu lugar. — Tenho que me preparar pra uma conferência no Zoom.

— Boa sorte — deseja Kathy enquanto os dois se afastam.

— Estou surpresa de você ter visto tão pouco do meu estado — continua Gwendy, novamente olhando para o bilionário. — Com tanto dinheiro, achei que já tivesse ido a todos os lugares duas vezes.

— Bom, me desculpe por declarar o óbvio — diz ele —, mas, com tanto dinheiro, eu não chamaria o Maine de um destino exatamente desejado. Paris, Tortola, as ilhas Turcas e Caicos, essas sim são diferentes…

— Você já foi a Castle Rock? — pergunta Gwendy, interrompendo-o. — E Derry?

— Não e não — diz Winston, soltando o garfo. Ele pega o talher logo em seguida no ar quando este começa a subir em direção ao teto. — Nunca fui a Castle Rock e nunca fui a Derry. Agora eu posso terminar de jantar em paz?

— Claro — diz Gwendy, abrindo seu sorriso de Patsy Follett. — Só uma última coisinha… Queria agradecer por você ter devolvido meu caderno. Sorte a minha que você o encontrou.

— É, mas você devia tomar mais cuidado.

Ela se levanta da mesa e começa a se afastar, mas para e se vira.

— Talvez você também devesse.

Um rubor sobe para as bochechas de Winston. *Te peguei*, Gwendy pensa.

Alguns minutos depois, quando elas estão raspando os pratos no receptáculo a vácuo do outro lado do refeitório, Kathy pergunta:

— Que diabos foi aquilo tudo?

— Como assim?

— Ora. Você estava *cutucando* ele.

— Eu só estava curiosa.

— Com o quê?

— Pra saber como ele reagiria a uma cutucada. Você viu o rubor?

Kathy franze a testa.

— Não reparei.

Gwendy a vê se afastar, pensando: *Com ou sem o teste, ela continua não confiando completamente em mim.*

No caminho de volta para seus aposentos, Gwendy faz um breve desvio até o convés do tempo a fim de conferir as leituras recentes. Ela sabe que alguns funcionários de lá embaixo, talvez a maioria, não esperam que ela execute muito mais do que o básico no que diz respeito aos deveres de monitoramento climático. Mas isso só faz com que Gwendy queira exceder as expectativas e provar que estão todos errados; é parte de quem ela sempre foi.

O laptop está no quarto, então ela faz algumas anotações em um Moleskine e o devolve ao lugar, na gaveta de cima da escrivaninha. Quando termina, escreve um lembrete sobre a videoconferência do dia seguinte com professores da Universidade do Maine e o gruda no meio de um dos monitores do computador. Não tem como ela esquecer aquilo. É o que espera.

Quando chega ao quarto um tempinho depois, Gwendy vai direto para o sofá. De repente, ela está exausta e só quer se deitar e descansar o cérebro. *É estranho*, ela pensa. Ela viu um vídeo no começo da tarde do marido sendo assassinado, sem mencionar as quatro criaturas estranhas de casaco amarelo e o carro verde feio com um quilômetro de comprimento (*isso se for mesmo um carro*, ela pensa), mas, depois de jogar a merda na direção de Winston, ela se sente um pouco mais no controle das coisas. Na verdade, sente-se surpreendentemente firme. Pela primeira vez em dias, Gwendy não está pensando na caixa de botões e no saco mágico de truques e brindes que ela oferece. Com os olhos ficando pesados, ela apoia um travesseiro embaixo da cabeça e se acomoda. Um pouco antes de adormecer, Gwendy repara no laptop aberto sobre a mesa de centro e pensa: *Espera aí, eu não fechei essa coisa antes de sair? E guardei?*

Provavelmente não. Ela anda tão esquecida. Seus olhos terminam de se fechar... e ela já está dormindo o sono desprovido de sonhos dos inocentes.

36

Dia 4 na Many Flags.

Gwendy escova os dentes, remove o creme noturno da cara e prende o cabelo num rabo de cavalo. Depois veste um short azul e uma camiseta da Eagle Heavy. Ela acha que uma caminhada vigorosa pelo aro externo pode ajudá-la a manter a cabeça lúcida e melhorar seu apetite para o café da manhã. Ela não parece mais ter fome, e isso a preocupa. Na noite anterior, por exemplo. Ela gostou do tempo que passou à mesa de jantar, principalmente para cutucar Gareth Winston; aquilo foi o ponto alto. Mas Gwendy mal tocou na comida da bandeja. Esta manhã ela vai comer, com ou sem apetite. Só faltam três dias para sua caminhada espacial com o Foguete Portátil, e ela vai precisar de todas as calorias que puder obter.

A ÚLTIMA MISSÃO DE GWENDY

Gwendy nem considera dar uma corrida. Aquele pequeno ato de loucura descontrolada (com ou sem chocolate) podia ter dado errado e terminado facilmente em desastre. Ela consegue imaginar a cena sem esforço: *a senadora do Maine deitada de costas, sem reagir, enquanto seu coração defeituoso de sessenta e quatro anos falha. Dale Glen, cercado pelos outros tripulantes, administrando epinefrina e fazendo massagem cardíaca. O coração acaba parando. Depois de alguns momentos tentando trazê-la de volta à vida, um dr. Glen de cara triste declara a morte. Kathy Lundgren corre até o Raio 1 para dar uma notificação lacrimosa a Eileen Braddock na Central de Comando. Antes do corpo da senadora júnior do Maine ter tempo de esfriar na enfermaria* (Gwendy supõe que é para lá que seria levada), *Gareth Winston entra na suíte dela e rouba a caixa de botões. Fim da história.*

Pura baboseira, claro, seu coração estava ótimo depois de uns seis testes ergométricos. Além do mais, fantasias paranoicas às vezes acompanham o Alzheimer. Essa foi uma das curiosidades sobre a doença que Gwendy descobriu (e que, agora, deseja não ter descoberto) na internet. Tem até nome: *sundowning*, um termo em inglês que faz referência à piora de comportamento perto do fim do dia. E como o pôr do sol ali acontece a cada noventa minutos, mais ou menos, as oportunidades para pensamentos esquisitos são muitas.

Eu não *estou tendo* sundowning!

A ÚLTIMA MISSÃO DE GWENDY

Talvez não, mas nada de corrida mesmo assim. Melhor garantir.

Uma caminhada brusca vai me fazer bem, pensa ela, sentando-se na beira da almofada do sofá. Ela se inclina e enfia os tênis, primeiro o direito e depois o esquerdo. Estica os braços, segura os cadarços... e para. Ela não tem ideia do que fazer com os cadarços.

— Ah, não é possível — diz Gwendy, repreendendo a si mesma. — Claro que você sabe. — Como foi mesmo que aprendeu a amarrar sapatos na pré-escola? Tinha a ver com orelhas de coelho, não tinha? As orelhas de coelhos eram os laços que se fazia com os cadarços? Ela não consegue lembrar, só sabe que terminava com *lindas e valentes*. No momento, Gwendy não se sente linda *nem* valente. Apenas com medo. Ela tenta, ao menos umas seis vezes, mas não chega nem perto.

Finalmente, depois de um breve ataque de choro e um chilique nada satisfatório no qual ela chuta ambos os tênis e os atira flutuando para o outro lado do quarto, Gwendy abre um tutorial do YouTube no laptop. A garota do vídeo tem cinco anos. O nome dela é Cassidy e ela é de Atlanta, Georgia. A senadora assiste ao vídeo de noventa segundos três vezes do começo ao fim, murmurando a letra da música, da qual ela se lembra perfeitamente agora: *Orelhinhas de coelho, orelhinhas de coelho, brincando perto da árvore. Se cruzaram na frente do tronco tentando me pegar. Orelhinhas de coelho, orelhinhas de coelho, pularam no buraco, saíram do outro lado, lindas e valentes.*

Ela consegue amarrar os Reeboks. Mesmo assim, de um jeito meio frouxo.

Quando sai pela porta, meia hora depois do planejado, Gwendy Peterson está fantasiando com a caixa de botões de novo. E cantarolando sobre orelhas de coelho.

37

ELA ESTÁ NA METADE do corredor externo quando Adesh Patel a alcança.

— Bom dia, senadora. Quer companhia?

— Claro — diz Gwendy.

Mas ela *não* quer. A última coisa que ela deseja naquela manhã horrível é companhia. Ela está mal-humorada, com medo e cheia de dúvidas. *E se eu tiver outro Peido Mental? Viu, isso nem está certo! E se eu tiver outro* Congelamento *Mental e ele voltar correndo e contar tudo para Kathy? E aí?*

Como se lendo a mente dela, Adesh toca delicadamente no ombro de Gwendy e pergunta:

— Podemos parar um minuto? Queria te contar uma coisa importante ontem à noite, mas não ficamos sozinhos por tempo suficiente e eu não queria falar na frente dos outros.

Gwendy para de caminhar e se vira para ele.

— Tem alguma coisa errada, Adesh?

Ele baixa os olhos e dá de ombros.

— Sim... não... quer dizer, não sei.

— Bom, fala tudo e vamos descobrir juntos.

— Vou tentar. — Ele respira fundo. — Quando o dr. Glen e a comandante Lundgren me procuraram fazendo perguntas sobre você, eu não tinha ideia de quais eram as preocupações específicas sobre a sua pessoa, nem o que eles estavam pensando. Eu achei que era porque você... bem...

— Porque eu sou *velha*? Tudo bem, isso é verdade. Não é um palavrão.

Adesh balança a cabeça.

— Não, senhora. Você pode ser mais velha do que nós, mas não é velha. A minha avó Aanya, ela sim é velha.

— Entendi — diz Gwendy com um sorriso inesperado. — Continue, reverenciado Cara dos Insetos.

Adesh sorri.

— Bom, foi só depois, quando soube da avaliação cognitiva que eles te obrigaram a fazer, que eu os procurei e falei o que realmente achava.

— Eles não me obrigaram a fazer nada, Adesh. Eu concordei.

Adesh assente, mas balança a cabeça em seguida.

A ÚLTIMA MISSÃO DE GWENDY

— Mesmo assim, fiquei irritado quando soube o que eles fizeram. E falei isso pra eles.

Gwendy fica genuinamente emocionada.

— Você é um bom amigo. Obrigada.

— E depois, quando eu soube que você tinha passado com mérito, voltei lá e falei *"Eu disse pra vocês"*. Uma mulher brilhante como você jamais fracassaria numa avaliação tão básica.

Se você soubesse, pensa Gwendy com tristeza.

— Bom, eu precisava desabafar. Para o caso de alguém te dizer *"Aquele Cara dos Insetos meteu o nariz onde não foi chamado"*. É assim que se diz, né? Meter o nariz onde não é chamado?

— É.

— Eu só queria que você soubesse que eu precisava me manifestar.

Gwendy flutua um pouco pelo ar e dá um apertão carinhoso no ombro dele... e é nessa hora que ela vê. Uns trinta metros atrás deles, onde a parede interna do corredor se curva, há uma pessoa nas sombras do grande purificador de ar suspenso, observando. Antes que Gwendy possa gritar ou olhar melhor, a figura desaparece. *Winston?*, pensa ela.

— ... dizer.

Ela se vira para Adesh.

— Me desculpe. Eu perdi o final. O que você disse?

— Eu disse que, se tiver alguma coisa que eu possa fazer pra ajudar, qualquer coisa, é só dizer.

A mente de Gwendy, bem lúcida agora, volta ao laptop. Ela deve ter se esquecido de guardar, da mesma forma que esqueceu o caderno na Eagle Heavy. Mas, se ela o *guardou*... e se depois ele estava não só na mesa de centro, mas *aberto*...

— Na verdade, talvez exista uma coisa. — Porque, de todas as pessoas com quem Gwendy andou de foguete, Adesh Patel é a pessoa em quem ela mais confia.

— Pode falar — diz ele.

38

A REUNIÃO PELO ZOOM com os professores e funcionários da Universidade do Maine corre bem. Gwendy tropeça de leve (quando fala com o diretor de atletismo, ela se refere acidentalmente ao time de basquete masculino Black Bears como Blueberries), mas se corrige na hora e faz uma piada.

O resto da tarde é gasto escrevendo um artigo de blog para a National Geographic Society (acompanhado de umas fotos de Dave Graves) e em uma videoconferência com o vice-presidente sobre questões de controle climático. Ela sempre achou o sujeito bem-intencionado, mas burro... o que infelizmente descreve bem a própria Gwendy nos dias atuais. Entre as tarefas, ela bota os e-mails em dia e pratica amarrar os sapatos (murmurando a música do coelhinho). Em determinado momento,

Gwendy fecha os olhos e tenta sentir Gareth Winston, mas não encontra nada. Nem mesmo vibrações sutis confirmando a presença dele na estação espacial. Outro animal de chocolate poderia ajudar, mas também poderia ser uma péssima ideia.

Em determinado ponto, Gwendy se vê olhando pelo janelão sem ideia de como foi parar ali. Nem quando.

MS, ela pensa.

No jantar, Winston se senta o mais longe possível de Gwendy. *Por que será?*, pensa ela com um sorrisinho. De sobremesa, Sam Drinkwater surpreende todo mundo com uma travessa de brownies caseiros, ainda quentes saídos do forno. Gwendy come dois pedaços, inclusive um da borda, seu favorito desde que era garotinha. Não é como o chocolate especial da caixa de botões (para começar, o gosto não é nada parecido e, para terminar, não tem nem um toquezinho de magia), mas os brownies estão deliciosos mesmo assim. Um lembrete aconchegante e bem necessário de casa e de momentos mais simples.

Depois do jantar, Gwendy passa no convés do tempo. O trabalho do dia acabou, mas ela não está cansada a ponto de ir dormir. Também não quer voltar para o quarto ainda. Desde o incidente perturbador envolvendo os tênis, a voz da caixa de botões ficou mais alta, mais insistente e mais difícil de afastar. Ela está

A ÚLTIMA MISSÃO DE GWENDY

torcendo para que olhar pelo telescópio enorme durante dez ou quinze minutos seja suficiente para seu cérebro sofrido. Mas esse não é o único motivo para ela gostar de ficar ali.

De muitas formas, o convés do tempo da Many Flags, com o janelão gigantesco parecendo um ornamento de vidro pendurado e os monitores zumbindo suavemente, lembra a Gwendy a Igreja Católica Nossa Senhora das Águas Serenas em Castle Rock. Ela acha a atmosfera calmante para o corpo e para a alma, e o lugar oferece a ela uma espécie de catedral na qual refletir. E a vista é, sem trocadilho nenhum, de verdade, celestial.

Tudo isso é um milagre, pensa ela, olhando para a amplidão escura de... tudo. *Quantos outros mundos existem nesse mar infinito de estrelas e planetas e galáxias? Quantas outras formas de vida podem estar me olhando nesse exato momento?*

Ela se lembra de uma noite quente de julho, quando tinha onze anos, no verão anterior à entrada da caixa de botões na sua vida. Um mês antes, pertinho do fim do ano letivo, o professor de ciências do quinto ano de Gwendy, o sr. Loggins (que muitas vezes dava aula com umas melecas verdes e enormes visíveis em uma ou nas duas narinas), tinha levado a turma para um passeio no planetário. A maioria das crianças, já enfeitiçadas pela teia de promessas das férias de verão, passou os noventa minutos no escuro atirando jujuba nos amigos, fofocando sobre quem foi e quem não foi convidado para a festa de fim de ano de Katy Sharrett e fazendo sons de peido com as mãos nas axilas.

Não Gwendy. Ela ficou fascinada. Quando chegou em casa da escola naquela tarde, ela suplicou aos pais para que lhe comprassem um telescópio. Depois de intensas negociações envolvendo suas tarefas de fim de semana, o sr. e a sra. Peterson concordaram em dividir o custo com a filha (setenta e cinco por cento do valor pago pela mãe e pelo pai e vinte e cinco por Gwendy). Na primeira tarde de sábado das férias de verão, Gwendy e o pai foram até a loja Sears na rodovia 119, em Lewinston, e compraram um Galaxy 313 StarFinder com desconto de trinta por cento. Gwendy ficou em êxtase.

Na noite de julho da qual ela está lembrando, o telescópio estava montado no canto do quintal, perto da mesa de piquenique e da churrasqueira. O pai, que tinha ido lá para fora mais cedo, estava roncando em uma cadeira de jardim com duas latas de Black Label ao lado na grama cortada. Depois de um tempo, a mãe de Gwendy apareceu e pôs o cobertor felpudo do sofá da sala sobre o marido. E se juntou à filha no telescópio.

— Dá uma olhada, mãe — disse Gwendy, chegando para o lado.

A ÚLTIMA MISSÃO DE GWENDY

A sra. Peterson olhou pelo visor. O que ela viu, uma faixa retorcida de estrelas cintilantes tão brilhantes quanto diamantes raros, fez com que perdesse o fôlego.

— É a constelação de Escorpião — explicou Gwendy. — Formada por quatro aglomerações de estrelas.

— É linda, Gwendy.

— Tem noites, quando o céu está todo limpo, em que dá pra ver uma estrela vermelha enorme bem no meio. Se chama Antares.

Vagalumes dançavam na escuridão em volta delas. Em algum lugar na rua, um cachorro começou a latir.

— É como olhar para o Paraíso através de uma janela — disse a sra. Peterson.

— Você... — De repente, o tom de Gwendy ficou inseguro. — Você acha mesmo que existe...?

A sra. Peterson se afastou do telescópio e observou a filha, que não estava mais olhando para o céu noturno.

— Se eu acho o quê, querida?

— Você acha mesmo que existe um Paraíso?

A sra. Peterson foi tomada por uma onda tão intensa de amor pela filha que seu coração doeu.

— Você está pensando na vovó Helen agora? — A mãe da sra. Peterson tinha falecido no começo da primavera, como resultado de complicações de uma diabetes precoce. Ela só tinha sessenta e um anos. A família toda havia sofrido o baque, principalmente Gwendy. Fora a primeira experiência íntima dela com a morte.

Gwendy não respondeu.

— Quer saber no que eu acredito?

A garota ergueu os olhos lentamente.

— Quero.

A sra. Peterson olhou para o marido. Ele tinha virado de lado, de costas para elas, e não estava mais roncando. O cobertor havia caído na grama. Quando voltou a olhar para a filha parada no escuro, a sra. Peterson ficou chocada com quanto a menina de onze anos parecia pequena e frágil.

— Primeiro de tudo, quero que você preste atenção ao que acabei de dizer. Eu perguntei se você queria saber no que eu *acredito*, certo? Eu não perguntei se você queria saber o que eu *acho*. Tem uma diferença entre as duas coisas. Faz sentido?

— Acho que sim.

— *Achar* uma coisa costuma ser relacionado a uma dedução lógica ou intelectual. E isso é bom. Como as coisas que ensinam na escola. O pensamento correto leva ao aprendizado, e o aprendizado leva ao conhecimento. É por isso que você sabe tanto sobre tantas coisas interessantes, como a constelação dos Escorpiões.

— De Escorpião.

— Isso — disse a sra. Peterson, bagunçando o cabelo de Gwendy. — Mas *acreditar...* é uma coisa bem diferente. Uma coisa bem mais... pessoal.

— Tipo quando Olive Kepnes acredita no monstro do lago Ness e em alienígenas? Isso são escolhas pessoais dela?

— É um jeito de olhar a questão. Mas eu estava pensando em Deus. A Bíblia nos diz que Ele é real, que há centenas de histórias sobre Deus, mas nós nunca O vimos com nossos próprios olhos, né? E ninguém que a gente conhece, ninguém que esteja vivo agora, conseguiu ver Deus. Certo?

— Certo.

— Mas muitos de nós escolhem acreditar que Ele existe mesmo assim. E esse tipo de crença, do tipo que vem do fundo do coração e da alma, do tipo que pode às vezes até parecer desafiar a lógica racional, é a *fé*.

— Nós aprendemos sobre fé na escola dominical faz um tempão.

— Bom, é isso. Eu tenho fé de que existe um Deus cuidando de tudo que Ele criou e tenho fé de que existe um lugar maravilhoso esperando todos que tentam viver uma vida digna. Não sei como é o Paraíso nem onde ele fica, também não sei se é um lugar físico propriamente dito. Na verdade, tenho minhas dúvidas sobre toda aquela imagem de anjos com vestidos brancos voando em nuvens e tocando harpa.

Gwendy riu, e a sra. Peterson sentiu aquela dor no coração de novo. Não foi uma dor ruim.

— Mas, sim, eu acredito que o Paraíso existe e que a vovó Helen está lá agora.

— Mas *por que* você acredita nessas coisas?

— Olhe ao nosso redor, Gwendy. Me diz o que você vê.

A garota olhou para a esquerda, para a direita e para o céu.

— Eu vejo casas, árvores, estrelas e a Lua.

— E o que você ouve?

Ela inclinou a cabeça para o lado.

— Um assovio de trem... o pastor-alemão dos Robinson latindo... um carro com escapamento ruim.

— O que mais? Tente escutar com atenção agora.

Gwendy inclinou a cabeça de novo, agora para o outro lado, e a sra. Peterson levou a mão ao rosto para disfarçar um sorriso.

— Ouço o vento soprando pelas árvores. E uma coruja piando!

A sra. Peterson riu.

— Agora, me conta rápido: qual sua lembrança favorita da vovó Helen?

A ÚLTIMA MISSÃO DE GWENDY

— Os biscoitos de Natal dela — respondeu Gwendy de imediato. — E as histórias! Eu adorava as histórias de ninar da vovó quando era pequena.

— Eu também — disse a sra. Peterson. — Agora, olhe pelo seu telescópio de novo.

Ela olhou.

— Todas essas coisas que você respondeu… e tanto mais; minha nossa, tanto *mais*, minha querida. Pense no seu avô Charlie e na sua melhor amiga Olive; pense naqueles aglomerados maravilhosos de estrelas; e, antes de ir dormir hoje, dê uma boa olhada no espelho. São *esses* os motivos para eu acreditar. Você acha que todos esses milagres poderiam existir sem um Deus? Eu não acho. E você acha…

Antes que a mãe pudesse terminar, uma estrela cadente percorreu o céu noturno. Elas a olharam com maravilhamento, segurando o fôlego até que a estrela se apagasse e sumisse. A sra. Peterson passou os braços em volta da filha e a puxou para perto. Quando falou de novo, o que saiu foi um sussurro, e Gwendy se deu conta de que sua mãe estava chorando… ou quase.

— E você acha que Deus teria se dado ao trabalho de criar todos esses milagres e não criar um Paraíso para acompanhar? — Ela balançou a cabeça. — Eu não acho.

— Acho que eu também não — diz Gwendy agora, parada na frente do janelão que vai do chão ao teto no convés do tempo. E, talvez pela primeira vez em sua vida adulta, ela realmente acredita. Gwendy tem uma visão direta da Terra logo abaixo, mas nem olha para lá. Ela só olha para os mistérios dali de cima e de toda a eternidade ao redor e sussurra: — Pra mim, você foi o maior milagre de todos, mãe.

39

DIA 5 NA MANY FLAGS.

Gwendy está quase no refeitório, perto o suficiente para sentir o cheiro de ovos mexidos e linguiça desidratada no ar agradavelmente filtrado do Raio 4, quando se dá conta de que deixou o caderninho vermelho na suíte. De manhã, ela o colocou na mesa de centro ao lado do laptop para poder digitar um e-mail rápido e disse para si mesma que não o esqueceria. Mas, como tantas outras coisas agora, ela *esqueceu*. *MS*, ela pensa com repreensão, e dá um giro em pleno ar como uma ninja daqueles filmes ridículos de lutinha dos quais Ryan gostava tanto.

Apesar desse incidente, o dia estava sendo bom. Talvez até ótimo. Pela primeira vez desde que se despedira da atmosfera da Terra (a *quem eu quero enganar?*, ela pensa; *pela primeira vez em uns cinco ou seis anos!*), Gwendy Peterson teve uma noite ininterrupta de sono. Ela sonhou que estava acampando com Olive Kepnes no quintal da casa de Castle Rock. Elas tostaram marshmallows, leram uma edição nova da revista *Teen Beat* (Shaun Cassidy, que gato!) e riram enquanto conversavam sobre meninos bonitos até o sol nascer.

Quando acordou, quinze minutos antes de o alarme tocar, ela se sentia uma nova mulher, cheia de energia e determinação e, mais importante, clareza. *Não se esqueça de ter esperança*, disse ela para o reflexo no espelho embaçado depois de um banho longo e relaxante. *Mais dois dias e toda essa loucura vai acabar.*

Gwendy está cantarolando a música-tema de *Os Sopranos* e praticamente saltitando pelo corredor do Raio 1 quando encontra o dr. Glen indo na direção oposta. Quando Dale levanta o rosto e vê a senadora, ele abre um sorriso.

— Alguém acordou do lado certo da cama hoje.

— Com certeza, doutor. Eu sou uma mulher livre. Não tenho encontros no Zoom, nem videoconferências, nem tarefas de garota do tempo. Não tenho nadinha na agenda hoje. Pode ser até que eu volte pra cama depois do café da manhã e passe o resto do dia lá! Então eu pergunto, quem está melhor do que eu?

Ele ergue as sobrancelhas quando passa na ponta dos pés por ela.

A ÚLTIMA MISSÃO DE GWENDY

— Acho que ninguém, ao menos não aqui em cima.

— Te vejo no café daqui a pouco — diz Gwendy, balançando alegremente a mão por cima do ombro. — Só preciso pegar uma coisa no quarto.

— Quer que eu espere?

— Não, pode ir. Eu chego já.

Gwendy ainda está sorrindo quando abre a porta da suíte. Ela dá dois passos para dentro... e fica paralisada.

Gareth Winston está apoiado em um joelho na frente do armário da sala de estar. A porta está aberta, e o traje pressurizado extra de Gwendy foi empurrado para o lado. Ela vê uma espécie de dispositivo de metal preto brilhante, não muito maior do que um iPhone, preso ao teclado do cofre. Vários fios pretos seguem da base do dispositivo até o que parece ser uma pequena calculadora com tela digital. Winston está segurando o troço que parece uma calculadora nas mãos. Quando Gwendy entra no aposento, ele larga o aparelho e fica de pé, deixando que o objeto flutue até o chão.

— O que você está fazendo aqui? — Ela tem certeza de que já sabe a resposta. Seu cérebro pode estar defeituoso, mas ela não é burra. — Você faz ideia do tamanho do problema em que está se metendo? Mexer em material confidencial é crime federal.

— Não acredito que eu esteja me metendo em problema algum, senadora. — Os olhos de Winston parecem nervosos, mas a voz dele nem vacila.

— Acho que vamos ter que ver o que a comandante Lundgren tem a dizer sobre isso. — Gwendy se vira para sair.

Rápido como uma cascavel (*e com o dobro da maldade*, ela tem tempo de pensar), Winston atravessa a sala e segura o braço dela. Se Gwendy não tivesse acabado de ver com os próprios olhos, não teria acreditado que o sujeito era capaz de se mover tão depressa. *Claro*, ela pensa, *isso é baixa gravidade*. Os dedos de Winston afundam na pele de Gwendy quando ele a arrasta para o meio da sala e a empurra no sofá.

— Mesmo que você conseguisse escapar, já seria tarde quando você voltasse com os outros.

— Como assim, tarde?

— Está vendo aquela caixinha preta ali? — Ele indica o dispositivo preso ao teclado do cofre. — Aquela maravilha da tecnologia se chama LockMaster 3000. Está disponível para o público por pouco mais do que o preço de um laptop decente. Costuma levar só uns dez minutos pra reconfigurar uma combinação de quatro dígitos e oferecer um código novo. Esses cofres da Many Flags são um pouco mais complicados, provavelmente porque a Tet está esperando que gente poderosa use esses aposentos em algum momento, mas, no fim das contas, o LockMaster faz o serviço. Pode levar vinte minutos ou meia hora, mas, sim, ele vai chegar lá.

A ÚLTIMA MISSÃO DE GWENDY

— Eu voltaria bem mais rápido do que em meia hora... e com muita ajuda.

Winston coça o queixo, pensativo.

— Isso supondo que eu te deixe ir a algum lugar. É uma suposição justa da sua parte, imagino; sendo senadora americana, você está acostumada a ir aonde quer, quando quer. Mas, dessa vez, a suposição pode estar errada. Não quero bancar o Dick Vigarista com você, querida, mas por que eu te deixaria livre por aí antes de botar as mãos na caixa de botões? E, quando eu botar... minha nossa! Quem sabe o que pode acontecer?

Quando ela ouve as palavras *caixa de botões* saírem da boca de Gareth Winston, por um momento vertiginoso Gwendy acha que vai desmaiar. *Seria uma ideia bem ruim*, ela pensa. *Seria o fim de tudo.*

— O que você sabe sobre a caixa de botões?

— Um pouco, mas não o suficiente. Eu estava contando com você pra me explicar o resto.

— Nunca.

O bilionário sorri.

— Dito como uma verdadeira heroína de filme, mas acho que você vai abrir o bico.

— Vamos direto ao ponto, Winston. A gente fica sentado esperando seu aparelhinho trabalhar, você pega a caixa... e aí?

— Aí você sofre um acidente infeliz. Se a caixa não puder oferecer um, tenho uma coisa aqui comigo que pode.

Ela mostra os dentes num sorriso sem humor.

— Eles vão saber, Winston. Meu Deus, você tem que enxergar isso. E você vai ser preso, e em uma prisão federal, não um buraco estadual qualquer, pelo resto da vida.

— Acho que não — ele diz, balançando a cabeça tão depressa que a pele das bochechas balança feito gelatina. — Vários a bordo desconfiam que você tem... como posso dizer? Um transtorno mental.

— O teste cognitivo...

— Sam Drinkwater e Dave Graves acham que você trapaceou, que ninguém pode ir tão bem quanto você fez.

— Estou ficando maluca, mas ainda sou inteligente o bastante pra trapacear?

Gareth ri.

— Acredito que você tenha acabado de descrever a maioria dos seus colegas na Câmara e no Senado, sem mencionar o próprio presidente. Mas não vamos falar de política. Vamos voltar a falar de você. Um acidente fatal seria lamentado, claro; você seria uma heroína nacional, e talvez seu rosto fosse parar num selo, sem mencionar em um milhão de camisetas. Mas ninguém ficaria muito surpreso. Não de verdade. Questões cognitivas tão descaradas que você precisou fazer um teste? Eu nem ficaria surpreso se alguns figurões da TetCorp perdessem o emprego por causa disso. A imprensa vai dizer que sua doença mental deveria ter ficado evidente mais cedo, que alguém deixou passar. O dr. Glen vai levar uma parcela da culpa.

— Eu mandei e-mails — diz Gwendy, gesticulando para o laptop na mesa de centro. — Amigos em posições importantes nos Estados Unidos sabem sobre você, Winnie. Eles sabem que você roubou a combinação da maleta, por exemplo.

O sorriso de lagarto desaparece da cara de Winston. É uma possibilidade que ele não tinha considerado.

— Desconfiança é uma coisa, mas dar provas é bem diferente. E isso seria quase impossível sem testemunhas.

Ele tira um objeto pequeno do bolso e mostra para ela. Parece um batom, do mesmo verde vibrante do Chrysler no vídeo de Derry. Um verde de desenho animado. Os olhos de Gwendy doem ao olhar, e ela afasta o rosto.

— Um bom amigo me deu isso. Não faço ideia do que é feito, mas posso dizer o seguinte: é virtualmente indetectável por sistemas de segurança modernos. E é letal. Você só precisa apontar e girar o aro metálico na base. Um spray e ele transforma suas entranhas em geleia. Tem líquido suficiente nessa lata pra cuidar de toda a tripulação se necessário.

— Como você voltaria? Vai pilotar o foguete sozinho? — E, antes que consiga se segurar: — Seu amiguinho louro te ensinou isso também?

Antes que Gwendy possa reagir, Winston a prende contra as costas do sofá, o braço roliço apertando sua garganta. Há uma tempestade de raios nos olhos de Winston, e, por um momento apavorante, Gwendy tem certeza de que ele vai matá-la ali mesmo.

— Como você sabe sobre o Bobby?

— Eu… vi num sonho — ela consegue falar. — Você estava dentro de um carro com ele. Um carro verde.

Pela primeira vez, Winston parece inseguro. E com medo, isso também.

— Então você sabe o bastante pra não se meter com essa gente. — Ele tira o braço do pescoço dela. — Acho que Bobby não é o verdadeiro nome dele e acho que não é humano. Ele e os amigos estão levando as coisas a sério, e eu também. — Ele faz uma pausa. — Mas ele é lindo. Como um anjo. Só que às vezes parece que tem outra coisa dentro dele, um eu verdadeiro, que não é tão bonito. — Ele abaixa a voz. — O lado real dele tem *pelos*.

Lágrimas repentinas jorram dos olhos de Gwendy, e ela se repreende em silêncio por demonstrar fraqueza.

A ÚLTIMA MISSÃO DE GWENDY

Ela leva a mão trêmula até o pescoço e massageia os músculos já doloridos. Parece que alguma coisa dentro dela está quebrada.

— Se você me matasse e matasse o resto da tripulação, você ficaria preso aqui. Você *morreria* aqui, Winston.

O sorriso feio surge de novo no rosto superalimentado de Winston.

— Vamos só dizer que eu poderia pegar carona de volta com meus amigos chineses.

— Eles jamais permitiriam… — Ela para quando a realidade das palavras a atinge. — Eles… você… seu filho da puta, você os subornou.

— Eu não chamaria necessariamente de suborno. — Ele ri por trás da mão fechada. — Suborno é pra principiantes. Isso foi um investimento no futuro deles.

— Por que está fazendo isso? Por dinheiro? — *Faça-o continuar falando, faça-o continuar falando.*

— Não seja boba. Tenho mais dinheiro do que poderia gastar em mil vidas.

— Então, por quê? — Ela está quase suplicante agora. — Por que você a quer tanto?

— É uma baita história. — Ele olha para o armário, onde o LockMaster 3000 está ocupado trabalhando. — Mas, como nós temos tempo, por que não? — Winston apoia os pés na mesa de centro e cruza os braços atrás da cabeça, como se estivesse à vontade em seu camarote

A ÚLTIMA MISSÃO DE GWENDY

no MetLife Stadium vendo os Giants e os Eagles se enfrentarem numa tarde de domingo. — Em outubro de 2024, eu estava em St. Louis para o enterro do meu pai...

40

O NOME DA FUNERÁRIA é *Broadview & Filhos* e, depois que paga a conta, *Gareth Winston sai de lá. Winston odeia funerárias. Quase tanto quando odiava o pai.*

Era a história mais antiga do mundo: nada que o dedicado filho fizesse era suficiente para agradar ao pai crítico com língua afiada, de forma que, em determinado ponto, o filho simplesmente parou de tentar.

Lawrence Winston III, também conhecido como papaizinho querido, fez fortuna vendendo imóveis comerciais e coletando cheques de aluguel de quase quinhentos apartamentos de dois ou três quartos em uma série de arranha-céus no centro. No fim dos anos 1980, um colunista do The St. Louis Post-Dispatch *se referiu a Winston pai como "senhorio por meio período e filho da mãe em tempo integral". Quando Gareth conquistou seu primeiro bilhão, aos trinta e três anos, a primeira coisa que fez foi enviar um bilhete manuscrito no papel de carta timbrado da empresa para o pai via Fed-Ex:*

Continuo sem conseguir rebater uma bola curva ou acertar no golfe. Continuo sem ter um diploma da Ivy League. Estou acima do peso. E continuo não sendo casado com uma bela virgem católica do outro lado do rio. Mas estou rico pra caralho e você não. Tenha uma vida infeliz.
Gareth

E então nunca mais falou com o homem, nem mesmo quando o pai entrou em contato para fazer as pazes já no leito de morte.

A triste verdade da questão era que, se não fosse pela mãe, que Winston ainda ama e para quem faz questão de ligar todas as noites de domingo, onde quer que esteja no mundo (uma tradição que começou depois que Winston foi para a faculdade), ele não teria nem ido ao enterro, menos ainda cuidado da conta. Mas ela suplicou pelo telefone, e, se existe uma pessoa no mundo para quem Winston não consegue dizer não, essa pessoa é sua mãe. Brega, mas verdade.

Depois da recepção obrigatória, há um carro esperando para levar Winston de volta para a suíte do hotel, mas ele decide ir andando. Precisa do ar fresco, fora que não tinha tomado café da manhã e agora está morrendo de fome. Com passos rápidos, ele corta a avenida McKinley, pega a South Euclid e vira à esquerda na Parkview. A partir dali, ele para e compra três cachorros-quentes e uma garrafa de Pepsi Diet de um vendedor de rua e senta seu corpo volumoso em um banco vazio com vista para o canto nordeste do Parque Forest. De onde está sentado, ele vê o oval pálido do rinque de patinação, ainda a seis semanas do sábado de abertura, assim como um trecho do Campo de Golfe Highlands, onde ele não jogaria nem morto. É apenas para gente pouco importante.

Ele está limpando mostarda da camisa quando um Chrysler verde-fluorescente para no meio-fio perto dele. Parece ter uns dois quilômetros de comprimento. Winston dá uma olhada no carro, mas não consegue determinar qual foi o ano em que o modelo saiu de linha. Ele só sabe que parece bem velho e que está em perfeitas condições, e ele nunca viu nenhum carro igual. Será que está à venda?, pensa.

A janela do motorista é aberta. Um homem de cabelo louro curto e olhos impressionantes cor de esmeralda, com a parte de baixo do rosto escondida sob uma bandana vermelha, põe a cabeça para fora do carro e diz:

— Entra. Vamos dar uma volta.

Winston sorri. Ele sempre gostou de um filho da mãe abusado, até porque sempre foi um.

— Belo carro, moço, mas isso não vai rolar. — Ele pensa em perguntar ao estranho por que está de máscara (quase ninguém usa máscara agora, não desde a chegada da vacina), mas não chega a ponto de verbalizar.

— Eu não tenho muito tempo, sr. Winston. Entra.

Winston estreita os olhos.

— Como sabe o meu nome? — A resposta para isso é óbvia; ele viu nos jornais ou em um dos canais empresariais, onde Gareth Winston é presença fixa. — Quem é você?

— Um amigo. E eu sei muitas coisas sobre você, sr. Winston.

Por causa da bandana vermelha, Winston não consegue ver a boca do estranho, mas tem certeza de que o homem está sorrindo.

— Eu não sei com quem você pensa que está falando, mas...

— Quando tinha doze anos, você entrou na casa dos seus vizinhos quando eles estavam viajando de férias. Frank e Betsy Rhineman. Gente boa. Uma pena o filho deles ter morrido tão jovem.

— Como você sabe o...?

— Você tirou a sunga que estava usando e colocou uma calcinha da sra. Rhineman, amarelinha com renda preta em volta, não muito cheia de fru-fru, e comeu um sorvete que encontrou na geladeira e jogou bilhar na sala de jogos. Antes de vestir a sunga de volta e correr para casa jantar, você subiu a escada e se masturbou na colcha do quarto de hóspedes dos Rhineman.

— Você está mentindo! — berra Winston, sobressaltando uma jovem mãe que passa com o carrinho de bebê. Ela atravessa a rua depressa para abrir distância entre eles. — Para agora! — O rosto do bilionário fica vermelho como uma beterraba, e os olhos estão saltados.

A ÚLTIMA MISSÃO DE GWENDY

— Você tem a calcinha amarela até hoje. Está guardada em um cofre no seu banco em Newark. Junto com alguns outros tesouros de equivalente mau gosto.

— Fake news do caralho! Nada do que você está dizendo é verdade.

— Quer ouvir mais?

Winston fica quieto por um momento, o peito largo subindo e descendo em movimentos amplos. Ele pergunta em voz baixa:

— O que você quer?

— Fazer uma proposta. A proposta mais generosa que você já recebeu. Entre no carro, sr. Winston. Vamos conversar.

— Parece bom demais pra ser verdade, e o que parece assim nunca é. — Mas Gareth já está se levantando do banco do parque, deixando o lixo do almoço para trás e andando até o carro.

— Pode ser — diz o estranho, e tira a bandana do rosto.

Winston dá uma olhada no sujeito, depois olha melhor e melhor ainda. E, de repente, não há mais dúvida em sua mente sobre entrar no carro. Ele não é gay, nunca achou a forma masculina remotamente atraente, sobretudo a sua própria, mas o homem louro é tão lindo que Winston tem vontade de segurar o rosto dele entre as mãos e beijá-lo. Ele quer sentir aqueles lábios e experimentar aquele hálito. Ele parece um anjo, Winston pensa enquanto abre a porta do passageiro e se senta. Assim que fecha a porta, um zumbido alto surge no

A ÚLTIMA MISSÃO DE GWENDY

porão do cérebro dele, como mil moscas andando por cima de um cadáver podre. Ele se vira para o homem quando o carro se afasta do meio-fio.

— Aonde a gente vai?

— Só ali na frente, depois da esquina. Para termos privacidade.

Um arrepio desce pela coluna de Winston à menção da palavra "privacidade". Ele sente um aperto instantâneo na virilha. O homem segue dois quarteirões para leste e entra no estacionamento de um armazém abandonado. Dirige até os fundos e para na frente de uma plataforma vazia de carga e descarga. Winston vê estilhaços de vidro quebrado, várias agulhas enferrujadas e um monte de camisinhas usadas no asfalto do lado de fora do carro. Mas ele não se importa. Assim como não se importa com o zumbido insistente que sente no fundo do cérebro. A única coisa que importa agora é o anjo louro sentado ao seu lado.

O homem desliga o motor e se vira para Winston.

— Me permita me apresentar direito. — Ele estica a mão. — Pode me chamar de Bobby.

Winston estica a mão e retribui o cumprimento. A pele do homem é macia e agradável, como manteiga quente. O aperto na virilha da calça de Winston aumenta e vira um latejar.

— O que eu tenho pra dizer, o que eu tenho pra te oferecer não vai demorar — fala o estranho. — Mas preciso que você escute com atenção.

Winston, perdido numa névoa, assente devagar.

— Meus sócios e eu estamos cientes da sua grande riqueza, sr. Winston. Mas, como você sabe, há outros padrões pelos quais medir o legado de alguém. — Ele se inclina no banco; perto o suficiente para Gareth sentir o hálito do homem sobre ele. Os olhos já arregalados de Winston se arregalam ainda mais. — Poder. Controle. Territórios.

"Há outros mundos além deste. Muitos. Você pode governar um deles. Não só uma empresa, não só um continente, mas um mundo inteiro. E você pode fazer isso pelo resto da eternidade."

O som de zumbido diminui dentro da cabeça de Winston. Agora, ele ouve outra coisa: o som de ondas distantes quebrando numa margem rochosa. Ele gosta da ideia de governar um mundo; quem não gostaria? É besteira, claro, mas seria muito bom. Excelente, na verdade. Ele consegue se ver num castelo junto ao mar... ouvindo as ondas quebrando... mil pessoas se curvando para ele, parado lá em cima... porra, dez mil! Como diz a música dos Beach Boys, isso não seria legal?

— Só precisamos de um objeto. Está em posse de uma mulher chamada Gwendolyn Peterson...

— A senadora?

— Ela mesma. Nós podemos tentar pegar essa coisa; na verdade, já tentamos, mas a Torre é forte.

— Que torre? — pergunta Winston com uma voz que não parece a dele.

A ÚLTIMA MISSÃO DE GWENDY

— A única que importa. — O homem louro estica a mão e a põe no joelho de Winston, que treme de prazer. Ele talvez seja gay, no fim das contas... ao menos na presença daquele homem. — Gwendolyn Peterson tem aquilo de que precisamos para destruir a Torre. Você precisa encontrar e trazer até nós. Por causa da sua enorme riqueza e das suas conexões políticas, você tem uma adequação única para essa tarefa.

— Você é louco. — O rugido do oceano cresce na cabeça de Winston.

— Fecha os olhos — ordena Bobby.

Winston está impotente demais para não obedecer. É como ser hipnotizado. Ele sente o beijo de uma brisa fresca no rosto e o cheiro de sal no ar assim que seus olhos se fecham. Ele sente na língua... o mar! O som de ondas quebrando fica mais alto, só que agora não está apenas dentro da cabeça dele; está em toda parte. Uma ave grita em algum lugar acima, algum tipo de gaivota, e um coral de pássaros responde.

— Agora, abre.

Gareth Winston abre os olhos e não está mais no Chrysler verde atrás de um armazém abandonado de St. Louis. Ele está sentado ao lado do homem louro em uma campina açoitada pelo vento. Ele se levanta e olha para baixo, para um mar agitado de água verde-esmeralda. Centenas de metros abaixo, ondas brancas quebram em uma margem infinita de pedras irregulares e areia. O céu acima está manchado de roxo e amarelo, e há pássaros (centenas deles!) voando ao sabor *da brisa. O sol que nasce após o horizonte de água é de um rubro profundo.*

Isso é real, *ele pensa.* Meu Deus, isso é real.

— *O que você fez comigo?*

— *Se vira, sr. Winston.*

Ele gira o corpo. Lentamente. É como se mover em um sonho, mas aquilo não é sonho.

O homem aponta para oeste, para uma cidade distante que se prolonga até onde os olhos de Winston conseguem enxergar. A luz do sol da manhã cintila nas janelas de vários prédios altos. Uma teia complexa de rodovias e pontes se espalha pela metrópole brilhante. Está longe demais para Winston determinar que tipo de veículo percorre aquelas estradas, mas são muitos. No céu acima da cidade, não há o menor sinal de smog ou poluição.

— *Qual é o tamanho disso?* — *pergunta Winston, surpreso e impressionado.*

— *Maior do que Nova York, Chicago e Los Angeles juntas. E ainda está crescendo. Cercada por vinte mil hectares de floresta virgem.*

Winston assovia com apreciação.

— *Tem mais duas dúzias de cidades iguais espalhadas pelo mundo que estou oferecendo a você.*

Winston aponta para uma faixa comprida e escura de terra vazia alguns quilômetros bem à frente. Figuras pretas pequeninhas, como formigas trabalhando num formigueiro, seguem para lá e para cá em filas irregulares.

A ÚLTIMA MISSÃO DE GWENDY

— O que é aquilo ali?

— Aquilo — diz o homem, com um sorriso alegre iluminando o rosto — é a sua mina de diamante.

— É mesmo?

— É mesmo.

Pela primeira vez desde que se levantou do banco no parque, surge uma faísca do velho Gareth Winston. Seus olhos parecem ávidos... e famintos.

— E ali — continua seu novo amigo, apontando para um castelo em cima de uma colina com vista para o mar — fica a sua casa. Uma de muitas, devo acrescentar. Só nessa residência, você emprega, mais como jeito de falar, porque você não paga salário a ninguém, mais de duzentos homens e mulheres de um vilarejo próximo. Em troca da lealdade e do trabalho deles, você deixa que plantem a própria comida sem cobrar impostos.

— Claro — murmura Gareth. Por mais que esteja impressionado, seu cérebro de homem de negócios continua trabalhando. — E possivelmente cuidados médicos. Pessoas que acham que a lealdade não pode ser comprada são idiotas. Teria de haver algum tipo de plano de aposentadoria... ao menos para os mais próximos de mim...

Bobby ri. Os dentes que aparecem momentaneamente não são os de um anjo; amarelos e tortos, são os dentes de um rato.

— Viu? Você já começou a planejar. Considerando sua mente extraordinária, você deve se tornar um governante de sucesso. E, conforme os anos, décadas... os séculos!... passarem, *você vai se tornar não um homem, mas uma espécie de deus para os seus súditos.*

— E tem mulheres? — *pergunta Winston, parecendo e falando cada vez mais como seu antigo eu a cada minuto.* — Não que eu tenha tido muita sorte com isso na vida.

— A sorte não tem papel aqui. Não quando você é o rei. Não quando você é jovem, bonito e forte.

Winston ri.

— Não mais tão jovem e forte. E nunca bonito, infelizmente.

— Eu discordo respeitosamente, sr. Winston. — *Bobby faz um gesto para trás.* — Dá uma olhada.

Quando Winston se vira e vê o espelho alto e decorado com borda dourada brilhante e pernas polidas entalhadas à mão posicionado na grama alta, sua boca se abre. Quando ele vê seu reflexo no espelho, ele ofega.

Está tão jovem e magro quanto na manhã em que foi para a faculdade pela primeira vez.

— Aqui, no seu mundo, você vai ficar assim pra sempre. E quanto a ser bonito, embora nunca tenha acreditado que era graças à depreciação constante do seu pai, você já foi e continua sendo bonito aqui, como pode ver com seus próprios olhos, um jovem de atração física considerável. Seu pai roubou de você o dom mais importante que um jovem pode ter: autoconfiança. — *O homem louro ri. Dessa vez, os dentes estão bem retos e brancos.* — Mas seu pai não está mais conosco, está?

A ÚLTIMA MISSÃO DE GWENDY

— Não, não está. — Winston olha em volta. — Isso é real?

— É.

— Eu posso voltar aqui?

— Pra visitar, sim. Pra viver e governar... só quando trouxer o que nós queremos. A caixa de botões.

Winston se vê lembrando de uma aula que teve na faculdade, de uma fala específica daquela aula. Ele não entendeu na ocasião, mas agora entende.

— Se for real e se eu puder, farei. Prometo.

O homem, Bobby, vira Gareth e o leva para longe do espelho. Bobby quer a atenção total dele.

— Gwendolyn Peterson recebeu a tarefa de se livrar dessa caixa muito especial de uma vez por todas, e só há um lugar no mundo ou em todos os outros em que isso pode acontecer.

— Onde? — pergunta Winston.

O homem louro para de andar.

— O que você acha de fazer uma viagem para o espaço sideral, sr. Winston?

41

— Não vai me dizer que você acreditou nessa mentirada sobre governar seu próprio mundo — fala Gwendy.

— Você é um dos empresários mais bem-sucedidos na história. Não acredito que você aceitou alguns momentos de... sei lá... *hipnose* como verdade.

Winston abre um sorriso estranho e cheio de significados.

— *Você* acredita?

Gwendy acredita. Ela consegue acreditar em outros mundos porque não consegue acreditar que a caixa de botões veio do dela. Antes que possa abrir a boca para contar alguma mentira que pode não parecer muito convincente, ela escuta um som de bipe.

— Ah! — diz Gareth. — Acredito que o cofre tenha um código novo e agora possa ser aberto. Por que nós não...?

Antes que ele possa terminar, os dois celulares apitam com o distinto toque duplo que significa uma mensagem da estação e não lá de baixo. Os dois pegam seus aparelhos, Gwendy do bolso central do macacão, Winston do bolso de trás da calça. Gwendy pensa, e não sem achar uma graça amarga: *somos como os cachorros de Pavlov no que diz respeito a essas coisas. O destino da Terra pode estar em jogo, mas, quando tem notificação, nós salivamos. Ou, nesse caso, lemos o texto.*

As mensagens idênticas são de Sam Drinkwater: **Vão se juntar a nós no café da manhã?**

— Responde — diz Winston. — Fala que estamos tendo uma conversa séria… não, uma *negociação* séria… sobre o futuro do programa espacial, e que é pra eles comerem sem a gente.

Gwendy está quase mandando o sr. Empresário Bilionário Gareth Winston tomar naquele lugar… mas não fala nada.

Isso precisa terminar, aqui e agora.

O pensamento soa como algo do sr. Farris. Mas não importa se é ou não. De qualquer modo, é verdade.

Ela chega mais perto de Winston (*eca*) para que ele possa ler a mensagem de texto que ela está prestes a enviar. É exatamente o que ele a mandou dizer, com um acréscimo: **É importante que não sejamos perturbados até 11h.**

A ÚLTIMA MISSÃO DE GWENDY

— Excelente. Vou abrir o cofre. Mal posso esperar pra ver o que empolgou tanto o Bobby. Você, minha querida, fica bem aí onde está, como uma boa Gwendy. — Ele mostra o batom verde para ela. — A não ser que queira descobrir como é morrer com suas entranhas derretendo por dentro, claro.

Ele começa a se levantar, mas Gwendy segura o braço de Winston e o puxa de volta. Em baixa gravidade, é fácil.

— Me ajuda a entender isso. Um transe hipnótico e você entra na dele? Não acredito. Você não é burro assim. Na verdade, você não é nada burro.

Winston deve saber que ela só está tentando ganhar tempo, mas aprecia o elogio mesmo assim. Gwendy olha para ele com sua melhor expressão de olhos arregalados, pedindo que ele conte mais. Costuma funcionar com os comitês do Senado (ao menos com os homens), e funciona agora.

— Eu voltei ao Genesis muitas vezes — diz ele. — É como eu chamo o meu mundo. Legal, né?

— Muito — responde Gwendy, fazendo a tal cara de olhos arregalados com convicção.

— É bem real. O Bobby, que diz que eu jamais conseguiria pronunciar seu nome de verdade, me deu certas instruções pra ir até lá. Eu poderia ir agora mesmo se quisesse. Minhas visitas são sempre curtas, mas, depois que eu der a ele e aos chefes dele essa sua caixa, vou ficar lá de vez. — Ele abre um sorriso bobo que faz com que Gwendy duvide da sanidade do homem. — Vai ser *ótimo*.

— Alucinação — ela insiste. — Só pode ter sido. Esse Bobby te vendeu uma versão grandiosa da Ponte do Brooklyn. — Ela balança a cabeça. — Ainda não acredito que você caiu nisso.

Winston abre um sorriso indulgente e enfia a mão por dentro da camisa. Tira um pingente numa corrente de prata, com um diamante enorme num encaixe de ouro.

— Da minha mina — diz ele. — Tenho outros em casa nas Bahamas, alguns até maiores. Esse aqui tem quarenta quilates. Mandei avaliar um de tamanho similar, primeiro pra ter certeza de que era real e segundo pra determinar o valor. O joalheiro suíço que o examinou quase teve um ataque cardíaco na hora. Ele me ofereceu cento e noventa mil dólares, o que significa que deve valer o dobro ou o triplo.

Winston coloca o pingente de volta por dentro da camisa.

— Genesis é bem real, e, quando eu estou lá, fico jovem e viril. As mulheres... — Ele molha os lábios grossos.

A ÚLTIMA MISSÃO DE GWENDY

— Você não rouba mais calcinhas, imagino — comenta Gwendy.

Ele olha para ela com irritação, mas depois ri.

— Acho que mereci essa. Não sei por que te contei. Não, eu não roubo mais calcinhas. — Ele afasta o olhar de Gwendy, e ela pensa que, enquanto Winston está distraído, ela talvez consiga pegar alguma coisa e bater na cabeça dele. Só que tudo ali é preso, e a ideia de bater na cabeça de alguém a ponto de fazer a pessoa apagar em condições de gravidade quase zero é ridícula.

Quando volta a encará-la, Winston está com um sorriso pesaroso e bem-humorado do qual Gwendy quase gosta... ou gostaria caso ele não estivesse ameaçando a vida dela e planejando roubar a caixa de botões que ela foi encarregada de proteger e se livrar.

— Quando Bobby me levou naquela primeira vez, eu me lembrei de uma coisa que um professor disse na aula de história antiga que fiz na faculdade. Eu não queria fazer a porcaria da matéria, matei a maioria das aulas e paguei a um CDF pra fazer meu trabalho final, mas aquela frase ficou na minha cabeça. Era de um grego velho, eu acho que era grego, chamado Plutarco. Ou talvez ele fosse romano.

— Grego — diz Gwendy. — Se bem que ele *se tornou* romano.

Winston parece irritado com a interrupção.

— Tanto faz. Esse Plutarco escreveu umas coisas sobre um conquistador chamado Alexandre. Eu não consigo me lembrar das palavras exatas, mas...

Gwendy o interrompe de novo. Ela gosta de interrompê-lo, e por que não? Ele não só interrompeu a tarefa dela, mas está ameaçando interromper permanentemente a vida da senadora. Ela recita:

— Quando Alexandre viu o tamanho de seus domínios, chorou por não haver mais mundos pra conquistar.

Em vez de ficar irritado, Winston abre um sorriso tão largo que a metade de baixo do rosto dele quase desaparece, e Gwendy pensa de novo que ele é insano. *A perspectiva de ter seu próprio mundo, onde possa governar para sempre, deixou Winston pirado. Talvez fizesse o mesmo com qualquer outra pessoa.*

— Isso mesmo! Exatamente! E eu era como Alexandre, senadora Peterson! Eu não tinha mais mundos pra conquistar! Havia chegado ao meu limite! E o que eu tinha pela frente? Ficar mais velho? Ver com impotência meu corpo ficar mais gordo, meu rosto começar a enrugar, meu corpo deteriorando? E a minha mente! — O sorriso fica desagradável. — Você entende disso, não é?

Gwendy não morde a isca.

— Pelo bem da discussão, vamos dizer que aquele mundo exista, Gareth. Mesmo que exista, você não vai ficar com ele. Não se entregar a caixa de botões.

A ÚLTIMA MISSÃO DE GWENDY

O sorriso de Winston some. O que aparece no lugar é uma expressão desconfiada.

— O que você quer dizer?

— O que eu disse. Se der a caixa a eles, o mundo acaba. Se essa Torre for tão poderosa quanto você diz que é, *todos* os mundos acabam. Inclusive o seu, com diamantes e tudo.

Ele dá uma risada de desdém.

— Por que essa gente, a gente do Bobby, faria isso? Eles morreriam junto com todo mundo e tudo o mais.

— Eu acho que é… porque o pessoal do Bobby, os caras que puxam as cordinhas assim como ele puxou as suas, são os lordes do caos. — E, com uma voz que não reconhece como sua, Gwendy exclama: — Que a Torre caia! Governe a Discórdia!

Winston se encolhe, como se a voz fosse uma mão que tivesse lhe dado um tapa.

— Você está louca?

Era a voz de Farris, pensa Gwendy. *Eu não sei como nem por que, ele já deve estar morto, mas era.* E ela se lembra da última vez em que o viu, na varanda da casa de Castle Rock. *Vou ajudar se puder*, ele disse naquela noite.

— Pensa no que está fazendo, Winston. Pelo amor de Deus, *pensa*.

— Eu pensei. E sei quando alguém está tentando foder com a minha cabeça. Vamos dar uma olhada nessa

A ÚLTIMA MISSÃO DE GWENDY

famosa caixa de botões. Fique onde está, senadora. Você não vai ter um segundo aviso.

Claro que não, pensa Gwendy. *O único motivo para eu ainda estar viva é porque ele precisa ter certeza de que pegou a caixa. Quando estiver com ela, ele vai apontar aquele tubo pra mim e...*

— Ah — fala Winston. Ele está examinando o cofre, o que o coloca entre Gwendy e a porta. — O número novo é 1111. Acredito que até alguém que esteja perdendo as faculdades mentais consiga lembrar essa combinação.

Ele remove o LockMaster e digita o número, *bipe, bipe, bipe, bipe.* Gwendy torce para a geringonça não ter funcionado, para o cofre permanecer fechado, mas a porta se abre quando Winston pega o puxador. Ele remove lá de dentro a maleta de aço com MATERIAL CONFIDENCIAL escrito na lateral.

— Não preciso consultar seu caderninho de novo para o código daqui — diz Winston. — Um olhar já bastou. Ao contrário da sua, minha memória está em perfeitas condições. As pessoas ficam impressionadas com quanto consigo lembrar.

— Cuidado pra não torcer o ombro dando tapinhas nas próprias costas — Gwendy responde com frieza.

Winston ri. Agora que está com a maleta que Gwendy jurou proteger com a vida, ele parece bem alegre.

A ÚLTIMA MISSÃO DE GWENDY

Talvez esteja pensando na mina de diamantes. Ou em fazer um ménage à trois com duas jovens lindas. Ou um desfile de rua em uma de suas belas cidades novas, com milhares de pessoas gritando o nome de Winston. Gwendy poderia contar sobre o botão preto, o Botão do Câncer que supostamente acaba com tudo, mas ele ouviria? Não. Ele é Alexandre, com um novo mundo para conquistar.

— Agora é 1512253... e pronto! — Ele abre a maleta. Espia lá dentro. Seu sorriso ansioso se dissolve. — Que... *porra*... é *essa*?

Ele segura uma pena branca. Quando a solta, ela flutua na frente da cara dele. Winston afasta a pena com um tapa e vira a maleta para que Gwendy possa ver o interior. Agora sem a pena, a maleta está completamente vazia.

— Surpresa, sr. Winston — fala Gwendy, e o choque no rosto dele a faz sorrir. Mas o choque logo é substituído por uma expressão de fúria que Gwendy nunca tinha visto. De repente, ela consegue enxergar o Gareth Winston que mora lá dentro, e ele não é motivo de risada.

Estou olhando para um lobo humano, pensa ela.

Ele sorri, o que é ainda pior.

Winston solta a maleta CONFIDENCIAL, que flutua lentamente junto ao antigo talismã que a senadora chama de sua pena mágica. Ele desliza até Gwendy. Ela se encolhe involuntariamente e ergue as mãos para proteger o pescoço.

— Ah, eu não vou te enforcar — diz ele, ainda sorrindo. — Eu talvez te mate... — Winston ergue o cilindro verde. — Mas não vai ser usando as mãos. E vai ser *muito* desagradável.

Gwendy pensa: *O botão preto é o Botão do Câncer e essa coisa verde é o Tubo da Morte. Eu vim parar numa porra de história em quadrinhos.*

Winston mostra o anel que há embaixo do tubo.

— Se eu girar até o fim com essa coisa apontada pra você, a desintegração dos seus órgãos vai ser instantânea. Eu sei, já experimentei.

— Em um dos seus súditos — diz Gwendy. Sua voz soa distante. — Em Genesis.

— Você *é* inteligente, ao menos quando está com a cabeça boa. Inteligente demais até para o seu bem. A questão, querida, é que, se eu girar o aro lentamente... um pouquinho de cada vez... você vai morrer em agonia excruciante. Pode ser que você sinta seu coração se soltar e cair no seu estômago *ainda batendo*. Não seria uma experiência e tanto?

Sim, é uma história em quadrinhos mesmo, pensa ela. *Pena que eu não posso fechá-la e jogar na lixeira. Pena que está acontecendo de verdade.*

A ÚLTIMA MISSÃO DE GWENDY

— Sabe — diz ele, como se falando com uma criança —, eu fui longe demais pra dar meia-volta agora, senadora. Eu queimei minhas pontes. E tudo bem, porque, diferentemente de você, eu tenho uma rota de fuga. Uma que vai me levar pra outro mundo. Um mundo que já passei a amar. Agora, vou te dizer o que vai acontecer se você não seguir direitinho o programa, sua vaca espertinha. Você vai morrer de uma forma infeliz, gritando com as cordas vocais se desintegrando, e o resto dos nossos compatriotas da Eagle Heavy também morrem. Quando a matança tiver terminado, chamo meus aliados chineses e nós reviramos o local até encontrarmos o que viemos procurar. Depois disso, eu saio daqui em uma espécie de táxi espacial oferecido por uma corporação da qual você talvez tenha ouvido falar...

— Sombra.

— Sim! Muito bem! Vou entregar a caixa para os que a querem tanto e vou sair dessa realidade para outra, bem mais agradável. Entendeu?

— Acredito que a vaca espertinha esteja te acompanhando, sim — responde Gwendy.

— Nada disso precisa acontecer, Gwendy. Você pode viver. O resto da tripulação pode viver, o que vai me agradar. Pode não acreditar, mas eu passei a gostar deles. Vou pegar a caixa de botões e vou embora.

A ÚLTIMA MISSÃO DE GWENDY

Se tivesse que escolher entre acreditar nisso e acreditar na Fada do Dente, eu escolheria a fada, pensa Gwendy, mas ela assente como se acreditasse em Winston. Ele está apontando o tubo para ela e mexendo no anel da parte de baixo de uma forma que a deixa bem nervosa. Só que nervosa é uma palavra branda demais. Ela está morrendo de medo.

— Agora vem a pergunta final — diz Winston. Ele ainda está sorrindo, mas Gwendy vê gotas de suor na testa do bilionário. Ele também está com medo. Isso dá a ela ao menos um pouco de consolo. — Onde está?

Ela abre a boca, fecha e abre de novo.

— Você não vai acreditar nisso, Gareth, e eu sei que não vai gostar, mas é verdade. Eu não lembro.

42

Winston encara Gwendy com os olhos semicerrados.

— Você está certa. Eu não acredito. Você gabaritou o teste cognitivo que fizeram com você. O dr. Glen ficou muito impressionado.

— Eu tinha os chocolates.

— Se não começar a falar coisas com sentido, querida, você vai lamentar profundamente.

Nota para mim mesma, pensa Gwendy. *Um ladrão de calcinha te chamar de querida é uma coisa extremamente repulsiva.*

— A caixa de botões libera chocolates. São estimulantes cerebrais. — Eles fazem bem mais que isso, uma parte dessas coisas não é muito boa, mas agora não é hora para explicações detalhadas. — Comi dois antes do teste. Como você pode ver, não posso fazer isso agora porque a caixa não está aq...

— Eu não acredito em você. É mentira.

— Diz o homem que acredita que vai governar um planeta inteiro, com mulheres escravas saídas de livros baratos e uma mina de diamantes próx...

Ele dá um tapa na cara dela. Em baixa gravidade, não é forte, como um tapa embaixo da água, mas a choca. Gwendy já levou tapas, mas não desde a infância. Quem bateu nela viveu para se arrepender... mas não por muito tempo. Ela arregala os olhos, e Winston enxerga algo neles que o faz flutuar dançando para trás e apontar o tubo para a senadora.

Não sou a favor da pena de morte, ela pensa, *mas, se tiver a chance, vou te matar. Se você estivesse envolvido na morte do Ryan, eu te mataria duas vezes. Para sua sorte, isso aconteceu antes de você se envolver na história. Pelo menos, se eu puder acreditar na sua história.* E ela acredita. De acordo com Winston, ele conheceu Bobby quatro anos depois, e que motivo teria para mentir? Todas as cartas estão na mesa agora.

— Você não vai querer debochar de mim, senadora. Isso você não vai querer mesmo fazer.

— Não estou debochando. *Eu não consigo lembrar onde coloquei.*

— Nesse caso, você não tem utilidade pra mim, tem? Vou ter que descobrir sozinho, com ajuda dos meus parceiros chineses. Depois que eu eliminar o resto da

A ÚLTIMA MISSÃO DE GWENDY

tripulação, claro. — Ele ergue o tubo, e Gwendy vê nos olhos de Winston que ele está falando sério.

— Me dá um minuto pra pensar. Por favor.

— Vou te dar trinta segundos. — Ele ergue o relógio na frente do rosto. — Começando agora.

Gwendy sabe que Winston acha que ela está fingindo; Gwendy sabe que não está. Ela precisa usar o truque do dr. Ambrose, encontrar uma cadeia de associação e segui-la até o local da caixa de botões. Só que o tempo está passando, e ela não consegue encontrar o elo inicial. Sua mente está girando.

Sim, diz Richard Farris, *isso não é bom. Você está na mira.*

Aquilo acende uma luz na cabeça dela, e, quando Winston ergue o tubo, Gwendy levanta a mão.

— Espera! Espera! Eu consigo!

Na mira. Quem atira na mira, acerta na...

— Mosca! Quem atira na mira acerta na mosca!

— Do que você está falando, mulher?

— O Cara dos Insetos. A única pessoa na tripulação em quem eu confio cem por cento. O único que acredita totalmente em mim. Adesh. Eu dei a caixa de botões pra ele. Pedi pra ele guardar no laboratório.

— Mesmo?

— Sim.

— Você sabe *onde* no laboratório?

A ÚLTIMA MISSÃO DE GWENDY

Gwendy não faz ideia.

— Sei. Vou te mostrar.

— Eu devia te matar e procurar eu mesmo — diz ele. Winston ergue o tubo verde... e o abaixa de novo. E sorri. — Mas você deu trabalho, querida. *Tanto* trabalho. Acho que quero que você me veja pegar a sua preciosa caixa. Talvez até te deixe viva. Quem sabe?

Você sabe, pensa Gwendy. *E eu sei.*

— Vamos indo enquanto eles ainda estão no café. — O bilionário gesticula com o tubo. — Depois de você, senadora.

43

Raio 5.

Eles flutuam/caminham pelo corredor, passando na frente de placas em francês: LAVEZ-VOUS LES MAINS e RAMASSE TA POUBELLE e até NE PASSSE FUMER, algo que Gwendy acha óbvio. Mas, com franceses e gauleses, quem sabe?

Há um chiado baixo e constante. Gwendy já se acostumou, mas parece que Winston não.

— Odeio esse som. Parece que o lugar está desmoronando.

— Não — diz Gwendy —, você vai fazer o lugar desmoronar. Vai fazer *tudo* desmoronar.

Aquilo não o afeta. *Narcisista clássico*, pensa ela. Talvez seja uma verdade em certo grau sobre todos os empresários e empresárias muito bem-sucedidos. Deus, ela espera que não.

A ÚLTIMA MISSÃO DE GWENDY

— Por que você deu a caixa pro crioulinho? E o que você disse pra ele?

Crioulinho, pensa Gwendy. *Meu Deus. Ele deve pensar em Jafari como o negão.*

— Porque eu confiava nele, já falei. Quanto ao que eu disse... — Ela balança a cabeça. — Não lembro.

Isso é mentira. Agora, ela se lembra de tudo. De como foi difícil entregar a caixa, por exemplo. Ela se lembra da expressão de curiosidade de Adesh e, mais do que tudo, ela se lembra de ter dito que ele não devia tocar nos botões. *Você pode sentir uma vontade de fazer isso, mas precisa resistir. Você consegue?* Adesh havia dito que sim, sim, ele tinha certeza de que conseguia, e como Gwendy precisava confiar em alguém, ela deu a caixa a ele. Em seguida, precisou resistir à vontade quase insuportável de pegá-la de volta, aninhá-la junto aos seios e gritar *"Minha! Minha!"*. Ela até se lembra de ter pensado em Gollum em *O senhor dos anéis*, que chamava o Um Anel de Precioso.

Mas ela entregou a caixa.

— Bom, chegamos — diz Winston. Ele examina a placa na porta: ADESH "CARA DOS INSETOS" PATEL. BATA ANTES DE ENTRAR. — Acho que vamos pular essa parte de bater.

Gwendy deseja, não pela primeira vez, que as portas dos quartos, suítes e laboratórios da estação MF tivessem tranca. Mas nenhuma tem.

A ÚLTIMA MISSÃO DE GWENDY

— Você primeiro, querida. Eu não espero nenhuma surpresa, mas é sempre melhor prevenir do que remediar.

Ela puxa a maçaneta e entra. Uma música suave de cítara está tocando em um aparelho de som, preso por uma tira ao centro da mesa de trabalho para não sair flutuando. Um tipo de dispositivo pequeno está enfiado na tira.

A segunda coisa que Gwendy vê é a última que estava esperando. Ela tinha dito para Adesh colocar a caixa de botões em uma gaveta, são pelo menos cinquenta, mas a caixa está em um local aberto, no chão da jaula grande onde Adesh faz seus experimentos de voo com os insetos. Ela vê as alavanquinhas dos lados e os botões coloridos em cima. A porta da jaula está aberta.

— Qual é a das moscas? — pergunta Winston. Tem seis ou sete pairando acima da caixa de botões, batendo as asas de modo preguiçoso de vez em quando. — Estão mortas?

— Descansando — diz Gwendy. — De acordo com Adesh, elas se adaptaram bem às condições de baixa gravidade. — Ela está olhando para o aparelho de som e para a coisa bem em cima. Agora, ela entende. Como Adesh pode ter previsto a situação, ela não entende, mas, sim. Ela entende e sabe o que precisa fazer.

Se puder.

— Entra lá, senadora. Pega a caixa e entrega pra mim.

Gwendy responde de forma lenta e clara:

— Porra nenhuma. Eu vou protegê-la enquanto puder e da melhor forma que puder e não vou entregá-la pra você nem pra ninguém. Pega você.

— Muito bem. Mas acho que você vem comigo. — Ele a segura pelo ombro, enfiando as unhas na pele. — *Querida.*

Ela finge lutar e recua o suficiente para a bunda encostar na mesa de trabalho com o microscópio, os monitores e a centrífuga. Gwendy leva a mão para trás, torcendo para que pareça que está apenas tentando se segurar na mesa, mas pegando o dispositivo em cima do aparelho de som. *Por favor, Deus, que ele não veja e que eu não deixe cair*, ela pensa. Não que vá cair; vai só flutuar para baixo devagar.

Ela quase deixa cair, mas o controle acaba ficando em sua mão, encostado na lombar. Winston rosna e aponta o tubo verde para ela.

— Chega! Entra lá!

— Tudo bem. Eu vou. Só para de me machucar.

— Vou fazer mais do que te machucar. *Entra lá.* Você não vai correr pra porta se é isso que está pensando.

Se olhasse para baixo, Winston veria que Gwendy está escondendo alguma coisa, um retângulo chato de vinte centímetros que parece um controle remoto de

A ÚLTIMA MISSÃO DE GWENDY

televisão. É bem óbvio. Mas a atenção de Gareth Winston está focada na única coisa que ele foi tão longe para obter. Seu prêmio. *Sua preciosa*, Gwendy pensa.

Os dois flutuam até a jaula grande, com Gwendy na frente. Ela consegue pôr o controle no bolso central do macacão enquanto finge massagear o ombro machucado. Winston está atrás dela, empurrando-a.

— Ali. Junto da parede.

Ele a empurra com força. Gwendy flutua para trás. *Por favor, que isso funcione. Ah, Deus, por favor.*

Winston se curva e pega a caixa de botões. Um suspiro suave escapa de sua boca. Para Gwendy, o som parece quase sexual.

— Estou sentindo — diz ele. — É poderosa, né?

— Muito poderosa — concorda Gwendy. O controle que Adesh deixou para ela é só mais uma caixa de botões, só que com quatro em vez de oito. Ela não sabe qual deles abre a jaula do Boris, então coloca o indicador sobre os quatro e aperta.

Winston não repara. Ele está passando o dedo sobre os botões: verde-claro e verde-escuro para Ásia e África, azul e violeta para América do Norte e do Sul, laranja para a Europa e amarelo para a Oceania. Mais os dois nas pontas: vermelho para desejos que se tornam sombrios por mais que tenham boas intenções e o preto. O Botão do Câncer.

A ÚLTIMA MISSÃO DE GWENDY

Enquanto isso, os botões do controle abriram quatro jaulas. As portas sobem sem emitir som. Formigas pretas flutuam de uma, formigas vermelhas de outra, baratas de uma terceira. Da quarta, sai Boris. *Pandinus imperator.* Ele se levanta, a cauda erguida.

— O que eles fazem, esses botões? — pergunta Winston. Ele se esqueceu completamente de Gwendy de tão absorto que está. — O que acontece quando você os aperta?

— Coisas ruins — diz Gwendy.

— E as alavancas nas laterais? O que *elas* f...?

— Se vira — diz Gwendy. E, com grande prazer, acrescenta: — Olha pra mim, seu gordo psicótico de merda.

Winston abre a boca, surpreso. Seus olhos ficam arregalados sob as bolsas de pele. Ele se vira. De repente, Gwendy se dá conta de que Boris pode não reagir à voz dela, por ser muito diferente da de Adesh Patel, mas é tarde demais para se preocupar com isso agora.

Ela grita:

— *MAAR!*

Ela não precisava ter se preocupado. Boris arma a cauda venenosa e dispara pelo aposento, ignorando as moscas em favor do alvo bem maior. Winston grita e ergue a mão, mas, em baixa gravidade, ele é lento demais. Gwendy fica selvagemente satisfeita ao ver o ferrão de Boris entrar no meio dos olhos de Winston.

O bilionário grita de dor e horror enquanto tenta bater no escorpião com as duas mãos. Tem um buraco do tamanho de uma ponta de lápis no local onde o ferrão entrou. Está pingando sangue, e a pele em volta já está começando a inchar.

— *Tira isso de cima de mim! Meu Deus do céu,* TIRA DE CIMA DE MIM!

Winston está batendo no animal com as duas mãos. Boris se solta e o evita com facilidade, balançando a cauda para se afastar. A caixa de botões flutua na frente de Winston, esquecida. A arma dele (*o Tubo Verde da Morte*, Gwendy pensa) também está flutuando, mas o movimento rápido das mãos de Winston, que continua mesmo depois que Boris saiu da área de alcance, envia o tubo na direção de Gwendy, girando devagar.

Ela estica a mão para pegá-lo.

Winston também se estica para agarrar o objeto, mas o movimento gerado por suas mãos funciona a favor de Gwendy. Ela pega o tubo. Winston tenta segurar o rabo de cavalo de Gwendy, e ela o afasta com um balançar de cabeça. Ela arrisca um olhar para o tubo, querendo ter certeza de que o lado do anel está virado para ela. *Se estivesse do lado errado e eu transformasse minhas próprias entranhas em sopa, eu provavelmente nem teria tempo de apreciar a ironia*, ela pensa no mesmo momento em que desvia em câmera lenta para evitar um soco igualmente em câmera lenta de Winston.

— Se despede da vaca espertinha, Winston. — Gwendy aponta o tubo e gira o anel na base.

Não há som. Não há nenhum raio mortal de quadrinhos. Gwendy tem um momento para pensar que foi blefe, mas então a frente da camisa branca de Gareth Winston se enche de flores vermelhas. Os olhos dele derretem e rolam pelas bochechas como grandes lágrimas azuis. Massa cinzenta começa a escorrer pelas órbitas vazias e narinas. Gwendy se dá conta de que está olhando para o cérebro liquefeito de Winston e começa a gritar.

Adesh também deixou o celular ligado na mesa de centro, com o Smart Watch monitorando. A tripulação está sentada em volta da mesa do refeitório, falando besteira e tomando um último café, quando o relógio dele se ilumina. Adesh aperta o botão, e todos escutam os gritos de Gwendy.

Os gritos já pararam quando eles chegam ao laboratório de entomologia. Gwendy está encostada numa parede, o mais distante possível da jaula grande, com as mãos fechadas encostadas na boca e a caixa de botões no colo. O resto da equipe solta um monte de exclamações.

A ÚLTIMA MISSÃO DE GWENDY

— Mas o que diabos...? — Kathy.

— Você pegou ele! Ele disse que pegaria! — Adesh, balançando os punhos no ar.

— Pegou quem? — Jafari.

— Ah, meu Deus do céu. — Dr. Glen.

O doutor havia seguido o olhar congelado de Gwendy na direção da grande jaula, onde as roupas do falecido Gareth Winston estão flutuando em uma poça de sangue e órgãos em decomposição. A garganta dele foi aberta. O que sobrou do rosto parece uma máscara de borracha, enrugada e murcha. Está coberto de formigas vermelhas e pretas.

Mesmo nesse momento, Adesh é mais o observador científico do que a testemunha horrorizada.

— As formigas, elas foram até ele! Comportamento adaptativo! Incrível!

Reggie Black se inclina e bota o café da manhã para fora. O vômito fica flutuando em volta dele em pedaços. Sam Drinkwater e Dave Graves fazem o mesmo. Sam consegue pegar a maior parte do que ejetou, mas logo a coisa começa a escorrer por suas mãos.

— Saiam daqui! — grita Kathy. — Todo mundo pra fora! Vamos isolar esta sala! Se ele tiver algum tipo de doença estilo *O enigma de Andrômeda*...

— Ele não tem — diz Gwendy. — A única doença de Winston era a ganância. E ele morreu por causa dela.

44

UMA HORA DEPOIS, OS nove tripulantes restantes da Eagle Heavy estão sentados na sala de reuniões. Por sugestão enfática de Gwendy, apoiada pela Chefe da CIA lá embaixo, Charlotte Morgan, os chineses foram isolados. Eles continuam podendo acessar o aro externo, mas não podem entrar em nenhum outro raio além do deles. Nem Charlotte nem Gwendy acham que os chineses serão problema, mas Gwendy acredita no mantra do falecido Gareth Winston: é melhor prevenir do que remediar. *Mas*, pensa ela, é claro *que ele não esperava o Boris.*

A caixa de botões está no meio da mesa, ao lado de um *downlink* aberto (mas altamente protegido) para o escritório de Charlotte em Washington. Kathy estica a mão para a caixa, e Gwendy precisa se segurar para afastá-la da comandante.

Depois de um toque, Kathy puxa a mão por conta própria, e bem depressa. Seus olhos estão arregalados.

— O que *é* essa coisa? — E, sem esperar resposta, ela acrescenta: — Quero um relatório completo, Gwendy. Você pode ser senadora dos Estados Unidos, mas aqui em cima eu estou no comando e estou mandando que me conte tudo. — Ela faz um gesto para indicar toda a mesa. — *Nos* conte tudo.

Gwendy não tem problema nenhum com isso, e não só porque os colegas merecem saber. Ela também vai precisar da cooperação deles para completar a tarefa final. Charlotte fica em silêncio, mas Gwendy sabe que ela está ouvindo.

— Eu vou contar, mas preciso saber uma coisa primeiro. — Ela se vira para Adesh. — Você armou uma armadilha pra ele, né?

Adesh assente.

— Como soube que tinha que fazer aquilo? Você viu um homem? Da sua altura, de chapeuzinho preto redondo? — A ideia de que Farris, doente ou não, possa estar ali é ridícula. Ao mesmo tempo, parece perfeitamente razoável para Gwendy. Em sua experiência, Farris é capaz de aparecer em qualquer lugar e desaparecer com a mesma rapidez. Faz com que ela pense em uma música antiga do Heart, aquela sobre um homem mágico.

A ÚLTIMA MISSÃO DE GWENDY

— Eu não vi ninguém — Adesh responde —, mas ouvi uma voz. Na minha cabeça. É que... Desculpem, é constrangedor.

— Não precisa ficar constrangido — diz Gwendy, e segura a mão dele. — Eu acredito que você acabou de ter um papel muito importante em salvar a Terra e todo mundo nela.

Sam Drinkwater faz um som de deboche. Kathy, que tocou na caixa de botões e sentiu o poder do objeto, não faz som nenhum. A atenção dela está grudada em Gwendy e em Adesh "Cara dos Insetos" Patel.

— Você me mandou não apertar os botões, nem tocar neles, e eu cumpri a promessa. Você precisa acreditar em mim, Gwendy.

Gwendy assente. Claro que ela acredita.

— Mas... você não falou nada sobre as alavanquinhas nas laterais.

Agora, Gwendy entende. Ela sorri.

Adesh desabotoa o bolso e pega um dólar de prata Morgan. Ele o joga para a senadora, cara e coroa girando preguiçosamente acima da mesa. Ela não precisa olhar a data para saber que é de 1891.

— A primeira alavanca que empurrei me entregou isso. Eu ia mesmo devolver pra você, Gwendy... espero que também acredite.

A ÚLTIMA MISSÃO DE GWENDY

— Eu acredito — diz ela, e empurra a moeda de volta para o cientista com um peteleco. — Mas quero que você a guarde. Como lembrança. Aí você empurrou a outra, né? E recebeu um chocolate.

— Foi uma coisa de muita beleza — diz Adesh de forma quase reverente. — Um escorpiãozinho de chocolate, igual ao Boris.

— *Pandinus imperator.*

Ele sorri e assente.

— Quem poderia dizer que tem algo de errado com a sua memória? Era perfeito demais pra comer, mas...

— Você comeu mesmo assim.

— Comi. Alguma coisa me disse pra comer. O desejo foi forte demais pra resistir. E foi quando eu ouvi a voz. Pareceu muito velha... muito cansada e distante... mas completamente segura. Disse que você veria... e saberia o que fazer... quando a hora chegasse.

Os olhos de Gwendy se enchem de lágrimas. Tinha sido Farris mesmo, seu *deus ex machina* particular. Velho e cansado, talvez até morto, mas ainda *em algum lugar*. E se alguém merecia um *deus ex machina*, esse alguém era ela. E seu *deus ex machina* pessoal não deveria mesmo ser o homem que a colocara naquela situação?

— Será que a gente pode voltar pro começo? — pede Bern Stapleton. — Eu gostaria de saber como um

A ÚLTIMA MISSÃO DE GWENDY

dos homens mais ricos da Terra acabou virando uma poça de gosma cheia de formigas no que restou da cara.

— É uma ótima ideia — diz Kathy. — Vamos ouvir, senadora. Desde o começo.

Enquanto eu ainda consigo, pensa Gwendy, porque Adesh está enganado: tem *muita coisa* errada com a memória dela. Começou a ficar enevoada de novo. Ela sabe onde está, sabe que aquelas pessoas são a tripulação com quem viajou... mas não consegue lembrar o nome de ninguém, exceto de Adesh Patel e Kathy London. *É London?* Não importa. Gwendy se inclina por cima da mesa, puxa a alavanca do lado direito da caixa e põe um coala de chocolate na boca. A névoa passa. Mas é claro que vai voltar.

— O começo foi quando eu tinha doze anos — diz ela. — Foi quando eu vi a caixa de botões pela primeira vez e fiquei encarregada dela.

Gwendy fala por quarenta e cinco minutos, parando para tomar goles de água. Ninguém interrompe, nem Charlotte Morgan, que está ouvindo a história inteira pela primeira vez.

45

QUANDO GWENDY TERMINA, os oito passam trinta segundos em silêncio enquanto digerem o que ela contou. Reggie Black limpa a garganta e diz:

— Quero ver se entendi direito. Você alega ser responsável por Jonestown, onde novecentas pessoas morreram. A tal mulher no Canadá foi responsável pelo coronavírus, que matou quatro milhões e continua matando...

— O nome dela era Patricia Vachon — explica Gwendy. Não tem nada de errado com sua memória agora. — E não foi culpa dela. No fim das contas, ela só não conseguiu resistir à atração da caixa. Que é exatamente o que a torna tão perigosa.

Reggie faz um gesto de gangorra com a mão: talvez sim, talvez não.

— E você também destruiu a Grande Pirâmide com um terremoto e matou mais seis pessoas.

Charlotte fala pela primeira vez. O alto-falante é tão bom que parece até que ela está na sala com eles.

— Não foi terremoto, senhor. Não houve causa atribuída.

— Eu não queria que ninguém morresse — diz Gwendy. Ela não consegue afastar o tremor da voz. Está pensando em sua velha amiga Olive Kepnes, que morreu na Escadaria Suicida entre Castle Rock e Castle View. — Nunca. Eu achava que a parte da Guiana na qual me concentrei fosse deserta... e, caramba, eu era uma *criança*. A Pirâmide era pra estar trancada, isolada e vazia por causa de um surto novo de covid-19. — Ela se inclina para a frente e os observa. — Mas aqueles jovens estavam lá, escondidos. É isso que torna a caixa de botões tão perigosa, entendem? Até o botão vermelho é perigoso. Ele faz o que você está pensando... mas faz *mais*, e a minha experiência é de que esse mais nunca é bom. Não acho que a caixa de botões possa ser destruída nem mesmo em uma fornalha nuclear, e ela trabalha na mente de quem a possui. É por isso que Farris ficava passando a caixa pra donos novos.

— Mas sempre voltava pra você — diz Jafari.

— Me conta uma coisa — fala Reggie, sorrindo. — A caixa também foi responsável pelo Onze de Setembro?

A ÚLTIMA MISSÃO DE GWENDY

Gwendy sente um cansaço enorme de repente.

— Não sei. Provavelmente não. As pessoas não precisam de uma caixa de botões pra fazer coisas horríveis. Tem muita sacanagem maligna no espírito humano.

Sam Drinkwater comenta secamente:

— Me desculpe, mas não consigo acreditar nisso. É um conto de fadas.

Pelo alto-falante, Charlotte diz:

— É o oficial Drinkwater falando?

— Sim, senhora.

— Tudo bem, sr. Drinkwater, ouça com atenção. Eu vi o interrogatório do detetive Mitchell. Tudo que Gwendy contou sobre a morte do marido dela é verdade. As imagens do celular são perturbadoras, mas nossos técnicos dizem que não houve alteração nenhuma nem inserção de efeitos especiais. Quanto à Grande Pirâmide, eu estava junto quando Gwendy falou e apertou o botão vermelho, horas antes de ela desmoronar aos pedaços por motivos que o pessoal da ciência ainda não consegue entender. Eu fui da CIA a vida toda e não acredito em nada que não possa provar, mas acredito nisso. Acho que o homem que subornou o detetive não é humano... ou não precisamente humano. E acredito que a caixa pra qual você está olhando seja mais perigosa do que todas as armas nucleares aqui da Terra juntas.

— Mas...

A ÚLTIMA MISSÃO DE GWENDY

— Nada de "mas" — diz Charlotte bruscamente. — A não ser que o senhor ache que um empresário cabeça-dura como Gareth Winston morreu por causa de uma fantasia. — Ela faz uma pausa. — O que me lembra que nós temos que elaborar uma história pra explicar a morte dele. Seja o que for, vai chocar o mercado.

— Precisamos pensar nisso com cuidado — diz Kathy. — Ele... Gwendy? Você está bem?

— Estou — Gwendy responde. — Só com um pouco de dor de cabeça. — Na verdade, com uma ideia.

O dr. Glen diz em um tom sombrio:

— Nós vamos ter que recolher ele com uma pá, sabe. E aquele dispositivo que Winston tinha já basta pra me convencer de que existe algo agindo aqui além da nossa compreensão. Aquele aparelhinho vai com ele.

— Com certeza — diz Kathy.

Reggie Black (que Gwendy acredita que ficaria ao lado de são Tomé na Bíblia) balança a cabeça.

— Eu estou disposto a aceitar que tudo é muito estranho. Eu não estou disposto a aceitar que apertar o botão preto poderia destruir o mundo inteiro. — Gwendy quase espera que ele acrescente *"Vamos tentar e ver, que tal?"*. Mas Reggie não fala nada. E que bom. Caso ele se movesse na direção da caixa de botões, Gwendy pularia sobre a mesa para impedi-lo.

A ÚLTIMA MISSÃO DE GWENDY

— Não importa — diz Adesh. — Vocês todos percebem, né?

Eles voltam olhares intrigados para o entomologita, inclusive Gwendy.

— Vamos enviar a caixa pra longe no dispositivo que chamamos de Foguete Portátil. Seja uma coisa de malignidade sobrenatural ou só uma caixa que fornece chocolates e dólares de prata... — Ele dá de ombros e sorri. É um sorriso muito doce. — Seja o que for, vai embora. O Foguete Portátil não vai nem orbitar a Terra com o resto do lixo espacial que nós criamos. — O sorriso fica sonhador. — Vai para as estrelas e nunca vai voltar.

A lógica é irrefutável.

Kathy Lundgren se vira para Gwendy.

— Nós vamos fazer isso amanhã. Você e eu. Minha nona caminhada espacial, a sua primeira. A que vai ser televisionada aos eleitores vai ser sua segunda, mas ninguém precisa saber disso, né?

— Não — diz Gwendy.

Kathy assente.

— Nós vamos ver o Foguete Portátil indo na direção da Lua, de Marte e do além. Com a carga a bordo.

— Parece ótimo. E Winston?

— Por enquanto, até que a gente decida como ele morreu, o sr. Winston está ótimo, apenas sofrendo de um pouco de enjoo espacial, entocado na cabine. Não está se sentindo bem o bastante pra se comunicar com lá embaixo. Ou você discorda?

— Não — diz Gwendy. — Está bom por enquanto.

Ela ainda lamenta o que aconteceu em Jonestown, embora ache que a maior parte tenha sido culpa do reverendo Jim Jones. Ela lamenta a destruição da Grande Pirâmide e lamenta mais ainda as vidas perdidas quando tudo desmoronou. Mas ela não lamenta Gareth Winston.

— Qual alavanca fornece os chocolates? — pergunta Reggie Black.

— Aquela ali. — Gwendy aponta.

— Posso?

Gwendy não quer que ele toque na caixa, mas assente.

Reggie empurra a alavanca. O buraco se abre e a prateleira sai. Vazia.

Gwendy se vira para Adesh.

— Tenta você.

A prateleirinha voltou para dentro da caixa. Adesh prende o dedo mindinho na alavanca e empurra delicadamente. A prateleirinha sai, dessa vez com uma fuinha de chocolate. Ele olha para o chocolate, mas o dá para Bern. O biólogo o examina e o coloca na boca, os dedos prontos para tirá-lo caso seja muito ruim. Mas seus olhos se fecham parcialmente em uma expressão de êxtase.

A ÚLTIMA MISSÃO DE GWENDY

— Ah, meu Deus! Que delícia!

Reggie Black parece irritado.

— Por que não funcionou pra mim?

— Pode ser que a caixa não goste de físicos — responde Gwendy.

46

Naquela noite.

Gwendy está caminhando no aro externo da estação espacial Many Flags. A estrutura solta os gemidos e estalos de sempre, sons de casa assombrada dos quais o outro homem, o homem mau, não gostava, mas Gwendy não se incomoda. Ela não consegue se lembrar do nome do homem mau, embora tenha certeza de que conseguiria lembrar usando a cadeia de associações do dr. Ambrose. *Eu começaria com charuto*, ela pensa.

O homem andando ao lado dela também não parece se importar com os barulhos. O rosto dele está sereno, e ele é muito bonito. Exceto que a beleza dele é uma máscara. Às vezes, as feições do homem ondulam como água em um lago soprado por uma brisa forte, e ela consegue ver o rosto e a cabeça de verdade dele. Ele é uma espécie de fuinha, como o chocolate que o biólogo comeu. Gwendy também não lembra o nome do biólogo. Tudo bem. Mas ela se lembra do nome do homem que não é homem: é Bobby. Era como o homem mau o chamava. Ela pensa: *charuto*. Pensa: *quem fumava charuto?* Winston Churchill fumava charuto. Pronto.

— O nome do homem mau era Garin Winston — ela diz.

— Quase isso — responde Bobby. — Não importa, ele está morto.

— Derretido — diz Gwendy. — Como a Bruxa Malvada em *O mágico de Oz*.

— Quase isso — Bobby diz de novo. — O que importa é o seguinte: há outros mundos além deste.

— Eu sei — fala Gwendy. — Me disseram, mas não lembro quem foi. Talvez o sr. Farris.

— Aquele intrometido.

Os dois caminham. A estação espacial estala. Eles não veem ninguém porque está na hora de dormir na MF. Exceto pelos chineses, amontoados em seu próprio raio, eles estão sozinhos na casa mal-assombrada.

— Existem doze mundos — diz Bobby. — Seis feixes, doze mundos, um em cada extremidade do feixe. E, no centro, fica a Torre. Nós a chamamos de Treze Preto.

— Quem é "nós"?

— Os taheen.

A ÚLTIMA MISSÃO DE GWENDY

Aquilo não significa nada para Gwendy.

— Os feixes sustentam os mundos, e a Torre dá energia aos feixes — diz Bobby em tom de aula. — Só uma coisa pode destruí-la agora que o Rei Rubro morreu.

— A caixa de botões — diz Gwendy, mas Bobby sorri e balança a cabeça. Ele faz um gesto de "vem" com mãos que às vezes ficam borradas e viram patas com garras afiadas nas pontas. O gesto diz *você pode se sair melhor*. Gwendy começa a protestar dizendo que não consegue, que está sofrendo de doença de Alzheimer precoce (talvez causada pela caixa, quem pode ter certeza), mas percebe que consegue. — O botão preto *na* caixa de botões. O Botão do Câncer.

— Sim! — diz Bobby, e dá um tapinha no ombro dela. Gwendy se encolhe para longe. Ela não quer que ele a toque. Faz com que se sinta da mesma forma que os estalos e gemidos da estação faziam o falecido Garin Winship se sentir. — Você não pode mandar a caixa embora, Gwendy. O que precisa fazer é apertar o botão preto. Destruir a Torre, destruir os feixes, destruir os mundos.

— Governe a Discórdia?

— Isso mesmo, governe a Discórdia. Que acabe o universo. Que venham as trevas.

— Como em Jonestown? Só que com tudo e todo mundo?

— É.

— Mas *por quê?*

— Porque o caos é a única resposta.

Ele olha para baixo. Gwendy segue o olhar do homem e vê que está segurando a caixa de botões.

— Aperta, Gwendy. Aperta agora. Você precisa, porque...

47

GWENDY ACORDA E FICA horrorizada ao ver que está segurando a caixa de botões e que seu polegar está sobre o botão preto. Ela está parada na frente do cofre aberto no armário, o traje pressurizado extra aos seus pés.

— O caos é a única resposta — sussurra ela. — A existência é uma equação morta.

A vontade de apertar o botão, mesmo que só para acabar com a própria infelicidade e confusão, é sufocante. Ela gostaria que Farris se manifestasse, como fez com Adesh, e a salvasse, mas não há voz em sua cabeça nem qualquer sensação dele. Gwendy geme, e o som consegue de alguma forma quebrar o feitiço.

Ela devolve a caixa de botões ao cofre e começa a fechar a porta, mas decide que ainda não acabou de usá-la. Gwendy não quer tocar na caixa por medo de a compulsão horrível voltar, mas precisa. Ela empurra uma alavanca, e um chocolate sai. Ela o põe na boca, e o mundo fica claro na mesma hora.

Ela empurra a alavanca de novo, com medo de que a pequena plataforma saia vazia dessa vez, mas outro chocolate aparece. É um dachshund idêntico à companheira de vida do seu pai, Pippa. Gwendy vai colocar o chocolate no bolso, guardar para depois, mas se dá conta de que *não tem* bolsos. Ela está de short e camiseta da Universidade do Maine. Mas isso não é tudo. Ela está com um tênis em um pé, uma mcia no outro c usando um par de luvas de trabalho forradas que cada membro da tripulação recebeu. Deve haver um motivo para as luvas, na Eagle Heavy e na estação MF sempre tem um motivo para cada peça de roupa e equipamento, mas ela não consegue lembrar qual. Uma queda repentina de temperatura, de repente? A condição deteriorante de Gwendy se manifesta de formas diferentes, e ela vê agora que escreveu ESQUERDA e DIREITA nas luvas.

Mas quanto tempo vai demorar para eu esquecer o que essas palavras significam? Quanto tempo até eu não conseguir mais ler?

Os pensamentos a deixam com vontade de chorar, mas ela não pode perder tempo com lágrimas. Ela não sabe por quanto tempo o chocolate vai deixá-la lúcida, e o outro é para o dia seguinte, antes de ela e Kathy

A ÚLTIMA MISSÃO DE GWENDY

Lundgren se vestirem para a caminhada espacial às oito horas.

Kathy.

Com a cabeça lúcida, ela percebe o que deveria ter sabido bem mais cedo.

Gwendy vai até o celular, seleciona o nome de Kathy no diretório da MF e faz a ligação. Como oficial encarregada da missão, Kathy sempre deixa o celular ligado. Ela vai ouvir o bipe e vai responder. Ela *precisa* responder, porque o que Gwendy percebeu é que não consegue fazer aquilo sozinha. Se tentar, Kathy vai impedi-la. A não ser que a comandante tenha motivos para não impedir.

O celular toca apenas uma vez, e, quando Kathy atende, a voz dela está clara e seca. Talvez ela estivesse sem dormir, por mais tarde que fosse.

— Gwendy. Algum problema?

— Uma solução, eu acho. Preciso falar com você.

— Tudo bem. — Sem hesitação. — Vem aqui nos meus aposentos.

48

Os aposentos de Kathy Lundgren são menores e mais austeros do que os de Gwendy, mas ela tem pacotinhos de chocolate quente escondidos e faz uma xícara para cada uma. O sabor doce tem gosto de infância para Gwendy: chocolate quente com seu pai em manhãs de verão, com o gramado ainda cheio de neblina.

Depois de um gole, ela prende o copo com tampa na mesinha ao lado da cama estreita de Kathy (não tem local para se sentar ali) e diz para a primeira comandante da Eagle Heavy o que andou tentando esconder:

— Você estava certa. O doutor estava certo. Até Winston sabia. Eu tenho doença de Alzheimer precoce, e está progredindo rápido agora.

— Mas o teste provou...

— Não provou nada. Acertei tudo por causa dos

chocolates, mas o efeito não dura. Alguns minutos atrás, acordei usando luvas e um tênis. O tênis não estava amarrado porque eu não sei mais como se faz.

Kathy olha para ela com um horror silencioso, que Gwendy entende, e com pena, o que ela odeia.

— Por um tempo, eu ainda conseguia, porque encontrei uma musiquinha na internet que eu aprendi na escola...

— Sobre orelhas de coelho?

Mesmo ansiosa e com medo, aquilo faz Gwendy rir.

— Você também, é? Só que agora não consigo lembrar a música. Só se eu comer um chocolate.

— Você comeu um antes de vir aqui, eu suponho.

Gwendy assente.

— Mas eles são perigosos, assim como tudo relacionado à caixa de botões. E a caixa está ficando mais forte enquanto eu fico mais fraca. Quando acordei, logo antes de te ligar, eu estava com ela nas mãos e me preparando pra apertar o botão preto. Meu polegar estava em cima.

— Graças a Deus você vai se livrar dela!

— *Nós* vamos nos livrar dela. E não é só isso. — Gwendy respira fundo. — Eu quero ir junto.

Kathy estava levando o copo à boca. Ela o coloca de volta com tanta força que derrama um pouco de chocolate na mesa.

A ÚLTIMA MISSÃO DE GWENDY

— Você está *louca*?

— Bom, estou. Alzheimer *é* mais ou menos isso mesmo, Kath. Mas, nesse momento, eu nunca estive mais sã. Nem mais presente. — Ela se inclina para a frente e gruda o olhar no de Kathy. — Quando a caixa de botões for embora, os chocolates também vão. Se eu ainda estiver aqui, meu declínio será muito rápido. Quando voltarmos para a Terra, eu talvez nem saiba mais meu nome.

Kathy abre a boca para protestar, mas Gwendy fala por cima dela:

— Mesmo que eu saiba, vai chegar a hora em que não vou saber. Eu vou estar de fralda. Sentada no meu mijo e na minha merda até alguém vir me trocar. Olhando pela janela de uma casa de repouso cara em Washington ou na Virgínia, sem saber pra *que* estou olhando. Tendo força cerebral suficiente apenas pra saber que eu estou perdida e que nunca mais vou encontrar o caminho de volta até mim mesma.

Governe a Discórdia, ela pensa. Gwendy está chorando agora, mas a voz continua firme.

— Eu poderia te dizer que encontraria uma forma discreta de cometer suicídio quando chegarmos de volta lá embaixo, mas acho que não conseguiria ser discreta e acho que não saberia fazer isso. Eu talvez *esquecesse* de fazer. E, Kathy, tenho só sessenta e quatro anos e sou fisicamente saudável. Eu poderia ficar assim por dez anos antes de pneumonia ou alguma mutação de covid me levar. Talvez quinze ou vinte.

— Gwendy, eu entendo, mas...

— Por favor, não me condene a isso, Kathy. Escuta. Quando eu era pequena, meus pais me deram um telescópio. Eu passava horas olhando os planetas e as estrelas por ele, muitas vezes com meu pai, mas uma vez com minha mãe. Nós olhamos Escorpião e conversamos sobre Deus. Eu quero ir com a caixa, Kathy. Quero apontar o Foguete Portátil pra Escorpião e saber que um dia, daqui a milhões de anos, posso conseguir chegar lá. — Ela sorri. — Se houver vida após a morte, e a minha mãe acreditava que sim, eu talvez esteja lá em espírito. Pra receber meu corpo perfeitamente preservado.

— Eu entendo — diz Kathy — e faria se pudesse. Mas você precisa pensar um pouco em mim, tá? Pensa no que aconteceria comigo depois. Perder minha comissão e meu emprego, que eu amo, não seria tudo. Eu provavelmente seria presa.

— Não — diz Gwendy. — Não se todo mundo seguir o que tenho em mente. Sam, Jaff, Reggie, Adesh, Bern, Dave e o doutor. E eles vão seguir, porque isso vai impedir uma investigação que acabaria com os planos da TetCorp de exploração espacial e viagens turísticas por um ano. Talvez dois, até cinco. A Tet está numa corrida com a SpaceX agora. Você acha que nosso pessoal quer ficar anos pra trás?

Kathy está com a testa franzida.

— Eu não sei o que você... — Ela para. — Winston. Você está falando do Winston.

— Sim. Porque qualquer história que você elaborar pra explicar a morte dele vai soar suspeita.

— A descompressão explosiva...

— Mesmo que Dave Graves consiga dar um jeito de os computadores a bordo mostrarem que houve uma descompressão do tipo, e eu tenho minhas dúvidas quanto a isso, uma história como essa levaria ao encerramento das atividades na MF. Todos aqueles planos de turismo, tanto da Tet quanto da SpaceX, ficariam paralisados. Isso além da investigação sobre você e toda a tripulação. — Gwendy faz uma pausa e joga o trunfo. Ela o guardou para o fim, como sempre fazia em reuniões conflitantes de comitê. — E tem o meu problema. Eu seria interrogada, e, com minha capacidade de pensar se esvaindo depressa, quem sabe o que eu diria?

— Meu Deus do céu — murmura Kathy, passando a mão pelo cabelo curto.

— Mas tem uma solução. — Aquele também era o jeito como ela jogava nas reuniões de comitê, aprendido com Patsy Follett. *Primeiro, dá a marretada*, dizia Patty, *depois, oferece o analgésico.*

— Que solução? — Kathy está olhando para ela com desconfiança.

— Nossa caminhada espacial amanhã não é autorizada, certo? Ninguém sabe sobre ela além de Charlotte Morgan e nossos companheiros de Eagle Heavy.

— Certo...

Gwendy toma um gole de chocolate quente. Tão bom, acompanhando lembranças de Castle Rock em manhãs de verão com o pai. Ela o coloca na mesa e se inclina para a frente, os braços apoiados nas coxas, as mãos unidas entre os joelhos.

— Nós não vamos fazer a caminhada.

— Não?

— Não. *Gareth* e eu vamos, sem você saber, sem ninguém da tripulação saber. Nós decidimos por nossa conta, e, como somos inexperientes, não usamos cabos nem uma linha guia. Algo deu errado e nós saímos flutuando pelo espaço.

— Por que vocês fariam uma coisa maluca assim?

— Por que o *Mary Celeste* apareceu vazio, mas em condições de navegar e com as velas abertas? O que aconteceu com a tripulação do *Carroll A. Deering*? — Não tem nada de errado com a lembrança de Gwendy no momento; ela não pensava no *Carroll Deering* desde um relatório de livro que tinha feito no oitavo ano.

— Ninguém sabe. E, se vocês oito forem capazes de

A ÚLTIMA MISSÃO DE GWENDY

guardar segredo, ninguém vai saber por que Winston e eu decidimos dar um passeio no espaço.

— Hum — diz Kathy. — Falando bem friamente sobre isso...

— Eu quero que você fale friamente.

— Resolveria dois problemas. Não teríamos que explicar a morte gosmenta de Gareth Winston e não teríamos que nos preocupar com você dizendo certas coisas conforme a sua... hum... *condição* piorar.

— Charlotte Morgan vai te ajudar. Ela vai dar um jeito de estar encarregada da tripulação e vai passar uma camada de cal em tudo, por motivos óbvios.

— Imagino que sim. Preciso pensar sobre isso.

Gwendy segura as mãos de Kathy e as aperta de leve.

— Não — ela diz. — Você não precisa.

49

DE VOLTA AOS APOSENTOS, Gwendy se senta à escrivaninha, abre o aplicativo de gravação do celular e começa a falar na mesma hora. Não há tempo a perder, o efeito do chocolate pode passar a qualquer momento, e não demora para ela dizer tudo que precisa. Quando termina, ela escreve um bilhete rápido, que prende ao celular com um elástico. Depois, guarda o celular num envelope pardo. Ela começa a fechá-lo, mas pensa de novo e acrescenta mais uma coisa. Sela o envelope e escreve ADESH na frente com letras de fôrma bem grandes.

Em seguida, volta para a cama. Ela adormece com duas esperanças: que não tenha sonho nenhum com o monstro chamado Bobby e que acorde com a mente ainda no lugar.

50

A REUNIÃO DA TRIPULAÇÃO na sala de conferências acontece às seis em ponto. Kathy expõe a situação com uma concisão que Gwendy não conseguiria replicar agora que os efeitos do chocolate da madrugada quase passaram. Eles são homens inteligentes e entendem. Eles também entendem que a solução que Gwendy propôs vai poupar muitos problemas, gastos e possíveis audiências no Senado, onde eles seriam interrogados implacavelmente em televisão nacional.

Só resta uma pergunta importante, e ela vem de Reggie Black.

— O que vai acontecer com o corpo de Winston? Ou com o que restou dele?

— Vai ser vaporizado com o resto do lixo antes de sairmos da estação — Sam Drinkwater responde, fazendo um som de sucção. — Puf. Já era.

Ninguém tem nada a dizer sobre aquilo.

Quando a reunião termina, a tripulação faz uma espécie de fila. Cada um deles abraça Gwendy. Adesh por último.

— Eu sinto muito — diz ele enquanto a abraça. — Você foi tão corajosa. Você não merece isso, e eu sinto muito mesmo.

Gwendy retribui o abraço.

— Eu tenho um envelope pra você. Meu celular está dentro, com uma mensagem para o meu pai. Você leva pra clc?

— Vai ser uma honra.

Adesh seca os olhos, mas as lágrimas, emblemas de sua dor e estima, flutuam na frente do rosto dele.

— E eu vou aonde nenhuma mulher jamais foi, então não chore por mim, Margentina. — Ela franze a testa. — É isso mesmo? Margentina?

— Exatamente isso — diz Adesh. — Perfeito.

51

7H30.

Há eclusas de ar na MF, no aro externo depois de cada um dos raios de número par, mas Gwendy e Kathy vão sair pela Eagle Heavy, onde o ar tem um gosto estagnado e os três níveis da tripulação parecem abandonados. Antes de se vestir, Gwendy põe na boca o chocolate que guardou.

— Por acaso você não tem outro desses, tem? — pergunta Kathy.

Gwendy reflete, dá de ombros e solta o cordão na parte de cima da bolsa de alumínio quadriculado no banco ao seu lado. Ela pega a caixa de botões. Parece sem vida agora, sem poder, como se resignada ao próprio destino, mas Gwendy não confia nisso. Ela empurra a alavanca que entrega o chocolate. A plataforminha desliza, mas não tem nada lá dentro.

A ÚLTIMA MISSÃO DE GWENDY

— Desculpa, Kath. A caixa de botões às vezes dá e às vezes não.

— Entendido. Mas eu teria gostado de experimentar um. Você está bem, Gwendy?

Gwendy assente. Ela está ótima. Com o chocolate a bordo, ela vê tudo claro feito cristal. A mulher que precisou escrever DIREITA e ESQUERDA nas luvas se foi, mas vai voltar.

Ou talvez não.

— Qual é a graça? — pergunta Kathy. — Você está sorrindo.

— Nada. — Mas, como algo mais parece ser necessário, ela acrescenta: — Só estou empolgada com a minha primeira caminhada espacial.

Kathy não responde, mas Gwendy consegue ler os pensamentos dela: *primeira e última.*

— Tem certeza de que os computadores do Controle da Missão não vão registrar a abertura das eclusas de ar aqui embaixo?

— Absoluta. Aqueles computadores estão desligados até nosso retorno. Pra preservar energia.

Elas flutuam até a eclusa de ar, com o capacete embaixo do braço, e se sentam nos dois bancos. O espaço é apertado, porque todos os espaços na Heavy são apertados, e os joelhos delas se tocam. Gwendy começa a colocar o capacete, mas Kathy faz que não.

A ÚLTIMA MISSÃO DE GWENDY

— Ainda não. Sessenta inspirações e expirações primeiro. Pré-oxigenação, lembra?

Gwendy assente.

— Pra expurgar o nitrogênio.

— Certo. Gwendy… você tem certeza?

— Tenho — ela responde sem hesitação. Tudo está no lugar, a história que eles vão contar depois já foi combinada e aceita por todos os envolvidos. Gwendy e Winston não estavam no café da manhã, mas ninguém achou estranho porque eles eram passageiros, carga extra, e têm o luxo de dormir até mais tarde. Eles só vão começar a se preocupar por volta das dez horas, e aí Kathy já vai estar de volta à MF. Vai haver uma busca. Já vão ser pelo menos duas da tarde quando Sam Drinkwater ligar para lá embaixo contando que os VIPS sumiram e que podem ter saído vagando pelo espaço em uma tentativa de caminhada espacial. Um acidente horrível, só Deus sabe por que eles teriam feito uma coisa tão idiota, blá-blá-blá.

Gwendy fica meio tonta com a respiração rápida. Kathy diz para ela que é normal e que já vai ter passado quando saírem da Eagle Heavy. Após dois minutos de respiração, Kathy fala para Gwendy que está na hora de colocar o balde na cabeça.

— E não esquece, *somente* comunicação entre capacetes. Ninguém vai escutar além de nós, as meninas. Me dê sua confirmação.

A ÚLTIMA MISSÃO DE GWENDY

— Entendido — responde Gwendy. Ela coloca o capacete. Kathy se move para ajudá-la a prendê-lo, mas Gwendy faz sinal de que não precisa, prende ela mesma e procura a luz verde no pequeno painel de controle na altura da boca. Quando a vê, ela põe as luvas, prende-as e espera uma segunda luz verde. Depois faz um círculo entre o polegar e o indicador para Kathy, que retribui o gesto.

Kathy fecha a porta da Eagle Heavy, e as duas se sentam para esperar a despressurização da eclusa.

— Está me ouvindo, Gwendy?

— Alto e claro.

— Coloque a temperatura do traje no máximo pra quente e aí ajuste pra baixo.

— Quanto tempo o calor vai durar?

— Em teoria, o mesmo que o ar respirável, pouco menos de seis horas. O calor pode até durar mais, só que… — O movimento de ombros dela diz o resto: *só que você não vai sentir.*

Há um cinto ao redor do quadril de Gwendy, com dois mosquetões de altitude presos nele. Ela pendura a bolsa com a caixa de botões em um. Kathy prende o cabo entre as duas no outro. Estão presas uma à outra agora, como mergulhadoras: a instrutora e a pupila.

— Pronta para a atividade extraveicular? — pergunta Kathy.

A ÚLTIMA MISSÃO DE GWENDY

Gwendy faz outro sinal de positivo com o polegar e o indicador. *Ah, sim, muito pronta*, ela pensa. *Estou esperando por isso desde que olhei pelo meu telescópio da primeira vez, mais de cinquenta anos atrás. Eu só não sabia.*

— Não espera demais pra baixar o visor externo. A passagem da noite termina em sete minutos.

— Entendido.

Kathy gira a alavanca vermelha no centro da porta externa da eclusa de ar e a puxa.

7h48.

A eclusa de ar se abre para as estrelas.

52

ELAS FLUTUAM NO ESPAÇO, uma presa à outra. Gwendy ouve a própria respiração e, pelo comunicador entre os capacetes, a de Kathy. Ao lado delas está a Eagle Heavy, e ela vê o local onde alguém da equipe de terra escreveu BOA SORTE, PESSOAL na fuselagem com caneta permanente. Abaixo delas está a Terra, azul e coberta de nuvens, com um nimbo dourado crescendo por cima do ombro. *Lá vem o sol*, Gwendy pensa.

Kathy as guia lentamente para baixo, usando os apoios de mão no flanco da Heavy. Perto do fim da descida, os apoios estão tortos por causa das últimas explosões dos foguetes, quando Kathy os alinhou para a atracagem.

No caminho, elas passam por escotilhas rotuladas de letras de A até E. A última, a Escotilha F, fica logo acima dos foguetes auxiliares. É a única com teclado numérico; as outras podem ser abertas com uma simples chave soquete. Kathy precisa se enfiar embaixo de um painel solar para chegar a ela. A comandante levanta a proteção de acrílico sobre o teclado e digita a combinação que Gwendy lhe deu. É a mesma que abria a maleta CONFIDENCIAL.

A coisa que Kathy tira lá de dentro faz Gwendy sorrir. O Foguete Portátil tem um metro e vinte de comprimento, talvez um pouco menos. Para Gwendy, é quase idêntico à embarcação que levou Kal-El, também conhecido como o Superbebê, para a Terra. Seu pai havia dado (ou perdido) a maior parte das HQs dele, mas Gwendy tinha encontrado uma caixa de revistinhas antigas do Super-Homem no sótão e lido com avidez várias vezes.

Kathy segura o Foguete Portátil flutuando entre as duas. Ele tem uma escotilha no alto, presa por fivelas simples que parecem tão tecnológicas quanto as da lancheira do Scooby-Doo que Gwendy levava para a escola. Kathy as abre, enfia a mão lá dentro e tira um controle parecido com o que Gwendy usou para libertar Boris no laboratório de Adesh. Só que é menor e só tem dois botões.

Outro botão, pensa Gwendy. *Essas malditas coisas são meu destino.*

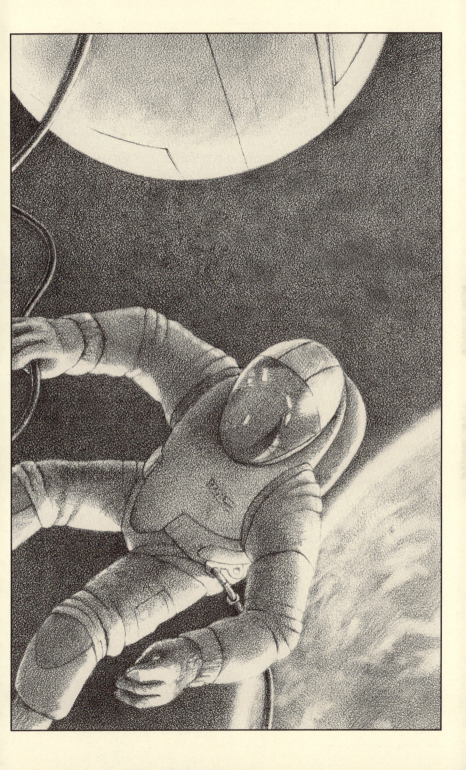

A ÚLTIMA MISSÃO DE GWENDY

Kathy aponta para a bolsa flutuando na cintura de Gwendy e depois para a escotilha aberta no alto do Foguete Portátil. O significado é claro: *coloca aqui dentro*. Mas, de repente, Gwendy não quer.

Minha, é minha. Esse é meu verdadeiro destino.

Kathy levanta o visor externo, e Gwendy vê que a outra está com medo. Apesar de Kathy nunca ter visto a caixa de botões em ação, ela está morrendo de medo. A expressão da comandante basta para que Gwendy solte a bolsa do mosquetão que a segura. Ela sente os cantos da caixa de botões lá dentro.

Não, a coisa chamada Bobby sussurra em sua cabeça. *Não faz isso. A Torre não pode ficar de pé. Governe a Discórdia!*

Ela pensa no rosto cansado de Richard Farris quando falou "*Como eu a abomino*".

— Governe o meu cu — ela diz. Gwendy não apenas coloca a caixa de botões dentro do Foguete Portátil; ela a enfia lá dentro.

— Como? — pergunta Kathy.

— Eu não estava falando com você — responde Gwendy, fechando a escotilha.

Enquanto isso, o controle está flutuando para longe. Gwendy estica a mão para pegá-lo, mas, naquele momento, o sol aparece na curva do horizonte da Terra e

A ÚLTIMA MISSÃO DE GWENDY

a cega. Ela se esqueceu de uma coisa, afinal: de descer o visor externo. Ela o empurra para baixo. Se o controle estiver perdido...

Mas Kathy o pegou antes que pudesse fugir do alcance. Ela o entrega para Gwendy.

— Última chance, meu bem. Você não precisa ir junto.

— Não — concorda Gwendy —, mas eu vou. Eu *escolho* ir. Me dá um abraço, Kathy. É meio ridículo, mas eu preciso.

As duas se abraçam meio desajeitadas com os trajes volumosos enquanto o sol nascente transforma seus visores em oblongos curvos de fogo âmbar. Kathy a solta, desata o cabo da cintura e o prende na ponta de um anel no nariz redondo do Foguete Portátil. Gwendy acha que o anel permitiu que algum operador de guindaste levantasse o foguete e o colocasse na Escotilha F.

— O motor tem energia nuclear... — diz Kathy.

— Eu sei...

Kathy a ignora.

— E do tamanho de um maço de cigarro. Uma maravilha da tecnologia. Aperte o botão de cima para ligá-lo. Você vai começar a se deslocar imediatamente, mas bem devagar... como um carro em marcha lenta. Entendeu?

— Entendi.

A ÚLTIMA MISSÃO DE GWENDY

— Aperte o botão de baixo e você vai acelerar. Cada vez que apertar, a velocidade aumenta. Está acompanhando?

— Estou. — E ela está, mas também está observando as estrelas. Como são lindas. E como alguém pode olhar aquele derramamento de luz e acreditar que a vida é qualquer coisa que não um mundo de mistérios?

— Não tem sistema de guia. Não tem manche. Quando você começa, você só *vai*, e não tem como voltar. *Você não tem como voltar, Gwendy*. Entendeu?

— Entendi.

— Tudo bem, então. — Kathy estica o braço para trás e segura um dos apoios de mão. Em pouco tempo, ela vai segui-los para cima, batendo os pés como um mergulhador procurando a superfície. De volta para o calor, a luz e a camaradagem dos outros tripulantes.

— Se você encontrar algum alienígena, diz que Kathy Lundgren mandou lembranças.

— Entendido — diz Gwendy, e faz uma saudação. *Seis horas*, ela pensa. *Eu tenho seis horas de vida.*

— Deus te abençoe, Gwendy.

— E a você também.

Não há mais nada a dizer, então Gwendy aperta o botão de cima de sua última caixa de botões. Um anel vermelho e fosco se acende na base do Foguete Portátil, uma luz insignificante que não é páreo para o esplendor do sol. Emite radiação perigosa? Possivelmente, mas importa?

Os mosquetões correm pelo cabo, que se solta, e Gwendy começa a se afastar da Eagle Heavy por baixo do aro externo da estação Many Flags. Ela sabe que não tem ninguém olhando, mas acena mesmo assim. Logo a estação fica para trás. Ela aperta o botão de controle de velocidade duas vezes, de leve, e começa a ir mais rápido, voando horizontalmente atrás do Foguete Portátil, com as pernas abertas. É meio como surfar, mas não é parecido com nada que ela tenha vivenciado. *Com nada que ninguém tenha vivenciado*, ela pensa e ri.

— Gwendy? — A voz de Kathy está ficando fraca. Em pouco tempo, terá sumido. A MF já está se afastando, brilhando sob a luz do sol como uma pedra preciosa no umbigo da Terra. — Você está bem?

— Ótima — diz Gwendy, e está mesmo.

Está.

53

CINCO HORAS DEPOIS.

Agora só resta o aro vermelho do motor nuclear do Foguete Portátil à frente dela enquanto Gwendy é puxada em ritmo regular para o escuro. Lembra o isqueiro no painel do Chevrolet velho de seu pai. Tem um leitor de temperatura entre as dezenas de leituras no interior do capacete, registrando uma temperatura externa de duzentos e sessenta graus negativos, mas seu traje está com o calorzinho de vinte e dois graus. O oxigênio que resta está em dezessete por cento. Não vai demorar agora. Claro que não há medidor de velocidade entre as leituras, então Gwendy não faz ideia da velocidade com que está viajando. Há pouca ou nenhuma sensação de movimento. Quando ela olha para trás (não é fácil com o traje, mas é possível), a Terra está idêntica, grande, azul e linda, mas a estação MF se perdeu de vista.

A ÚLTIMA MISSÃO DE GWENDY

Gwendy olha de novo para a Via Láctea. Ela queria que a estrela mais intensa de todas fosse Escorpião, mas tem quase certeza de que é Sirius, também conhecida como Alfa do Cão Maior, porque é parte da constelação do Cão Maior. Aquilo a faz pensar no cachorro salsicha do pai, Pippin. Só que o nome não é esse, né?

— Pippa — sussurra ela. — Pippa, a dachshund.

Ela está se perdendo de novo. A névoa está se fechando.

Gwendy fixa os olhos em Sirius, que está à direita de seu campo de visão. *Na segunda estrela à direita e reto até de manhã*, ela pensa. *De onde é isso? João e Maria, não é?* Mas não está certo. Ela revira a mente fraca em busca da história ou do conto de fadas certo e finalmente lembra: *Peter Pan.*

Só quinze por cento de oxigênio agora, e vai ser uma corrida entre o fim do ar respirável e a capacidade de pensar. Só que Gwendy não quer morrer assim, sem saber onde está… ou, se souber (o espaço sideral é meio difícil de confundir com a rodoviária de Castle Rock, afinal), sem saber por que está ali. Ela gostaria de ir embora sabendo que tudo aquilo aconteceu por um *motivo*. Que, no fim, ela completou a tarefa recebida. Que ela salvou o mundo.

— *Todos* os mundos — sussurra ela. — Porque há mais mundos além do nosso.

A ÚLTIMA MISSÃO DE GWENDY

Ela não *precisa* partir intrigada e confusa, nem precisa partir fria e trêmula caso o aquecimento acabe antes do ar respirável (ela parece lembrar que Carol, se é que era esse o nome dela, disse que o aquecimento ia durar mais, mas a temperatura do traje começou a descer um grau de cada vez). Ela tem outra opção.

Gwendy só tem uma decepção. Em 1984, dez anos depois que Richard Farris lhe dera a caixa de botões, ele voltou para pegá-la de volta. Ele se sentou na cozinha com Gwendy. Eles comeram bolo de café e tomaram leite como velhos amigos (e eles meio que eram mesmo), e o sr. Farris contou para ela qual seria seu futuro. Ele disse que Gwendy ganharia um prêmio (*"Use seu vestido mais bonito quando for buscar"*), e ela ganhou. Não foi um Nobel, mas o prêmio de livros do *Los Angeles Times* não era algo que se desprezasse. Farris também contou que Gwendy tinha muitas coisas para dizer ao mundo, e que o mundo a ouviria, e aquela foi uma profecia verdadeira.

Mas o misterioso sr. Farris de chapeuzinho preto não contou que ela terminaria uma vida calorosa e cheia de amor no frio profundo do espaço sideral. E ele tinha dito que Gwendy levaria uma vida *longa*. Com sessenta e quatro anos, ela não era jovem, mas também não se considerava velha (embora em 1984 ela talvez se achasse velhíssima). Farris tinha dito que ela morreria cercada de amigos, não sozinha no universo sendo puxada para o vazio atrás de um foguetinho que continuaria funcionando durante anos e que depois seguiria em um deslizar infinito de inércia.

Você vai morrer com uma camisola linda de flores azuis, disse Farris. *Vai haver sol brilhando na sua janela, e, antes de partir, você vai olhar pra fora e vai ver um bando de pássaros voando para o sul. Uma imagem final da beleza do mundo. Vai haver um pouco de dor. Não muita.*

Não havia amigos ali. Os últimos que ela fez tinham ficado para trás.

Um traje espacial em vez de uma camisola linda.

E nenhum pássaro.

Até o sol tinha sumido, temporariamente eclipsado pela Terra, e Gwendy estava chorando? Droga, estava. As lágrimas nem flutuavam por estarem sob aceleração constante. Mas estavam embaçando o visor. A estrela que ela vinha olhando (Rígel? Deneb?) estava embaçada.

— Sr. Farris, você mentiu — ela disse. — Talvez não tenha visto a verdade. Ou talvez tenha e não quis que eu precisasse viver com ela.

Eu não menti, Gwendy.

A voz dele soa tão clara quanto no dia em que estavam sentados na cozinha de Gwendy, quarenta e dois anos antes, comendo bolo de café e tomando leite.

Você sabe o que fazer, e ainda tem o suficiente daquele último chocolate no seu cérebro pra dar tempo de fazer.

A ÚLTIMA MISSÃO DE GWENDY

Gwendy usa a válvula do lado esquerdo do capacete para começar a tirar o que resta de oxigênio do traje. O ar desaparece atrás dela em uma nuvem congelada. O visor fica límpido, e ela consegue ver a estrela de novo: não Rígel nem Escorpião. Sirius. A segunda estrela à direita.

Uma espécie de êxtase toma conta de Gwendy quando ela inspira o que resta de seu pouco ar.

Eu estou na cama agora, e estou velha, com bem mais do que sessenta e quatro anos. Mas as pessoas ao meu redor são jovens e lindas. Até Patsy Follett está jovem de novo. Brigette Desjardin está lá... Sheila Brigham... Norris Ridgewick... Olive Kepnes está lá e...

— Mãe? Você não parece ter nem vinte anos!

— Eu já tive, sabia? — diz Alicia Peterson, rindo. — Por mais difícil que seja de acreditar. Eu te amo, querida.

E agora ela vê...

— Ryan? É você mesmo?

Ele segura a mão de Gwendy.

— Sou eu.

— Você voltou!

— Eu nunca fui embora. — Ele se curva para beijá-la. — Tem uma pessoa que quer se despedir.

Ele chega para o lado a fim de deixar que o sr. Farris se aproxime. A doença dele sumiu. Ele parece o homem que Gwendy encontrou sentado em um banco perto do parquinho

A ÚLTIMA MISSÃO DE GWENDY

de Castle View quando tinha doze anos. Está com o chapéu na mão.

— Gwendy — ele diz, tocando a bochecha dela. — Muito bem, Gwendy. Muito bem mesmo.

Ela não está no espaço, não mais. Ela é uma mulher idosa deitada na cama de sua infância. Está usando uma camisola bonita com flores azuis na barra. Ela cumpriu seu dever e agora pode descansar. Pode deixar tudo para trás.

— Olhe pela janela! — O sr. Farris aponta.

Ela olha. Ela vê um bando de pássaros. Eles somem, e Gwendy vê uma única estrela brilhante. É Escorpião, e o Paraíso fica atrás dela. Todo o Paraíso.

— A segunda estrela à direita — diz Gwendy em seu suspiro final. Ela está sorrindo. — E sempre em frente… em frente até…

Seus olhos se fecham. O Foguete Portátil com a caixa de botões em sua barriga segue adiante para o cosmos, como vai continuar fazendo por dez mil anos, puxando a figura com traje espacial logo atrás.

— Sempre em frente até de manhã.

EPÍLOGO

CERTA NOITE, um tempo depois de todas essas coisas, o pai de Gwendy Peterson está sentado à janela da casa de repouso onde mora; mais frágil, mais instável, mas, como ele costuma dizer, *não tão mal assim pra um velho.* Ele está olhando as estrelas e pensando que, em algum lugar lá em cima, na amplidão infinita, sua filha continua em peregrinação. O celular dela, levado até ele por um indiano gentil chamado Adesh Patel, está em seu colo.

Patsy Follett, a mentora de Gwendy, talvez não tivesse tantos comentários ferinos como Oscar Wilde, mas ela teve sua parcela. Um deles era dizer que *um escândalo dura seis meses. Um escândalo que também é um mistério dura seis anos.* Faz apenas três que a senadora Peterson e o empresário bilionário desapareceram no espaço, mas a marcha dos eventos atuais havia tirado o acontecimento do primeiro plano da mente das pessoas. Mas não do sr. Peterson. É um inferno viver mais que sua única filha, e a intensidade da dor dele só é mitigada por duas coisas: saber que não tem mais muito tempo de vida e ter a voz dela como consolo. A última mensagem gravada que Gwendy deixou. O mundo não precisa saber que ela morreu como uma heroína; já basta para o sr. Peterson que ele mesmo saiba.

Uma semana depois da aparição-surpresa de Adesh Patel, Alan Peterson tivera outra visitante. Uma mulher dessa vez. O gerente da Casa de Repouso Castle View, um sujeitinho arrogante com bigode fino feito lápis que insistia para que os residentes o chamassem de sr. Winchester, entrou no jardim de inverno onde Alan estava jogando cartas com Ralph Mirarchi, Mick Meredith e Homer Baliko. Ele apresentou a moça loura alta atrás dele como diretora-chefe Charlotte Morgan, da CIA. O gerente enxotou rapidamente os outros homens da sala e, depois de fazer uma quase reverência ridícula para a convidada, deixou os dois sozinhos.

A mulher olhou com uma expressão confusa para o sr. Peterson, uma expressão que dizia *"sinto muito por você estar preso aqui com um otário desses"*, e se sentou à frente dele.

— Pode me chamar de Charlotte, sr. Peterson. Eu sou uma velha e querida amiga da sua filha.

A ÚLTIMA MISSÃO DE GWENDY

— Nesse caso, melhor você me chamar de Alan. — Ele coçou os fios grisalhos no queixo, desejando ter feito a barba pela manhã. Aquela mulher era gata. — E não achei mesmo que você tivesse vindo até aqui pra falar de espiões e política estrangeira.

— Não, senhor, hoje não. — Ela sorriu e esticou a mão para tocar na dele. — Mas tenho uma coisa importante pra contar. Uma coisa altamente confidencial que você precisa prometer que nunca vai repetir pra ninguém.

Ele ergueu a mão direita no ar.

— Com a ajuda de Deus.

— Pra mim, está bom.

Ela deu uma olhada rápida para trás a fim de ter certeza de que ainda estavam sozinhos no jardim de inverno. O sr. Peterson, sentindo de repente como se estivesse atuando em algum filme de espionagem do James Bond, fez o mesmo. Quando olhou outra vez para a velha amiga da filha, ele ficou surpreso de ver que havia lágrimas cintilando nos olhos dela.

— Eu poderia perder meu emprego e acabar em Leavenworth pelo que vou contar, mas não ligo. Eu amava Gwendy. Ela era como da família.

— Seja lá o que for, vai para o túmulo comigo. — *E provavelmente mais cedo do que mais tarde*, ele pensou com um toque de humor ácido.

A ÚLTIMA MISSÃO DE GWENDY

— A sua filha não saiu escondida pra fazer uma caminhada espacial ilícita. Qualquer um que a conheça de verdade sabe que essa parte da história é mentira. — A mulher respirou fundo, o tipo de respiração que dizia *"agora não tem mais volta"*, e continuou: — Gareth Winston era um homem ruim, sr. Peterson. E ele tinha colocado uma ideia bem ruim na cabeça, uma ideia *perigosa*. Gwendy descobriu e pôs fim em tudo antes que fosse tarde demais. Ela sacrificou a vida para que outros, *milhões de outros*, pudessem viver. Acho que isso deve parecer dramático demais, mas eu juro que é verdade.

Alan assentiu.

— Isso é a cara da nossa Gwendy.

— Eu não sei nem começar a imaginar a coragem que ela precisou ter pra fazer o que fez. Mas Gwendy completou sua última missão por vontade própria, e acredito que com um único arrependimento: nunca voltar pra casa e vê-lo novamente. Ela falava sobre você e sua esposa o tempo todo. Ela o amava e admirava, sr. Peterson.

— O sentimento era mútuo — disse ele, a voz engasgada e cansada.

Com a lembrança da visita daquela mulher se apagando, o sr. Peterson olha para o iPhone que está em seu colo. E, como fez em tantas outras ocasiões, ele aperta o PLAY e fecha os olhos.

A ÚLTIMA MISSÃO DE GWENDY

Oi, pai,

Eu não tenho muito tempo, mas quero dizer que sinto muito. Por favor, não fique triste demais, e, seja lá o que você faça, não desperdice nenhum minuto precioso ficando com raiva ou amargura. E não importa o que você ouça ou veja nos noticiários, só se lembre disto: eu tinha um trabalho a fazer, era importante, e eu fiz da melhor maneira que soube. Muito tempo atrás, quando eu era uma garotinha de marias-chiquinhas correndo pelo parquinho de Castle View, você me disse uma coisa que nunca esqueci: quando tiver de escolher entre fazer o certo ou não fazer nada, faça o que é certo. Todas as vezes. Eu tenho tanto orgulho de ser sua filha. Não houve pai melhor em lugar nenhum no mundo. Por favor, sorria quando pensar em mim. Por favor, lembre dos bons momentos. Da sorte que tivemos, eu, você e a mamãe! Os Três Mosqueteiros, como ela nos chamava! Bom, tenho que ir. Você sabe como odeio me atrasar. Adeus por enquanto, meu homem querido. Eu te amo com todo o coração e vou te ver de novo. A mamãe e eu vamos. Deixei uma surpresinha pra você no envelope. É sua agora. Cuide bem dela. É muito especial. Você pode até dizer que é...

— Mágica — sussurra ele no silêncio do quarto escuro.

A ÚLTIMA MISSÃO DE GWENDY

Alan Peterson tira a peninha branca do bolso do roupão. Nunca fica longe dele agora. Ele a olha, lembrando, e coloca a pena no parapeito da janela ao lado. Ela é banhada imediatamente pelo luar cor de marfim. Os olhos do homem são atraídos outra vez para o céu noturno lá fora. Tem tantas estrelas. Mesmo com o carvalho bloqueando uma parte da vista, ele consegue ver a Via Láctea e Taurus, o Touro. Bem acima dos galhos mais altos, Órion, o Caçador, olha para ele. As palavras de repente surgem em sua cabeça, espontâneas. O sr. Peterson não faz ideia de onde vieram nem o que significam, mas gosta tanto do som delas que as diz em voz alta: *"Há outros mundos além deste"*. Sentado ali, olhando para a escuridão infinita, ele pensa que são palavras fáceis de acreditar.

AGRADECIMENTO

NORMALMENTE É NO PLURAL, *agradecimentos*, mas os autores decidiram não seguir o estilo premiação do Oscar, já que não tem música para nos expulsar do palco. Muita gente ajudou, inclusive nossas famílias, que nos dão tempo e espaço para fazer esse trabalho maluco, e todos que ajudaram sabem quem são. Mas Robin Furth, que ajudou Steve nos três últimos volumes dos livros de *A torre negra*, merece menção especial. Toda aquela coisa de preparação para lançamento, o lançamento em si, o acoplamento com nossa (decididamente fictícia) estação espacial? Tudo coisa da Robin. Ela nos mandou listas de fatos, ela nos enviou vídeos, e quando nós cometíamos erros, ela nos corrigia (com gentileza e amor). Se parece real é porque a maioria das coisas é mesmo. *A última missão de Gwendy* e sua aventura final não é dedicado a Robin, mas poderia ter sido; a ajuda dela foi enorme.

Ah, e antes que deixemos você fechar o livro (supondo que já não tenha fechado), nós queremos agradecer a *você*, Leitor Fiel. Estamos felizes demais de você ter investido seu tempo, dinheiro e imaginação na nossa historinha.

Stephen King & Richard Chizmar

SOBRE OS AUTORES

STEPHEN KING É AUTOR de mais de cinquenta livros, todos eles best-sellers mundiais. Seus trabalhos mais recentes incluem *Depois*, *Billy Summers*, Trilogia Bill Hodges, *O bazar dos sonhos ruins*, *Doutor sono* e *Sob a redoma*. Seu livro *Novembro de 63* foi nomeado um dos dez melhores de 2011 pelo *New York Times Book Review* e recebeu o prêmio Los Angeles Times Book Prize de mistério/suspense. King é o ganhador da medalha Nacional das Artes de 2014 e da medalha da National Book Foundation de 2003 por sua Eminente Contribuição às Letras Americanas. Atualmente mora em Bangor, no Maine, com a esposa, a escritora Tabitha King.

RICHARD CHIZMAR É O COAUTOR (com Stephen King) do best-seller mais vendido do *New York Times*, *A pequena caixa de Gwendy*. Seus livros mais recentes incluem *Chasing the Boogeyman*, *A pena mágica de Gwendy*, *The Long Way Home*, sua quarta coleção de contos, e *Widow's Point*, um conto arrepiante sobre um farol assombrado, que foi escrito com seu filho, Billy Chizmar, e recentemente transformado em um longa-metragem.

A ÚLTIMA MISSÃO DE GWENDY

O trabalho de Chizmar foi traduzido para quase vinte idiomas em todo o mundo, e ele tem participado de vários congressos como professor de escrita, palestrante e convidado de honra. Siga o autor no Twitter (@RichardChizmar) e no Instagram (richard_chizmar) ou visite seu site em: <richardchizmar.com>.

SOBRE OS ARTISTAS

BEN BALDWIN TRABALHA COM uma combinação de mídias tradicionais, fotografia e programas de arte digital e é ilustrador em tempo integral há dez anos. Ele já trabalhou com editoras de todo o mundo produzindo arte de capa para muitos autores, inclusive Stephen King, Clive Barker e Josh Malerman.

Ganhou um British Fantasy Award de melhor artista em 2020 e o artista do ano em 2013 e 2019 do prêmio "This Is Horror", além de ser finalista do British Science Fiction Association Award como melhor artista em 2012 e 2018.

Seu primeiro livro de arte foi publicado recentemente pela SST Publications e ele tem um site, <benbaldwin. co.uk>, onde é possível conhecer mais do trabalho dele.

KEITH MINNION FEZ SUA primeira venda de conto profissional para a *Asimov's SF Adventure Magazine* em 1979. Sua terceira coletânea de histórias, publicada em 2020, é *Read Me & Other Ghost Stories*. Seu segundo livro, *Dog Star*, também foi publicado em 2020. Keith já foi designer e ilustrador de livros e só deixa a aposentadoria de lado (esperneando e gritando) por projetos de livros especiais como este. Ele já foi professor, gerente de projeto do Department of Defense, especialista de contratos de publicação da Government Printing Office e oficial da Marinha dos Estados Unidos. Atualmente, mora no Vale do Shenandoah, na Virgínia, onde exercita pintura a óleo e carpintaria, e está escrevendo seu terceiro livro, com o título provisório de *The Demon of Bushwick*.

ESTA OBRA FOI COMPOSTA PELA ABREU'S SYSTEM EM BEMBO REGULAR
E IMPRESSA EM OFSETE PELA LIS GRÁFICA SOBRE PAPEL PÓLEN NATURAL
DA SUZANO S.A. PARA A EDITORA SCHWARCZ EM FEVEREIRO DE 2023

A marca FSC® é a garantia de que a madeira utilizada na fabricação do papel deste livro provém de florestas que foram gerenciadas de maneira ambientalmente correta, socialmente justa e economicamente viável, além de outras fontes de origem controlada.